suhrkamp taschenbuch 1614

»Ich meine, daß der Mensch mit fortschreitendem Leben immer mehr das Bedürfnis verspürt, in die eigene Kindheit zurückzukehren, daß er sich mit zunehmendem Alter zunehmend danach sehnt, die Vorstellungen des Jungen wiederaufzunehmen, um in Wirklichkeit umzusetzen, worüber er einst nachdachte, wovon er einst träumte. Als ich meine Vergangenheit durchblätterte, verweilte ich in jenen Volksschuljahren, in denen ich fliegen konnte, ohne die Gesetze des Fliegens zu kennen, in denen ich präziser zu denken vermochte als später, da ich mich der Buchweisheit hingab und ganz auf Bildung setzte. Deswegen hielt ich in den nachfolgenden Romanerzählungen die schönen Bilder an, auf daß sie, gewissermaßen an meiner Statt, nicht alterten, deswegen blieb ich in diesem Buch das unveränderliche Wesen, der Junge im Matrosenanzug mit dem Schulranzen des Lernenden auf dem Rücken, und deswegen blickte ich durch die feste Glasglocke des wissenden Unwissens immerfort dem Geheimnis des Lebens entgegen, verwundert und staunend über das vielfältige Geschehen, das sich um mich herum abspielte.« *Bohumil Hrabal*

In *Schöntrauer*, dem 2. Teil seiner Trilogie *Das Städtchen am Wasser* (Die Schur, st 1613; Schöntrauer, st 1614; Harlekins Millionen, st 1615), erzählt Bohumil Hrabal (geboren 1914) nun aus der Perspektive des neugierigen Heranwachsenden die kleinen und burlesken Begebenheiten aus dem Heimatstädtchen Nymburk. Er entdeckt die an Absonderlichkeiten reiche Welt der Erwachsenen, ihre Schrullen und Launen, die die drohende Gefahr des Zweiten Weltkriegs unwirklich erscheinen läßt. Dem Alltäglichen und Banalen entlockt Hrabal die Poesie und verwandelt durch seine Imagination die Erinnerungen in ein humoreskes Spiel mit Phantasie und Erlebtem.

Bohumil Hrabal wurde am 28. März 1914 in Brünn geboren. Er starb am 3. Februar 1997 in Prag. Er war einer der größten Vertreter der tschechischen Moderne. Seine Bücher erscheinen im Suhrkamp Verlag und sind auf Seite 271 dieses Bandes verzeichnet.

Bohumil Hrabal
Schöntrauer

Aus dem Tschechischen von
Franz Peter Künzel

Suhrkamp

Titel der 1979 bei Československý spisovatel, Prag,
erschienenen Originalausgabe: Krasosmutnění
Umschlagabbildung:
Henri Rousseau, Am Ufer des Flusses, um 1890

suhrkamp taschenbuch 1614
Erste Auflage 1989

Druck: Nomos Verlagsgesellschaft, Baden-Baden
Printed in Germany
Umschlag nach Entwürfen von
Willy Fleckhaus und Rolf Staudt

3 4 5 6 7 8 – 02 01 00 99 98 97

Schöntrauer

Ich meine, daß der Mensch mit fortschreitendem Leben immer mehr das Bedürfnis verspürt, in die eigene Kindheit zurückzukehren, daß er sich mit zunehmendem Alter zunehmend danach sehnt, die Vorstellungen des Jungen wiederaufzunehmen, um in Wirklichkeit umzusetzen, worüber er einst nachdachte, wovon er einst träumte. Als ich meine Vergangenheit durchblätterte, verweilte ich in jenen Volksschuljahren, in denen ich fliegen konnte, ohne die Gesetze des Fliegens zu kennen, in denen ich präziser zu denken vermochte als später, da ich mich der Buchweisheit hingab und ganz auf Bildung setzte. Deswegen hielt ich in den nachfolgenden Romanerzählungen die schönen Bilder an, auf daß sie, gewissermaßen an meiner Statt, nicht alterten, deswegen blieb ich in diesem Buch das unveränderliche Wesen, der Junge im Matrosenanzug mit dem Schulranzen des Lernenden auf dem Rücken, und deswegen blickte ich durch die feste Glasglocke des wissenden Unwissens immerfort dem Geheimnis des Lebens entgegen, verwundert und staunend über das vielfältige Geschehen, das sich um mich herum abspielte. Solchermaßen lernte ich bei langsam absterbendem Leib, daß der Junge in mir nicht nur mein Hauslehrer ist, nicht nur das Licht im sich niedersenkenden Abend, sondern daß er auch und vor allem das Maß sämtlicher Dinge ist, die vom Sterben, vom Tod unberührt bleiben.

Im Geschwindschritt verließ ich die Schule, ging geradenwegs zum Fluß, dort zur Schwemmschwelle, wo die Sandschiffe ankerten, aus deren Bäuchen die Schipper den Sand in Schubkarren über ein Brett an Land beförderten. Die Sandschipper hatten braungebrannte Oberkörper, aber nicht wie die Leute in Schwimmbädern, sondern anders, eben wie man bei der Arbeit braun wird. Es war ein Tiefbraun, das an Reklame für Sonnencreme erinnerte. Einer der Schipper hatte es mir seit langem angetan. Seine Brust und seine Arme waren voll auftätowierter Meerjungfrauen, Anker und Segelschiffe. Eines der Segelschiffe gefiel mir derart, daß ich es mir auf die Brust tätowiert wünschte. Ich spürte nachgerade, wie es dort schlingern und schwanken würde.

Eines Tages faßte ich Mut und fragte den rauhen Gesellen: »So ein Schiffchen, wie Sie es an dieser Stelle haben, das ist doch nicht abwaschbar, oder?«

Der Sandschipper setzte sich auf das Schubkarrenbrett, zog eine Zigarette heraus, zündete sie an, wobei er tief ein- und ausatmete und das Segelschiff auf und nieder ging, als schwimme es auf hohen Wellen.

»Gefällt es dir?« fragte er.

»Und wie!« antwortete ich.

»Möchtest du so eins haben?« wollte er wissen.

»Und ob!« erklärte ich. »Aber was kostet so ein Schiffchen?«

»Eine Flasche Rum habe ich hingestellt, und schon hatte ich es auftätowiert, in Hamburg«, sagte er und zeigte auf den goldenen Schriftzug, der meine Marinemütze zierte.

»Da müßte ich bis nach Hamburg?« fragte ich enttäuscht.

»Woher denn«, antwortete der Sandschipper und lachte. »Diesen Anker hier, auch dieses durchbohrte Herz hier, die hat mir beide der Lojza eingestochen, der immer drüben im Wirtshaus Zur Brücke sitzt. Für einen doppelten Rum pro Tätowierung.«

»Und mir würde er auch was auftätowieren?« wollte ich wissen.

»Für zwei Doppelte pro Tätowierung«, berichtigte er sich. Der Sandschipper warf den Zigarettenstummel weg. Das Rauchen schien ihn gestärkt zu haben.

»So sehr schmeckt Ihnen das Rauchen?« fragte ich ihn.

»Eine Zigarette ist besser als ein gutes Mittagessen«, antwortete er. Und er ging auf dem breiten Brett, das aus dem Schiffsbauch zu dem Sandberg am Ufer führte, in die Hocke, packte das Brett rechts und links mit festem Griff, machte langsam einen Handstand, kerzengerade spiegelte er sich im Wasser wie der Turm der Dechanteikirche, und die Schiffchen auf seiner Brust waren gekielholt. Nachdem er eine Weile im Handstand ausgehalten hatte, röteten sich seine Augen stark, weil ihm das Blut in den Kopf drückte, er knickte in der Hüfte ab, stellte die nackten Fußsohlen aufs Brett, richtete den Oberkörper auf, und die Segelschiffe, nun wieder mit den Masten nach oben zeigend, konnten weiter nach Hamburg fahren.

»Ich danke Ihnen!« rief ich und rannte, daß in meinem Schulranzen das Schreibzeug und die Bücher klapperten, über die Schwemmschwelle zur Brücke.

Auf der gewölbten Brücke versuchten zwei Gäule, eine Fuhre Sand aufwärts zu ziehen, mit aller Kraft stemmten sich die Zugtiere gegen die Kumte, ihre Hufe schlugen Funken, aber der Sand war naß und die Fuhre zu schwer, vergeblich drohte der Kutscher den Gäulen mit der Peit-

sche, vergeblich riß er am Leitseil, die Tiere wurden nur unsicher, zogen nicht mehr gleichzeitig an, und damit war es endgültig aus. Wild peitschte ihnen der Kutscher die Füße, schlug er ihnen mit dem umgekehrten Peitschenstiel auf die Nase. Leute schauten zu, sie lehnten sich ans Brückengeländer, blieben gleichgültig, warteten ab. Ich jedoch schämte mich für den Kutscher, Pferde sind in meinen Augen heilige Tiere, bald trieb es mir die Schamröte ins Gesicht, ich sprang hinzu und warf mit Sand nach dem Kutscher, warf davon mehrere Handvoll nach ihm, bis er fast nichts mehr sah, er drohte mir mit der Peitsche, doch ich warf ihm weiter Sand in die Augen, er rannte mir nach, konnte mich aber nicht ausmachen, schrie, daß er mich mit der Peitsche zusammenschlagen werde, ich aber hielt mich am Geländer fest und schrie zurück:
»Sie, Sie Grobian, Sie werden dafür an einer häßlichen Krankheit sterben!«
Ich lief weiter über die Brücke, wollte die andere Seite erreichen, blieb aber auf halbem Wege stehen, lehnte mich ans Geländer, rang nach Luft und wartete darauf, daß mein Blut dorthin zurückkehrte, wohin es gehörte. Bald kam ich wieder zu Atem, beruhigte mich. Ich trabte von neuem los, erreichte die Stelle, wo die Brücke in die Brückengasse überging, bog zum Türkenturm ab, strebte zur Mühle und schritt durch die Fortna, am Gerichtsgebäude vorbei, erreichte den kleinen Kirchplatz – und trat aus der Nachmittagssonne in die Kirche.
Das Gotteshaus war leer, angenehme Kühle herrschte, ich sah mich um, bemerkte aber vom ganzen Kircheninneren nur die beiden Opferstöcke neben den Betstühlen. Mein Herz begann zu hämmern. Um mich zu beruhigen, kniete ich unter der Statue des heiligen Antonius nieder und tat,

als betete ich. Den Kopf gesenkt, flüsterte ich verschämt: »Ich möchte ein Segelschiff auf die Brust tätowiert bekommen, für zwei Doppelte, dafür brauche ich Geld, ich borge es mir aus dem Opferstock, Ehrenwort, ich bringe es wieder zurück.«

Dann hob ich den Blick und schaute dem heiligen Antonius in die Augen, der lächelte zu mir herunter, sagte nichts, wendete nichts ein, hielt nur seine weiße Lilie und lächelte immerfort. Ich errötete, sah mich wieder um und wandte mich dem Opferstock zu, in dem ich so lange herumstocherte, bis ich eine Handvoll Münzen hatte. Ich steckte sie in die Tasche, kniete erneut andächtig nieder und stützte den Kopf in die Hände, verharrte in dieser Stellung, um mich abzuregen. Zugluft brachte in einem Spinnennetz am Fenster ein trockenes Blatt zum Rascheln, von draußen vernahm ich Schritte und entferntes Räderrollen. Ich überlegte, ob ich mir das Geld nicht hätte lieber beim Herrn Dechant leihen sollen, doch der hätte mir die Sache mit der Tätowierung bestimmt ausgeredet, denn ich mußte bei ihm immer die Glocken läuten, war eine Art stellvertretender Ministrant. Im übrigen würde ich das Geld ja wieder in den Opferstock zurücktun, also was denn? Ich stand auf und schwor mit erhobenem Finger:

»Mein Ehrenwort, ich bringe das Geld wieder, heiliger Antonius, mitsamt den Zinsen.«

Rücklings entfernte ich mich, der heilige Antonius lächelte unvermindert freundlich, ich trat aus der Kirche in die Sonne, deren schräge Strahlen Wände und Dächer der niedrigen Häuser gleißen ließen, daß sie wie geschmolzen aussahen und mich blendeten. Ich wischte mir meine tränenden Augen ab – und erschrak. Auf mich zu kam ein dicker Gendarm, der Gendarmeriekommandant persönlich, Herr Fidrmuc, er blieb vor mir stehen, sein Schatten legte sich über mich, mein Herz raste, ich senkte den Blick und sah, daß die Schleife an meinem Matrosenanzug im Rhythmus meines Herzschlags hüpfte. Mechanisch streckte ich die Arme aus und legte die Handgelenke überkreuz. Der Gendarmeriekommandant vor mir wühlte in seinen Taschen, ich wußte genau, daß er die Handschellen suchte. In den Taschen des dunkelblauen Uniformrocks fand er sie nicht, er wühlte in den Hosentaschen, fand, was er suchte – und brachte das Virginia-Etui zum Vorschein, wählte bedächtig eine der langen Zigarren, zog den Halm aus dem Mundstück, zündete sie genüßlich an und schob seinen gewaltigen Bauch an mir vorbei. Ich blickte noch ein paar Sekunden auf meine gekreuzten Hände, dann atmete ich erleichtert auf und lief los. Ich lief zur Brücke zurück, im Schulranzen auf meinem Rücken klapperten die Griffelschachtel und die Bücher, ich hielt die Schulterriemen fest, überquerte die Brücke und hopste die Treppe hinab, die direkt zum Fluß führte. Hier, unter dem Brückenbogen, war es stets still, hier kam niemand gern her, und kam doch einer, dann nur, um seine Notdurft zu verrichten. Hinter einem lockeren Stein besaß ich ein Versteck für Tinte und Feder. Wenn ich die Hausaufgabe nicht gemacht hatte und der Klassenlehrer mich danach fragte, sagte ich, daß ich das Heft zu Hause vergessen hätte. Der Herr Lehrer schickte mich dann heim, ich hatte Zeit gewonnen, kaufte mir unterwegs im Papierladen ein Heft und schrieb an meinem trockenen, stillen Platz unter der Brücke schnell die Aufgabe. Jetzt hockte ich mich hier nieder und zählte das Geld. Ich konnte nicht nur zwei, sondern mindestens sechs Doppelte Rum bezahlen . . .

Im Wirtshaus Zur Brücke ging es lustig zu.

»Was besucht uns denn da für ein Matröschen?« rief Herr Lojza.
Ich stand in meinem Matrosenanzüglein vor ihm, auf dem Kopf die Mütze mit dem schwarzen Band, das hinten einen Schwalbenschwanz bildete, vorn aber, über der Stirn, glänzten ein goldener Anker und der goldene Namenszug Hamburg. Herr Lojza nahm mir die Mütze vom Kopf und setzte sie selbst auf, dann stenzte er im Lokal herum, die Sandschipper lachten, ich lachte auch und war glücklich, während Herr Lojza weiter durchs Lokal marschierte, salutierte und Grimassen schnitt, so daß wir uns beinahe kugelten. Ich sagte mir, daß ich, wenn ich groß sei, nicht mehr unter der Brücke, sondern in der »Brücke« hier sitzen und es mir als große Ehre anrechnen würde, in Gesellschaft dieser angenehmen Herren vom Wasser verweilen zu dürfen. Herrn Lojza fehlten die Schneidezähne, darum konnte er die Unterlippe über die Oberlippe stülpen und sich auf diese Weise die Nasenspitze lecken. Er marschierte weiter hin und her, meine runde Matrosenmütze auf dem Kopf, der Sandschippertisch am Fenster applaudierte, und der Wirt mußte eine neue Lage Bier bringen. Ich bestellte zwei Doppelte Rum.
»Herr Lojza, wenn's recht ist, die kriegen Sie von mir.«
»Hoho! Wo hast du den Kies her?«
»Den habe ich mir geliehen. Vom lieben Gott persönlich. Wenn's recht ist.«
»Oho! Du hast mit ihm gesprochen?«
»Nein, er war nicht daheim. Einer von seinem Verein hat mir ausgeholfen. Der heilige Antonius. Er hat ihn mir geliehen, damit Sie mir ein schönes Schiffchen auf die Brust tätowieren. Das gleiche, wie es der Sandschipper dort hat, der Herr Korecký.«

Herr Lojza lachte und sagte:
»Haha, wenn der Himmel selber die Hände im Spiel hat, dann machen wir das Schiffchen. Wann soll's denn sein?«
»Jetzt gleich, darum bin ich hier. Wenn's recht ist.«
»Oje, Söhnchen, ich hab die Nadel nicht da.«
»Dann holen Sie sie halt. Wenn's recht ist.«
»Sakra«, rief Herr Lojza, »der geht aber ran!« Er kippte einen der Doppelten und zwängte sich zwischen den Knien der Gäste zur Tür durch, wo er mit Handbewegungen zu verstehen gab, daß er nicht nur die Tätowiernadel, sondern auch die Tätowierfarbe hole.
Die Sandschipper setzten mich an ihren Tisch, und der Wirt brachte mir eine Himbeerlimonade.
»Hör mal, wie viele Köchinnen hat euer Herr Dechant, zwei oder drei?« fragte mich Herr Korecký.
»Zwei, aber die sind noch sehr jung.«
»Sehr jung?« staunten die Sandschipper.
»Sehr. Wenn's recht ist. Wenn der Herr Dechant guter Laune ist, meine Herren, dann setzt er eine der beiden auf einen Stuhl, bückt sich, legt die Hand unter die Sitzfläche, genau so, wie wenn der Herr Wirt ein Tablett voller Biergläser bringt, und auf einmal hupp!, die hübsche kleine Köchin schwebt direkt unter der Decke, und während ihr Rock sein Haar zerzaust, trägt er sie mitsamt dem Stuhl durch die Küche.«
»Was?!« wunderten sich die Sandschipper. »Ihr Rock zerzaust sein Haar?«
»Zu einem Heiligenschein, wenn's recht ist. Unser Herr Dechant ist stark wie ein Schweizer Stier, meine Herren. Er ist eins von sechs Kindern, und sein Vater hat so eine Kraft gehabt, daß er, wenn ihm die Kinder eine Walnuß auf den Tisch legten, schwupp!, die Nuß mit dem Finger knackte,

leichter als mit dem Nußknacker. Als der Herr Dechant noch ein Kind und später ein Junge war, da war er der schwächste von den sechsen, er taugte nicht für die Waldarbeit, und die Eltern fragten sich: Was machen wir mit ihm? Nun, sie ließen ihn Pfarrer studieren. Abends hatten sie fast immer eine Riesenschüssel mit Schälkartoffeln, die Familie saß am Tisch, jeder mit seinem Löffel, und wenn die Mutter den ihren kurz auf den Tisch hieb, schaufelten alle um die Wette los, arbeiteten sich in der Schüssel vor, bis keine einzige Kartoffel mehr übrig war.« Ich erzählte es mit ernster Miene, nickte ab und zu bekräftigend. Die Sandschipper hätten lachen mögen, doch es gelang ihnen nicht recht.

Herr Lojza kehrte zurück, schwenkte unter der Tür ein kleines Köfferchen, wie der Beschäler Herr Salvet eines hatte, und Nadeln und Farbgläschen klapperten darin. Ungeduldig zog ich die Bluse aus, während Herr Lojza den Inhalt des Köfferchens auf dem Tisch ausbreitete.

»Also, was für ein Schiff wünschst du dir, eine Barkasse, eine Fregatte, eine Brigg, einen Dampfer?« Mit einer Handbewegung bedeutete er den Sandschippern, die Gläser auf das hölzerne Fensterbrett zu stellen.

»Alle diese Schiffe könnten Sie mir machen?« Ich schlug die Hände zusammen.

»Du hast die Wahl«, sagte Herr Lojza und forderte einen Sandschipper auf, die Arbeitsjacke auszuziehen, er war darunter nackt, seinen Rücken zierten allerlei Tätowierungen, es gab Meerjungfrauen, zusammengerollte Schiffstaue, Herzen, Monogramme, Segelschiffe. Mir gingen die Augen über von all den schönen Bildchen, und ich hätte mir am liebsten alles Geld aus dem Opferstock ausgeliehen, sämtliche Münzen, um mir den Rücken auf die glei-

che Weise verschönern zu lassen, mit Bildern und Zeichen.
»Nun, entscheide dich«, sagte Herr Lojza.
Ich wählte ein kleines Segelschiff. Herr Lojza breitete sofort eine Zeitung auf dem Tisch aus und legte mich rücklings darauf.
Ich setzte mich wieder hoch. »Wird es auch nicht weh tun?«
Herr Lojza drückte mich ein zweitesmal nieder und sagte, daß es nur ein bißchen pieken werde. Ich blickte zur Decke empor.
»Du hast also gesagt, mein Junge, daß du ein Schiffchen möchtest?«
»Ein Schiffchen, genauso eines wie das, in dem Jesus mit seinen Jüngern über den See Genezareth gefahren ist. Wenn's recht ist.« Und ich schaute weiter zur Decke, hörte Stühlerücken, die Sandschipper beugten sich über mich, ihr Atem wehte mich an, es war Bierduft, Herr Lojza stach mit der Nadel, die er in grüne Farbe tauchte, Punkte in meine Haut, ich döste selig vor mich hin, in der Atemwärme der Sandschipper war mir, als läge ich in der Krippe, als beugten sich Hirten und der Ochse und der Esel über mich, als wäre ich das Jesuskind. Ich hörte Stimmen:
»Sieh einer an, das Schiffchen kriegt aber ein tolles Hinterteil!«
»Lojza, paß auf, daß sich die Segel auch ordentlich blähen!«
»Ach was, die Segel! Wichtig sind Steuerbord und Backbord, die müssen den richtigen Hüftschwung haben!«
»Das schlanke Schiffchen braucht unbedingt ein Ruder wie eine Schwanzflosse!«
Ich lag auf dem Tisch im Wirtshaus Zur Brücke, wurde langsam wieder wach, wollte mich erheben, doch Herr Lojza drückte mich ein drittesmal nieder, diesmal mit dem

Ellbogen und sanft. Nach einer Weile schlief ich wirklich ein. Herr Lojza mußte mich wecken. Während er sein Tätowierungsgerät einpackte, erklärte er:
»So, mein Kleiner, unser Schiffchen ist fertig, und niemand kann es dir wegwischen, wegnehmen. Es wegmachen, das kann ein einziger Doktor in Prag, der den Schauspielerinnen die Haut strafft und ihnen die Falten und Sommersprossen entfernt, aber bei dem kostet ein Quadratzentimeter sechzig Kronen . . .«
Die Sandschipper lachten über Herrn Lojzas Ausführungen, sie wieherten, wieherten derart, daß sie schier in Tränen gebadet waren, ich saß auf dem Tisch und wollte mir das Schiffchen ansehen, doch Herr Lojza warf mir die Matrosenbluse zu, zog sie mir dann sogar höchstpersönlich über den Kopf und knöpfte rasch den gestreiften Latz zu. Schließlich hob er mir noch die Schultasche auf den Rücken, setzte mir die runde Mütze auf und rückte Anker und Hamburg gerade.
»Herr Wirt«, rief ich, »zwei letzte Rum, und dann zahle ich.«
Ich lächelte in die Runde, die Sandschipper lachten, aber nicht so wie vorher, sondern irgendwie schuldbewußt, kein einziger schaute mir mehr in die Augen. Ich zahlte und gab dem Wirt meine restlichen Münzen, denn wer ein Segelschiff auf der Brust hat, muß einen springen lassen können.
»Der Rest ist für Sie, Herr Wirt, als Trinkgeld. Wenn's recht ist.«
In der Tür drehte ich mich noch einmal um, salutierte und lief dann, begleitet vom Gelächter der Sandschipper, in den frühen Abend hinaus . . .
Auf der Brücke geriet ich unvermutet in ein sommerliches Schneegestöber. Aus dem Flußbett wirbelten Hunderttau-

sende Eintagsfliegen empor, sie drängten zu den Gaslaternen, sanken versengt zu Boden und bildeten regelrechte Wehen. Die Eintagsfliegen prallten mir gegen die Wangen, ich bückte mich, legte die Hand in einen Haufen von Eintagsfliegen, hatte das Gefühl, die Finger in brodelndes Wasser zu halten. Manche Leute schlitterten, als hätte Rauhreif das Pflaster glatt gemacht. Ich aber richtete mich auf, stolzierte dahin, niemand hatte gesehen und niemand wußte, daß auf meine Brust ein Bild tätowiert war, ein Schiff, das mit mir fuhr, das mit mir schwimmen würde, wenn ich zum Baden ging, und dessen Bug die Wasserfläche teilen würde, wenn ich kräftige Armzüge machte. Und würde ich einmal traurig sein, würde ich es machen wie Jesus, der auf manchen Bildern das Hemd öffnet, um den Menschen sein brennendes, dornenumranktes Herz zu zeigen. Auf der Brücke war es auch, daß mir einfiel, ich müsse mein Schiffchen zuerst dem Herrn Dechant zeigen. Ich schritt kräftiger aus, ließ eine Gaslaterne nach der anderen hinter mir, um die herum die Eintagsfliegen unablässig wirbelten wie um Haspeln, ich trat durch das große Pfarrtor, im Pfarrhof stand ebenfalls eine Gaslaterne, unweit des Gemüsebeetes, an dem entlang ich das Pfarrhaus erreichte. Zwei Fenster waren beleuchtet. Die Wand empor rankte wilder Wein an einem Holzspalier, ich kletterte hinauf, unterm Fenster hielt ich mich mit einer Hand an einer Latte fest, mit der anderen schob ich Ranken und Laub beiseite, gewahrte die Wermutflasche und ein halb geleertes Glas auf dem mit grünem Plüsch bespannten Tisch – und an diesem sah ich etwas, was ich wahrscheinlich nicht hätte sehen sollen. Der Herr Dechant band gerade die beiden kichernden Köchinnen mit einem Tischtuch oder einem Bettuch zusammen. Als er damit fertig war, kniete er nieder und

roch an den Bäuchen der beiden. Ich senkte den Blick. Nachdem ich Kraft geschöpft hatte, um erneut hineinzuschauen, bot sich mir ein Anblick, der sogar die Sandschipper im Wirtshaus Zur Brücke begeistert hätte. Der Herr Dechant hatte das Tuch mit den Zähnen gefaßt, wie ein balancierender Artist die Hände ausgebreitet und die beiden Köchinnen allein mit dem Kopf hochgehoben, sie strampelten mit den Beinen und streckten sich, so daß ihre hochgekämmten Haare die Decke streiften. Er trug sie im Kreise durch das Zimmer, und ich freute mich, daß unser Herr Dechant zwei zusammengebundene Köchinnen mit dem Mund tragen konnte, daß er die Kraft dazu hatte, Kraft wie Jesus. Nach einigen Runden stellte er seine beiden Köchinnen wieder auf den Boden, ließ sich in den Sessel fallen und lachte dröhnend, lachte derart, daß die Dämchen ihre Röcke zusammenzogen. Dann leerte der Herr Dechant in einem Zug sein Glas und schenkte es gleich wieder voll. Ich stieg vorsichtig vom Spalier, ging ums Haus herum und klopfte an die Tür. Schritte wurden vernehmbar, die Tür öffnete sich, und die kleinere der kleinen Köchinnen ließ mich ein.
»Was gibt es?« fragte der Herr Dechant, der sein Glas schon wieder erhoben hatte.
»Wenn's recht ist, Herr Dechant, möchte ich um Ihren Segen bitten.«
»So spät noch? Und was soll ich segnen?«
»Herr Dechant, schauen Sie her!«
Ich knöpfte den blau gestreiften Latz ab und öffnete meine Matrosenbluse. Erwartungsvoll stand ich vor ihm, die runde Matrosenmütze auf dem Kopf, wie der heilige Aloisius seinen Heiligenschein, und strahlte vor Glück. Die Köchinnen jedoch erschraken und stopften sich die Fäuste

in den Mund. Der Herr Dechant erhob sich, streichelte meine Schulter und schaute mir tief in die Augen:
»Wer hat dir das gemacht?«
»Der Herr Lojza im Wirtshaus Zur Brücke.«
»Und was hat er dir eintätowiert?«
»Ein Schiffchen, ein Segelschiffchen wie das, mit dem der Herr Jesus gefahren ist.«
Auf einen Wink des Herrn Dechanten holten die beiden Köchinnen den großen Spiegel aus dem Vorzimmer, sie trugen ihn vorsichtig herein und knieten auf einen zweiten Wink des Herrn Dechanten vor mir nieder, so daß ich hineinschauen konnte. Ich sah im Spiegel das Gesicht des hochwürdigen Herrn über meiner Schulter, und ich sah auf meiner Brust eine grüne Meerjungfrau, eine Jungfrau mit schuppigem Schwanz, eine Jungfrau mit nacktem Oberkörper, eine Jungfrau, die ähnlich lachte, wie die beiden zusammengebundenen Köchinnen gelacht hatten, als sie vom Herrn Dechanten mit den Zähnen getragen worden waren. Ich staunte und erschrak, mir wurde schwarz vor den Augen.
»Damit kannst du nicht mehr ministrieren. Was hast du dazu zu sagen?«
»Ein Quadratzentimeter kostet sechzig Kronen«, stotterte ich und drückte beide Hände auf die grüne Meerjungfrau.
Die beiden Köchinnen prusteten los, aber sogleich vollführte der Herr Dechant eine Handbewegung, als wollte er sie verdammen. Er sagte:
»Ich bin froh, ich bin sehr froh, daß du damit gerade zu mir gekommen bist. Du wirst es im Leben nicht leicht haben.«
Und er strich mir mit der Hand über den Rücken.

Ich saß am kleinen Tisch und schrieb eine Fleißaufgabe, als Onkel Pepin durch den Brauhof schritt. Seine weiße Seemannsmütze, die ihm der Hut- und Mützenmacher Herr Sisler nach der Seemannsmütze von Hans Albers gefertigt hatte, schwamm wie ein Schiffchen über den Brauhof. Plötzlich blieb der Onkel stehen, zog ein Bürstchen aus der Tasche, nahm die Mütze ab und bürstete sie pfleglich, so zart, als streichle er einen kleinen Vogel. Dann setzte er sie wieder auf und trat stolz bei uns ein. Wir aßen zu Abend, es gab Schmalzstullen, die Mutter brachte den Schmalztopf, wir schnitten uns Brotscheiben ab, verspeisten eine nach der anderen und tranken Bier dazu.

»Dieses Gericht liebte Erzbischof Khon ganz besonders«, brüllte Onkel Pepin mit vollem Mund.

Des Onkels weiße Mütze mit der Goldkordel und dem goldenen Anker über dem schwarzen Schild strahlte auf dem gemachten Bett. Unser Kater Celestýn kam, sprang aufs Bett, und da erst merkte Mutter, daß dort die Mütze des Onkels lag. Mutter stand auf und hängte die weiße Seemannsmütze an den Kleiderständer, weil auf dem weißen Bett einzig und allein der Kater Celestýn liegen durfte, gleichgültig ob er saubere oder schmutzige Pfoten hatte.

Vater vertrug kein Schmalz, darum schnitt er, in der Küche am Herd stehend, das Brot zu Würfeln und trank aus einem Henkeltöpfchen lauen Milchkaffee. Der Onkel und ich hatten an diesem Abend solchen Hunger, daß ich Mutter bat, für uns in einem kleinen Blechnapf etwas Schmalz zergehen zu lassen. Der Onkel und ich tauchten abwechselnd Brotstücke hinein, salzten und pfefferten sie, verschlangen sie und tranken Bier dazu. Als Onkel Pepin

satt war, hieb er leicht auf den Tisch und rief strahlend:
»Und wieder einmal bin ich der ruhmreiche Sieger, wie damals an Fronleichnam in Přemyšl, wo ich mit Oberst Zawada auf einem Hengst in die eroberte Stadt einritt.«
Onkel Pepin brüllte es, und der Vater verdrehte die Augen, versteckte sich halb hinter der Kredenz, rang die Hände und krächzte:
»Stimmt überhaupt nicht, sobald irgendwo ein Schuß fiel, lag er als erster im Graben.«
Onkel Pepin jedoch, begeistert von sich selbst, brüllte weiter:
»Gegen mich durfte sich nie einer etwas herausnehmen! Ich zog sofort den Revolver, und peng, peng, gleich wälzten sich alle im Blute, und alle schossen Purzelbäume.«
Nach dieser Behauptung war Vater so erbost, daß er beim Austrinken des Henkeltöpfchens seine Hose bekleckerte. Ungeachtet dessen trat er wieder halb hinter die Kredenz und flüsterte mit vielsagenden Handbewegungen:
»Das ist nie und nimmer wahr, noch als er achtzehn war, mußte ich ihm immer abends entgegengehen, weil er Angst hatte.«
»Junge«, brüllte Onkel Pepin, »die Schönsten der Schönen haben sich wegen mir gegenseitig beschossen, damals in Mähren war ich der schöne Mann Nummer eins!«
Vater schlug hinter der Küchenkredenz die Hände zusammen und rief gequält, dennoch leise:
»Auch nicht wahr, ganz und gar nicht! In seiner Jugend hatte er ständig Pickel und am Hals drei offene Furunkel!«
Aber Onkel Pepin war ganz versunken in seine goldenen alten Zeiten und schrie weiter vor Begeisterung:
»Wenn ich auf Urlaub kam, in der Uniform eines Kadetten, an der Seite den schlanken Säbel, daran die Goldtroddel,

hui!, wer mich da sah in der schönsten Uniform der Welt, der war ganz baff! Einmal, als ich meine Schwester ansah, senkte sie die Augen, mein Anblick warf sie um, und wir mußten ihr Quarkumschläge machen, damit sie nicht an meiner Pracht und Herrlichkeit starb!«

Der Vater klemmte sich zwischen Kredenz und Küchenwand, blickte zur Decke und klagte, klagte durch die Decke direkt in den Himmel hinein:

»In einer Kadettenuniform ist er ja einmal aufgetaucht, aber die hatte er sich geliehen, denn er war beim Militär immer nur gewöhnlicher Soldat gewesen!«

Onkel Pepin blieb hingerissen von sich selbst, ich saß ihm gegenüber, lachte und lachte, nahm das Knie zwischen die verschränkten Hände, schaukelte auf dem Stuhl vor und zurück, wohl wissend, daß der Vater recht hatte, aber Onkel Pepin war nun einmal entschlossen, der schönste Soldat Mitteleuropas gewesen zu sein, und so wurde er auch dazu. Er klopfte weiter seine Militärsprüche. Plötzlich öffnete sich beim Schaukeln meine Matrosenbluse, der Blick des Onkels fiel auf meine Brust, er zog meine Bluse ganz auf und schrie, außer sich vor Begeisterung:

»Nein, ist das schöööön!«

Zutiefst beeindruckt von der grünen Meerjungfrau, betrachtete er meine Brust.

»Nicht wahr?« sagte ich und schloß die Augen.

Der Vater, der sich noch eine Scheibe Brot abschnitt, stand plötzlich mit dem Küchenmesser vor mir, ich hörte auf zu schaukeln und blickte in die zwei Gesichter; das Gesicht des Onkels war voll aufrichtiger Bewunderung, das Gesicht des Vaters voll Entsetzen.

»Eine Meerjungfrau?« schrie der Onkel. »Du bist ein Seemann! Du bist ein Mordskerl!«

Der Vater betastete die tätowierte Jungfrau und stieß hervor:
»Damit willst du in der Stadt herumlaufen? Damit willst du in die Schule gehen?«
Mutter, die aufgestanden war, um die Eimer mit dem Schweinefutter vom Herd zu nehmen und hinauszutragen, wollte auch hinschauen, wo der Vater hinschaute, aber er hielt ihr rasch die Augen zu. Und er brüllte:
»Wie konntest du es wagen!«
»Ich wollte ein Schiffchen, aber Herr Lozja hat mir eine Meerjungfrau auftätowiert«, erklärte ich verschüchtert und schluckste.
»Die Jungfrau ist nackt!« brüllte der Vater und schob die Mutter mit den Eimern auf den Gang hinaus.
»Aber sie ist schön und hat einen Oberbau wie Vlasta, die neue Kellnerin bei Havrdas«, rief der Onkel mit deutlicher Anerkennung in der Stimme.
Der Vater aber, das Küchenmesser noch immer in der Hand haltend, holte die Hausapotheke, öffnete sie, seine Finger legten sich fester um das Messerheft, und er trat vor mich hin. Ich schloß die Augen, und durch den Kopf schoß mir die Begebenheit aus der biblischen Geschichte, wie sich Abraham anschickt, Isaak die Kehle zu durchschneiden, um ihn Gott zu opfern. Ich faltete die Hände:
»Vater, um Gottes willen, Vater, tun Sie es nicht, lassen Sie mich leben, schneiden Sie mir die Jungfrau aus der Haut, aber lassen Sie mich leben!«
Die scharfe Messerspitze hielt inne, verhielt kurz vor meinem Hals. Vater zögerte. Erst nach geraumer Weile zog er das Messer zurück, entnahm der Hausapotheke die Heftpflasterrolle, entrollte ein langes Stück, schnitt es mit dem Küchenmesser zu Streifen und klebte die grüne Meerjung-

frau zu, deckte sie ab, wie man es mit einem vergifteten Brunnen tut. Onkel Pepin atmete hörbar auf, hob behutsam seine weiße Seemannsmütze vom Kleiderständer und setzte sie behutsam auf, wobei er kindhaft lächelte, als könne er sehen, wie gut sie ihm stand. Dann trat er aus der Küche auf den Gang und schloß leise hinter sich die Tür. Am unteren Fensterrand schwamm seine weißleuchtende Mütze jetzt in der Abenddämmerung vorbei, der Onkel ging ins Städtchen zu den schönen Fräuleins, trat die allabendliche Tour aber auch an, um auf dem Weg in die Kneipen und Bars die Grüße der Leute entgegenzunehmen, die in den Fenstern lehnten. Das Im-Fenster-Lehnen gehörte zu den sommerlichen Bräuchen unseres Städtchens. Dann zogen sich die Menschen am frühen Abend, sonntags auch an den Nachmittagen, hübsch an und machten sich im Fenster breit, ganze lange Gassen gewannen dadurch ein neues Aussehen, mit riesigem Interesse wurde beobachtet, wer die Gasse entlangkam, wohin er ging, was sonst noch so geschah, man grüßte einander und bildete an manchen niedrigen Fenstern kleine Gruppen. Am Marktplatz waren alle Stockwerke in dieser Weise von vorgebeugten Leuten besetzt, als würde etwas gefeiert, als zöge eine Militärkapelle oder eine Schar Maskierter durch. Heute war nur ein gewöhnlicher Abend, die Leute guckten aus den Fenstern, weil sie Zeit hatten, nur so. Alle grüßten den Onkel, alle wollten wissen, in welcher Bar gerade die schönsten Fräuleins waren, vor allem aber bewunderten alle die weiße Seemannsmütze des Onkels. Er genoß es, würde den ganzen nächsten Tag noch davon zehren.

Ich saß inzwischen wieder am kleinen Tisch und schrieb weiter an der Fleißaufgabe, was ich lediglich tat, um von der grünen Meerjungfrau abzulenken, ich schrieb schön, konzentrierte mich ganz auf das Heft, damit der Vater nicht mehr tobte und die Mutter nicht mehr weinte. Während ich schrieb, zogen sich die Eltern fürs Kino an. Mein Thema hieß: Was ich einmal werden möchte ... Der Schulleiter hatte gesagt, jeder müsse das Höchste werden wollen, er müsse im Leben ein Präsident werden wollen oder der Schuhkönig Bat'a oder Oberster Richter oder Postdirektor, ich aber schrieb in meine Fleißaufgabe, daß ich arbeitslos sein wolle. Ein Arbeitsloser geht genauso ungern zur Arbeit, wie ich ungern in die Schule ging, der Marktplatz war allabendlich von Arbeitslosen bevölkert, die sich heiter und laut unterhielten, die später in den Gasthäusern herumsaßen und Karten spielten, die auch nach mehreren Regentagen noch braungebrannt waren, weil sie Zeit gehabt hatten, an Sonnentagen ausgiebig zum Baden zu gehen, im Winter dann spielten sie Eishockey zu Fuß, hei!, war das ein Geschrei und Gejohle auf dem zugefrorenen Fluß. Die Arbeitslosen des Städtchens lebten sorglos, weil sie morgens erst aufzustehen brauchten, wenn sie ausgeschlafen hatten, und sie sahen besser aus als jene, die zur Arbeit gingen, weil sie nicht fürchten mußten, daß man sie hinauswerfen könnte ...

Der Vater band sich die Krawatte um, tat es, als wollte er sich aufhängen, streckte sich im Spiegel selbst die Zunge heraus, seine Finger verflochten sich zu einer Brezel, am Ende jedoch entsprach der Knoten seiner Erwartung. Dann schaute er mir über die Schulter, las in meiner Fleißaufgabe, und als er ein Stück gelesen hatte, verspürte ich seinen Blick in meinem Nacken, scharf wie ein Küchenmesser und bohrend wie ein Regenschirmdraht. Er packte mich, daß er mir fast die Schultern zerquetschte, drehte mich herum, langte nach dem Küchenmesser und hielt es mir erneut mit der Spitze an den Hals. Ich sank in mich zusammen, sank auf meinen kleinen Stuhl, wohl wissend, daß es jetzt endgültig aus war mit mir, weil meine Fleißaufgabe den Vater noch wütender machte als die Meerjungfrau. Er sah mich zornbebend an, es war wie im Jahr zuvor, als er mir aufgetragen hatte, im Gärtchen zu jäten, fünf Gemüsebeete, er hatte mich gestreichelt, als ich damit fertig gewesen war, doch als er mit mir zur Besichtigung in den Garten gegangen war und gesehen hatte, daß der Salat und alles Gemüse neben den Beeten lagen und Unkraut und Gras auf dem Beet standen, hatten seine Augen genau solche Zornesfunken gesprüht, er hatte sich händeringend gefragt, warum der Himmel gerade ihn so schrecklich strafe . . . Wie damals sah er mich jetzt an, das Küchenmesser ritzte meine Brust, ich zuckte nicht mit der Wimper, auch der Vater zuckte nicht mit der Wimper, er blickte angestrengt auf den Grund meiner Seele. Dann stach er zu, jedoch ganz leicht, löste mit dem Messer einen Pflasterstreifen nach dem anderen ab und sprach leise, sprach wie zu sich selbst:

»Es ist ja doch alles sinnlos, die Meerjungfrau soll an dir haften wie das Kainszeichen . . . Arbeitsloser also möchtest du sein? Du landest noch in der Besserungsanstalt, und wenn sie dich dort entlassen, wirst du reif sein fürs Zuchthaus und nach dem Zuchthaus dann für den Galgen.«

Die Mutter kam aus dem Schlafzimmer, im Kostüm und das Hütchen auf dem Kopf, sie sah sich meine Tätowierung genauer an und sagte:

»Nur gut, daß die Jungfrau schuppige Beine hat und einen nackten Busen, umgekehrt wäre es schlimmer. Gehen wir, damit wir nichts verpassen, es spielt Gary Cooper.«

Die Pflasterstreifen jedoch klebten an Vaters Fingern fest,

er schüttelte die Hände, was zur Folge hatte, daß sich zwei, drei Streifen an seine Handflächen hefteten. Schließlich mußte er sie mit dem Handtuch abziehen.
Er drohte mir noch einmal, dann gingen die Eltern ins Kino zum Großen Ereignis, wie sie meinten, in den Film *Mr. Deeds geht in die Stadt*.
Später setzte ich mich auf die Bank vor der Brauereiverwaltung, die Mauerschwalben hatten schon aufgehört, mit ihren Flügeln den Himmel zu bekritzeln und zu zwitschern, aus der Ferne waren Züge und deren Gebimmel zu hören, und zum Tor kam der Nachtwächter Herr Vaňátko hereinspaziert. Sein Gesicht war in Schweiß gebadet und wirkte maskenhaft. Behängt war unser Nachtwächter mit Taschenlampe und Pfeife und allerlei anderen Gerätschaften, die sein treues Hündchen Tričko streiften. Vor der Bank schlug er die Hacken zusammen und meldete sich zum Dienst. Vor seiner Brust hing die Kaffeekanne, auf seinem Rücken ein Mexikaner, ein altes Armeegewehr aus der Zeit Maximilians, mit dem man freilich nicht mehr schießen konnte, weil der Vater das Schloß beschädigt hatte, denn Herr Vaňátko war allnächtlich von dem Gefühl beherrscht gewesen, überfallen zu werden, wie Onkel Pepin in den Dienstjahren als österreichischer Soldat. Herr Vaňátko hatte früher auf alles gefeuert, hatte Liebespaare aufgeschreckt und in die Flucht gejagt, einmal hatte er sogar einem Mann, der an der Brauereimauer seine Notdurft verrichtete, den Hut vom Kopf geschossen. Als der Nachtwächter jetzt unterm Vogelbeerbaum vor der Kanzlei seinen zusammengerollten Militärmantel entrollte, um ihn auf dem Gras auszubreiten, stolperte er über sein Hündchen und wäre beinahe gefallen. Da packte er das Hündchen und warf es auf den zementierten Gehweg, das Tier

begann jämmerlich zu jaulen, worauf unser Nachtwächter seinen Tričko gleich wieder in die Arme nahm, sein schweißnasses Gesicht in das Hundefell drückte, das Tier küßte und um Verzeihung bat. Danach ließ er sich auf die Bank fallen, legte den Mexikaner neben sich, horchte aufmerksam in die Nacht – und schwitzte weiter fürchterlich. Von Vater wußte ich, daß Herr Vaňátko aus dem Krieg die Malaria mitgebracht hatte. Gespannt saß er neben mir, einen Knoblauchgeruch verbreitend, der unangenehm an Zwiebelsoße erinnerte. Plötzlich fiel ihm ein, daß er sich noch nicht ordnungsgemäß beim Verwalter gemeldet hatte. Ich sagte ihm, daß Vater im Kino sei, doch Herr Vaňátko schritt im Marschtritt, den Mexikaner auf dem Rücken, zum dunklen Kanzleifenster und salutierte.

»Nachtwächter Vaňátko meldet sich zum Dienst!«

Er machte militärisch kehrt, wobei er fast wieder über seinen treuen Tričko gefallen wäre. Wieder hob er ihn auf, doch als er ihn zum zweitenmal auf den Zementweg schmettern wollte, war der Malaria-Anfall plötzlich vorbei, unser Nachtwächter kam zur Besinnung und küßte das Hündchen sofort ab, übertrug einmal mehr den Geruch von Zwiebel- und Knoblauchsoße auf das Tier, dem wahrscheinlich lieber gewesen wäre, unsanft auf dem Boden zu landen, weil Herrchens Geruch so unangenehm war, daß Tričko von ihm wegstrebte, so weit wie möglich weg von den bärtigen Küssen. Doch der Nachtwächter wollte sich damit freikaufen. Nachdem er das Hündchen abgesetzt hatte, kam er zur Bank zurück, und mir fiel einmal mehr auf, daß er weite Weinbauernhosen trug, die zwischen den Hosenbeinen ein kurzes Extrahosenbein hatten. Dies war nötig, weil er einen Leistenbruch hatte, einen zweiten Sack, wie Onkel Pepin zu sagen pflegte. Der Nachtwächter

nahm Platz und horchte angespannt in den Abend hinein.
»Herr Vaňátko«, fragte ich, »was hätten Sie werden wollen, wenn Sie die Schule fertiggemacht hätten?«
»Epileptiker«, antwortete der Nachtwächter, ohne zu zögern.
»Epileptiker? Was ist das für ein Beruf?«
»So ein Epileptiker, das ist das Höchste, wozu es der Mensch bringen kann. Die meisten Epileptiker gibt es in Indien. Epileptiker, die können für die Menschen einen Brunnen finden, sie sind Quellensucher, Wassersucher. Sie verstehen aber auch was von Philosophie, während andere Leute den Mädchen nachsteigen oder in Wirtshäusern herumsitzen, schreibt der Epileptiker Gedichte, und sogar, wenn er schon im Zustand der Vollkommenheit ist, schreibt er noch Romane wie Dostojewskij und Gogol. Der größte Epileptiker aber war Mohammed, der, als er hellsichtig wurde, nachts das gemeinsame Bettuch zerschnitt und Weib und Kind verließ, um für die Menschheit mit einer grünen Rute geistiges Wasser zu finden, eine Quelle, und alles das schrieb er dann zu einer Lehre zusammen. Onkel Pepin ist auch so ein Epileptiker. Er ist der größte Epileptiker östlich der Alpen. Wenn ich neu anfangen könnte, würde ich nichts anderes sein wollen als Epileptiker.«
»Wirklich?« fragte ich.
»Wirklich«, antwortete Herr Vaňátko, der in die Nacht hineinhorchte. Fledermäuse schossen geräuschlos durch die Luft, vom Gesimse der Mälzerei her riefen Käuzchen und Uhus, im Hain unweit der Brauerei-Einfahrt gurrten im Schlaf die Tauben, und ich nahm mir vor, hineinzugehen und meine Fleißaufgabe »Was ich einmal werden möchte« umzuschreiben . . . Ich stand auf, der Nachtwächter hatte

wieder glasige Augen und schwitzte wieder fürchterlich, sein Hündchen Tričko hatte sich auf dem Militärmantel unterm Vogelbeerbaum zusammengerollt, ich schaute Herrn Vaňátko weiter ins Gesicht, wie eine Statue mit geöffneten Augen saß er da, als ich seine in die Knie gekrallten Finger berührte, regte er sich nicht, er sah aus, als würde er mit dem ganzen Körper in die Nacht hineinhorchen. Wahrscheinlich war er klamm und steif vor Staunen über den Sternenhimmel. Ich ging noch nicht hinein, sondern zum Gesindehaus. Aus einer Stube im zweiten Stock wanderte eine Lampe los, sie bewegte sich von Fenster zu Fenster, hinunter zur Mälzerei, wahrscheinlich war es der Mälzer Mára, der nach dem Wenden des Malzes in die Gesindestube zurückkehren und dort ähnlich dem Nachtwächter starren Blickes am Fenster sitzen und in die Flußlandschaft schauen würde, auf die Felder, er würde lange so dasitzen, neben sich ein Bierfäßchen, aus dem er sich jede Viertelstunde einen Blechnapf füllte, er würde trinken, das Bier würde an seinem schlaffen Bart herabrinnen, geistesabwesend würde er aus der Unterwäsche in die Nacht schauen. Von Onkel Pepin, dessen Bett neben jenem Máras stand, wußte ich, daß der Mälzer einst seine minderjährige Tochter vergewaltigt hatte, daß er ein Jahr lang im Gefängnis gesessen hatte und daß er seither, wenn er nicht gerade das Malz wendete, Bier trinkend am Fenster saß und vor sich hin stierte. Es zog mich immer wieder zu ihm, ich wollte ihn dasitzen sehen, die eine Hand am Bierhahn, in der anderen den Blechnapf, während aus seinem Bart traurig das Bier tropfte. Ich wußte, daß er seine Tochter vergewaltigt hatte, aber ich wußte nicht, was vergewaltigen war. Hatte er sie niedergeworfen, geschlagen, ihr die Haare ausgerissen? Oder hatte er sich mit ihr etwas erlaubt, was die Erwachsenen tun? Aber nach dem Plakat am Kino mußte man dafür schon ungefähr so sein wie Gary Cooper heute in dem Film *Mr. Deeds geht in die Stadt*, dem Großen Ereignis, wie die Leute meinten, und nicht wie Herr Mára mit seiner verdreckten Unterwäsche und seinem feuchten Bart, nein, dazu durfte man nicht sein wie dieser Dauerbiertrinker, der immer bloß Olmützer Quargel aß. Ich stahl mich oftmals in die Gesindestube und saß hinter ihm auf der Leutebank, den Kopf auf die Fäuste und die Ellbogen auf den schmutzigen Tisch gestützt, der ständig nach Hering roch, so hockte ich da, beobachtete den Mälzer und konnte nicht begreifen, daß er seine minderjährige Tochter vergewaltigt hatte, weil auch ich minderjährig war . . . Auf der Schwelle zu unserer dunklen Wohnung blieb ich stehen und blickte zur Mälzerei, wo im Schein der Lampe, die nun auf einem Dreibein stand, der nächtliche Brauereiwanderer arbeitete, und aus den Bewegungen seines Körpers und seines Bartes ersah ich, daß es tatsächlich Herr Mára war, der Kindsvergewaltiger. Ich betrat die Wohnung, tappte im Dunkeln in die Küche, hielt eine Zeitlang die Hand über den Lichtschalter und überlegte, ob ich meine Fleißaufgabe wirklich umschreiben sollte. Schließlich ging ich lieber schlafen. Als ich mich niedergelegt hatte, verschränkte ich die Hände hinterm Kopf und verspürte deutlich, wie sich mit dem Heben und Senken meines Brustkorbs auch mein Schiffchen hob und senkte und durchs nachtdunkle Zimmer schwamm, mein Schiffchen, das eine Meerjungfrau war. Ich blickte zur weißlichen Decke empor und mußte an unseren Kutscher Herrn Kopecký denken, der mit einem Ochsengespann im Städtchen und in den umliegenden Dörfern Bier ausfuhr, der mittags pünktlich in der Brauerei eintraf, hinter einem der Ställe wartete, in einem bestimmten Augenblick an der Güllengrube vorbei zu einer bestimmten Stelle an der Mauer ging und mit einem Korb zurückkehrte, auf dem ein weißes Tischdeckchen lag. Ich beobachtete oft, wie er irgendwo Platz nahm, einen Topf Suppe aus dem Korb hob und auf seine Knie stellte, über die er vorher das Deckchen gebreitet hatte, wie er bedachtsam aß, wie er nach der Suppe eine kleine Kasserolle aus dem Korb hob und mit dem Löffel die Knödel und die Soße, manchmal auch Kraut zu essen begann. War er fertig, gab er Topf, Kasserolle und Löffel in den Korb zurück, legte das Deckchen darüber, trug den Korb an der Güllengrube vorbei zur Braumauer zurück und stellte ihn auf die oben einzementierten Glasscherben. Vom Weg an der Braumauer her griff jemand nach dem Korb und ließ ihn verschwinden. Einmal, in der Mittagszeit, während Herr Kopecký seine Suppe gegessen hatte, war ich aus dem Brauhof um die Ecke gerannt und hatte schon von weitem ein Mädchen entdeckt, das neben einem an die Mauer gelehnten Damenrad stand. Sie war nur wenig älter als ich. In Deckung stehend, hatte ich gewartet, bis auf den Glasscherben der Korb mit dem weißen Deckchen erschienen war. Das Mädchen war auf Pedal und Rahmen gestiegen, hatte den Arm ausgestreckt – und ich war losgelaufen, zu ihr hin, an ihr vorbei, ich hörte gerade noch, wie sie rief: »Bis heute abend, Vati!« Und dann hatte ich an der nächsten Ecke gewartet, das Mädchen war an mir vorübergeradelt, große braune Augen, blasses Gesicht, Haare wie frisch gewaschen und im Nacken von einem Band mit Masche zusammengehalten, am Lenkrad den Korb . . . Seitdem sehe ich Herrn Kopecký, den Bierkutscher, als Propheten, als heiligen Mann in Röhrenstiefeln, in rohleinenen Hosen, in einem Mantel aus derbem Tuch, der immer nur gemächlich, mit wiegendem Gang neben dem Ochsenpaar einherschritt und aus halb geschlossenen Augen die Welt betrachtete, dazu eine Tochter hatte, die ihm täglich das Essen brachte, die sich auf den Fahrradrahmen stellte und den Korb auf die hohe Mauer hob, die wartete, bis er gegessen hatte, dann den Korb wieder von der Mauer holte und rief: Bis heute abend, Vati . . .

Vaters eindringliche Stimme weckte mich:

»Sei still, sei still, um Gottes willen, sag nichts mehr, ich habe gesehen, wie du den Gary Cooper angeschaut hast, das tut eine anständige Frau nicht, so darf sie nur ihren eigenen Mann anschauen!«

Die Mutter zog mit erhobenen Händen den seidenen Unterrock über den Kopf und wehrte sich, dergestalt in Seide eingehüllt:

»Das ist doch nur ein Film, und überhaupt, nach diesem Gary sehnen sich alle Frauen, er ist nun mal schön und dabei noch so jungenhaft.«

»Was«, schrie der Vater gedämpft, »du gibst auch noch zu, daß du dich nach ihm sehnst? Knie nieder, knie nieder und bekenne es! Du wärst also, würdest du ihm irgendwo begegnen, sofort die Seine! Gib es zu!«

Die Mutter schlüpfte unters Federbett und sagte:

»Ja, ich würde schwerlich widerstehen können. Dieser Gary ist stärker als alle Vorurteile.«

»So eine bist du also!?« brüllte der Vater, packte die Mutter bei der Hand und riß sie aus dem Bett. »Somit, wenn es möglich wäre, würdest du ihm gehören! Doch dazu lasse ich es nicht kommen, bei meiner Ehre.«

Ich sah, daß der Vater im Nachtkästchen wühlte, er brachte die Pistole zum Vorschein, da drehte ich mich auf den Bauch, vergrub das Gesicht in den Händen, drückte mich

in die Ritze zwischen den Ehebetten, wo ich von Zeit zu Zeit auf einer Decke schlafen durfte, doch plötzlich mußte ich sehr dringend, konnte aber nicht einfach aufstehen und hinauslaufen, der Drang wurde unerträglich, und während der Vater den Revolver lud und die Mutter, auf dem Boden kniend und die Hände faltend, um ihr Leben flehte, zog ich die Decke zur Seite und pinkelte zwischen den Betten hindurch, pinkelte das ganze Bier aus, das ich mit Onkel Pepin getrunken hatte.
Der Vater merkte auf und horchte, dann horchte auch die Mutter.
»Der Schweinigel«, rief Vater, »die Meerjungfrau reicht ihm nicht, ihm reicht nicht, daß er Arbeitsloser werden will, er muß auch noch unser Nachtlager entweihen!« Er legte den Revolver auf das Nachtkästchen, schob mit einem gewaltigen Ruck die Betten auseinander, ich plumpste in die große Pfütze und sah, daß Vaters Augen hervortraten: »Du reifst für den Galgen heran!«
Ich kroch aus der Pfütze, die Mutter öffnete die Arme, ich flüchtete mich hinein, wir umarmten einander, zum erstenmal nach langer Zeit, ganz fest drückten wir uns aneinander und weinten, ich schluchzte immer lauter, und wir versicherten uns gegenseitig, daß wir einander nie mehr verlassen würden. Der Vater stand unschlüssig da, warf einen letzten Blick auf den Revolver, ging dann in die Küche, holte Eimer und Wischlappen, kniete nieder und begann die Pfütze aufzuwischen. Beim Aufwischen und Auswinden beruhigte sich der Vater, die Mutter hörte auf zu weinen, und ich schlich mich in die Küche hinaus, wo ich mir wie gewöhnlich auf dem Klappbett das Nachtlager bereitete. Ich hörte den Vater durch den Gang auf den Hof gehen, wo er mit einem mächtigen Platsch den Eimer ins

Gras des Obstgartens leerte. Mißmutig kehrte er zurück. Nachdem er, wieder mit einem gewaltigen Ruck, die Betten zusammengeschoben hatte, schlüpfte die Mutter erneut unters Federbett und flüsterte erleichtert:
»Mein Bettchen, mein Bettchen!«
Der Vater löschte an der Tür das Licht aus, ich hörte ihn barfuß zum Bett schlurfen, hörte die Matratzen ächzen, er warf sich hin und her und wurde schließlich ruhig.
»Dieser Cary Cooper«, sagte er vor dem Einschlafen noch sanft, »der ist nicht nur ein ausgezeichneter Schauspieler, der ist auch ein schöner Mensch. Wie der die Tuba spielte, wie der sein Haus baute, wie der die Gäste empfing, noch bevor das Haus fertig war – einfach großartig! Wie ich gleich nach dem Film sagte, *Mr. Deeds geht in die Stadt* ist großartig, ist das ganz große Ereignis! Morgen wird er noch einmal gespielt, wir gehen wieder hin, ja?«

Am Sonntag herrschte in der Brauerei Stille. Die Pferde ruhten sich in ihrem Stall aus, die beiden Ochsenpaare lagen in ihrem Stall auf dem Stroh, im Hinterhof standen die Wagen ausgerichtet und reckten ihre Deichseln vor, unweit der Böttcherei lagerten stummer noch als sonst die Eichenbretter, aufgeschichtete Dauben von unterschiedlicher Länge, aus denen die Betriebsböttcher je nach Bedarf verschieden große Fässer herstellten, am häufigsten sogenannte Banzen, präziser Fünfziger genannt, des weiteren Viertler und Halbe, sodann Lagerfässer mit hundert Hektolitern Inhalt zum Reifen der Biere. In den Braugebäuden standen alle Maschinen und Räder still, es ruhten sich auch die Kessel im Sudhaus aus, und auf den Darrböden schlief die gereifte Gerste. Hinter der Böttcherei befand sich ein Kirschgärtchen mit hohen Bäumen, deren Äste das Blechdach berührten, einige lagen sogar auf dem Dach, und wenn die Knorpelkirschen und die Weichselkirschen reiften, fast schwarz wurden, kletterte ich von Ast zu Ast, bis hoch in die Kronen hinauf, und schwang mich aufs Dach, von wo ich bequem ganze Hände voll der süßen Früchte pflücken und verspeisen konnte, ich aß stets langsam, labte mich oft an den Knorpelkirschen eine Stunde lang, besonders die Sorte Napoleon hatte es mir angetan, die bei Regen leicht platzte, aber dann noch schmackhafter war. Manchmal lag ich auch mitten in der Baumkrone, faul, ich streckte mich nur nach den reifsten Früchten, während rings um mich Amseln und Stare gierig pickten und mich von Zeit zu Zeit anschrien, als gäbe es nicht für alle genug. Sie schillerten im Blattwerk, die Stare funkelten wie grünblaue Edelsteine, hatten die Kehlen golden bestäubt, glänzten, schienen geschmälzt oder poliert zu sein, erinnerten an Eisvögel, die gerade aus dem Wasser auftauchen. So gut kannte ich meine Bäume, daß ich mit geschlossenen Augen hätte ihre Stämme und Äste nachzeichnen können, unter Tausenden Kirschbäumen hätte ich sie wiedererkannt, jeder besaß sein eigenes unverwechselbares Gesicht, ich kannte sie deshalb so gut, weil ich zeitweise in ihnen lebte, und zwar nicht nur zur Kirschernte, sondern auch sonst, war das Wetter gut, strich ich mir ein Schmalzbrot, hielt es zwischen den Zähnen und kletterte behende bis zu den obersten Ästen, dort lehnte ich mich an den Stamm, legte die Beine auf eine Astgabelung und verspeiste mein Brot, ganz versteckt war ich dann in dem Laub, die Baumkrone schaukelte im Wind, und durch das Blattwerk sah die Brauerei aus, als bestände sie aus lauter Flicken und Flecken. Die fünf Stockwerke hohe, fensterlose Eiskammer setzte sich aus lauter grünen Blättern und Sonnenkringeln zusammen, ich sah durch die Wand, die sie mir zukehrte, tausend Fuhren Eis sah ich, blickte ich anschließend zur Mälzerei, sah ich alle Stockwerke von innen, den Grünmalzboden oben, die Tennenböden darunter, bis hinunter zum Maschinenraum, ich sah ins Sudhaus, wo Brauarbeiter die Kesselfeuer schürten, und ich sah auch in die Gesindestube, wo die Männer auf den Betten lagen. Wohin ich aus den Kirschbäumen hinaus auch blickte, für mich waren sämtliche Mauern und Wände aus Glas, selbst in die finsteren Füllkammern konnte ich sehen, weil ich alles von innen kannte, oft und oft war ich in die Brauereigebäude gegangen, denn ich fürchtete mich gern. Eben darum kannte ich mich überall aus, in den Füllkammern, im Sudhaus, in den höchsten Räumen der Brauerei, auf dem Kühlstock, bei der Pfanne von der Größe eines Eishockeyfeldes, ach, darin kühlte die Bierwürze ab,

Dampf stieg auf, durchdrang die Ritzen in den Jalousien und strömte über dem Gebäude zusammen wie das Haar blonder Frauen beim Hochkämmen. Ich flog jedesmal durch die Gänge, flog von Stockwerk zu Stockwerk, angstbeherrscht, furchtgetrieben, denn aus den dunklen Ecken und halb geöffneten Türen hätten Hände nach mir greifen und mich in die Tiefe stoßen können. Immer leichter wurde ich in der sonntäglichen Grabesstille, vermeinte, nicht mehr als fünf Kilo zu wiegen, so gut verstand ich es, mich mittels Furcht und Angst leicht zu machen, wie im Frühjahr, wenn auf dem Fluß die Eisschollen in Bewegung gerieten, ich lenkte dann meine ganze Aufmerksamkeit in die Augen und in die Beine und sprang von Scholle zu Scholle, mein Herz klopfte wild, obwohl ich genau wußte, auf welches Eisstück ich mit welchem Gewicht springen mußte, wenn es nicht untergehen sollte, denn unterzugehen und zwischen die schwimmenden Eisschollen zu geraten, war das gleiche, wie in eine von Bremsenschwärmen überfallene, davonstürmende Kuhherde zu geraten. Jedes Jahr sprang ich so von Scholle zu Scholle, ich durfte nie das Tempo verlieren, und wenn ich von der letzten einen Satz ans Ufer machte und den Zuschauern in die Augen blickte, merkte ich, daß keiner so etwas wagen würde, ich stemmte die Hände in die Hüften, atmete tief, um neue Kraft zu schöpfen, und kehrte, wieder von Scholle zu Scholle springend, an den Ausgangspunkt zurück. Auf ähnliche Weise durchquerte ich die sonntägliche Brauerei, am liebsten allerdings hob ich den Riegel an der Tür zu den Ställen, bei den Pferden blieb ich selten stehen, sie hatten stets verängstigte Augen, aus jedem Pferdeblick schaute einen der Schrecken an, wahrscheinlich hatten die Menschen diesen Tieren allzu Schlimmes angetan, ehe sie ihnen beibrachten,

die schweren Brauereiwagen zu ziehen. Lieber ging ich sonntags in jenen abgetrennten Stallteil, wo die zwei Ochsenpaare lagen. Sie erwarteten mich meist schon, drehten die Köpfe nach mir um und sahen mich an, schön waren ihre Augen, die beiden Ochsen käuten gewöhnlich wieder und blickten freundlicher drein als die Menschen. Ich kniete vor jedem Ochsen hin, streichelte jeden, und jeder gestreichelte schloß die Augen, immer hielt nur jener Ochse die Augen geschlossen, vor dem ich gerade kniete, während mich die übrigen anschauten. Streichelte ich dann die schöne weiche Haut unter dem Ochsenhals und wog sie in der Hand, hatte ich in den Fingern das Gefühl, Mutters Hirschlederhandschuhe zu kneten. Aber das wäre wenig gewesen. Ich legte mich fast mit dem ganzen Körper auf Nacken und Kopf eines Ochsen, spürte, wie er sich an mich drückte, so daß aus ihm eine sanfte Kraft in mich strömte, daraufhin umfing ich seinen Hals und schmiegte mich verliebt an ihn, so daß auch ich die Augen schließen mußte, es wurde für mich finster im Stall, doch diese Finsternis war ein großes warmes Licht, das aus mir in den Ochsen und aus dem Ochsen in mich überging. Die anderen Ochsen hielten derweil die Augen offen, sie hoben die Häupter und gaben sich würdig wie Könige. Hatte ich die Tiere derart liebkost und mich an ihnen erfreut, wußte ich genau, warum der heilige Lukas einen Ochsen als Zeichen hatte, wie wir in der Bibelkunde lernten . . .
An diesem Sonntag pflückte ich einen Korb voll Knorpelkirschen, aber nur kleine, geriet mir eine große zwischen die Finger, steckte ich sie in den Mund. Gegen Abend schleppte ich den Korb zum Herrn Oberoffizial Novotný, der den Vater bei der Steuererklärung zu beraten pflegte. Im Winter mußte ich ihm einiges vom Schweineschlachten

bringen, im Herbst Rebhühner und Hasen. Jedesmal, wenn ich kam, gab mir der Herr Oberoffizial zwanzig Heller für den Weg und legte mir eindringlich ans Herz, das Geld nicht gleich zu vernaschen. Sodann lud er mich zu dem Tisch, wo sein Söhnchen und sein Töchterchen saßen und Aufgaben schrieben, Herr Novotný stellte ihnen Fragen in Rechnen und Sprachlehre, und die Kinder antworteten wie aus der Pistole geschossen. Dies befriedigte den Herrn Oberoffizial sehr, ich jedoch merkte, daß die Kinder von Angst erfüllt waren und nie gewagt hätten, die Schule zu schwänzen, unerlaubt irgendwo zu spielen, zu faulenzen oder gar einmal zu toben. Frau Novotný verstaute das Geschenk, die Aufmerksamkeit meines Vaters, sie tat es umständlich und langsam, was mir wie mütterliche Absicht vorkam, vielleicht war sie froh über mein Hiersein, vielleicht aber wollte sie nur Zeit gewinnen, damit ihr Gatte stolz vorführen konnte, wie gelehrig und gebildet seine Kinder waren. Der Junge ging erst in die zweite Klasse, wußte aber schon, daß er einmal Gerichtspräsident werden würde, das Mädchen hatte erst seit einem knappen Jahr Klavierstunden, behauptete aber schon, daß sie einmal Klaviervirtuosin sein würde, eine, die alle Welt in Erstaunen versetzt. Ich saß bedeppert da, betrachtete die Schnürung der Schuhe an meinen übereinandergestellten Füßen, ganz schrecklich interessierten mich die Ösen und die überkreuz laufenden Senkel, ich kam nie zurecht damit, immer war es für mich höchste Zeit in die Schule zu gehen, und so blieb stets eine der oberen Ösen leer, sie sah aus wie ein im Kiefer alleinstehender Zahn, irgendwie band ich in meiner Zeitnot die Schleife, es kam auf so was ja wohl gar nicht an. Wenn der Herr Oberoffizial dann fragte: »Jiří, was hast du in Rechnen«, dann wußte ich sofort, daß die Antwort nur lauten konnte: »Eine Eins!«, denn der Sproß des Herrn Oberoffizials konnte in allem nur eine Eins haben, auch in Betragen, und daß auch das Mädchen lauter Einsen hatte, war ebenfalls klar, sonnenklar, denn sie war einfach ein Einsermädchen. Ich sagte mir, daß Vater den Herrn Oberoffizial Novotný vom Finanzamt wahrscheinlich dazu angestiftet hatte, mir ins Gewissen zu reden, weil ich seit der zweiten Klasse immer nur Dreier in Rechnen und Sprachlehre sowie eine Zwei in Betragen hatte. Ich dachte mir trotzdem nur das Meine, dachte bei den Novotnýs lieber an Hündchen, die durchs Städtchen streunten, die keine Bleibe hatten und irgendwo unter Brücken oder Bäumen schliefen, die fraßen, was ihnen Mildtätige gaben oder was sie irgendwo erwischten, ansonsten tollten sie in der Sonne umher oder rollten sich gegen den Regen zusammen, ein jedes tat einfach, was es wollte. Bei Novotnýs dachte ich aber auch an jene Hunde, die einen Stammbaum und lauter Einsen hatten, jedoch im Haus oder bei ihrer Hütte bleiben mußten, Wachhunde, die nur an der Leine oder gar am Würgehalsband gehen durften, oder Jagdhunde, die, wenn sie eine angeschossene Gans nicht aus dem Teich apportierten, mit dem Schweißriemen so lange an einen Baum gebunden wurden, bis sie ohnmächtig umkippten, ich dachte aber auch an die wenig rassereinen vierzigtausend Dorfhunde, die ein Leben lang an kurzer Kette und durstig gehalten wurden, damit sie scharf blieben, arme Tiere, denen man keinen Auslauf gestattete und die, wenn sie den Pflock los- oder die Kette abrissen, unter Gerassel durch die Gegend liefen und den Menschen auswichen, bis sich ihre Kette irgendwann in einem Strauch verfing, bis sie irre oder tollwütig wurden und erschossen werden mußten ... Heute, nachdem ich den großen Korb mit den kleinen

Kirschen gebracht hatte, schaute der Herr Oberoffizial Novotný beharrlich auf meinen weiß-blau gestreiften Latz, so daß ich schließlich die Haken öffnete und die Bluse auseinanderzog, um die grüne Meerjungfrau zu präsentieren, die Herr Lojza mir im Wirtshaus Zur Brücke auftätowiert hatte. Der Oberoffizial errötete, legte seinen Kindern die Hände auf die Augen und führte sie an einen anderen Tisch. Frau Novotný, die noch immer den Kirschkorb leerte, senkte den Blick. Der Oberoffizialssproß ging ins Klo, und mir fiel auf, daß der Vorhang am Fensterchen in der Klotür von außen angebracht war, der Herr Oberoffizial trat leise hin, stellte sich auf die Zehenspitzen und prüfte, ob sein Söhnchen im Klo nicht etwas tat, was ihm hätte schaden oder ihn gar hätte verderben können. Er sprang rasch weg, als sein Sproß fertig war, und als sich die Klotür öffnete und der Junge erschien, stand Herr Novotný schon bei mir und hielt mir seinen erhobenen Zeigefinger vor die Nase:

»Ich war in der Schule so gut, daß mir der Herr Schulinspektor persönlich empfahl, bereits aus der vierten Klasse Volksschule in die Bürgerschule überzutreten! Stimmt's?« Er drehte sich zu den Kindern um, die pflichtschuldigst nickten, ganz steif standen sie da, ihre Arme und Beine bildeten Geraden, in ihren Augen stand Angst, obwohl sie lächelten, es war wie bei einem Jagdhund, der vom Jäger verprügelt worden ist, weil er den Hasen nicht gestellt hatte, der ihm danach die Hand leckt und sich an seine schrecklichen Stiefel schmiegt.

»Wissen Sie«, sagte ich, als ich die Meerjungfrau wieder mit Bluse und Latz verhüllt und den leeren Korb am Henkel gefaßt hatte . . .

»Ich höre! Und ihr, Kinder, hört auch!« sagte der Herr

Oberoffizial und legte die Hand muschelförmig ans Ohr.
». . .wissen Sie«, wiederholte ich und faßte nach der Klinke, »Ihnen sieht man an, daß Sie die fünfte Klasse Volksschule nicht haben!«

Und ich schlüpfte schleunigst durch den Gang zur Haustür hinaus, sprang die Stufen in den Garten hinab, suchte das Weite. Herr Novotný, der in der Haustür stand, rief mir nach:

»Du, du Bürschchen, du wirst meine Familie nicht zersetzen! Du möchtest mir nihilistische Bemerkungen ins Haus tragen? Du möchtest die Moral sämtlicher Kinder in unserer Stadt untergraben? Du gehörst nicht in die Schule, sondern in die Besserungsanstalt!«

Er schlug die Tür hinter sich zu, ich jedoch stülpte mir den Korb über Kopf und Schultern, weil es zu regnen angefangen hatte . . .

Einige Tage später drang zu uns in die Brauerei die Kunde, der Herr Oberoffizial liege im Krankenhaus, und es stehe schlecht um ihn. Da kletterte ich wieder auf die Kirschbäume, pflückte die schönsten Früchte von der Sorte Napoleon und trug den vollen Korb quer durchs Städtchen ans andere Ende in den Stadtteil Habeš. Als mir Frau Novotný öffnete, lächelte sie mich zum erstenmal an und forderte mich freundlich zum Eintreten auf. Ich hatte mich kaum gesetzt, da erschrak ich. Aus der Küche stürzte das Mädchen, die Arme ausgestreckt und kreischend, ihr Haar wehte, sie rannte wie in höchster Not durch das Zimmer, schrie und rannte ins Nebenzimmer, der Bruder jagte hinter ihr her, er hatte ebenfalls die Arme ausgestreckt, haschte nach ihren Haaren, erwischte sie aber nicht, im Nebenzimmer dann bekam er sie zu fassen, ich hörte das Mädchen kichern und den Jungen lachen, er schleppte seine Einserschwester an den Haaren zu uns herein, stieß sie aufs Kanapee, und dort balgten sich die beiden wie Katzen. Plötzlich beruhigten sie sich, plötzlich schluchzten sie, plötzlich ließen sie die Beine baumeln, als würden sie ihre Schuhe in einem Bach waschen. Nach einer Weile öffnete der Junge das Fenster und sagte, ich solle mir anschauen, wie die Sonne hinter dem Städtchen untergehe. Wir stützten uns mit den Ellbogen aufs Fensterbrett, beobachteten den Sonnenuntergang, da zwängte sich das Mädchen zwischen uns, schmiegte sich mit ihren Schultern an die unsrigen, unvermittelt drehte sie sich zu mir herum, schaute mir tief in die Augen, unsere Nasen berührten einander, sie legte die Hände auf meine Matrosenbluse und richtete den Blick auf ihren Bruder, aus dessen Augen sie herauslesen wollte, ob sie es wagen dürfe. Der Bruder nickte, schien mit dem ganzen Körper zu nicken, worauf das Mädchen meinen blau-weiß gestreiften Latz losknöpfte und die Bluse auseinanderzog, sie erstarrte, die Augen traten ihr hervor, waren jetzt groß wie die Augen eines Schaukelpferdes. Sie stand wie erstarrt, schaute und schaute, obwohl die Zugluft die Gardinen ins Zimmer wehte, das Mädchen hielt weiter meine Bluse auseinander und schaute mich weiter aus Schaukelpferdaugen an.

»Huuuh!« stieß sie hervor, und ihre Lippen bekamen die Form ihrer Augen.

Da hielt es den Jungen nicht mehr, er trat neben seine Schwester, und obwohl sich seine Hand im Lochmuster der Gardine verhakte, stierte auch er auf meine grüne Meerjungfrau. Beide betasteten sie, staunten immer mehr.

»Hast du das für immer und ewig?« fragte der Junge.

»Ja, das läßt sich nicht abwaschen, nicht wegmachen, einzig ein Doktor in Prag kann das, und bei dem kostet der

Quadratzentimeter nicht weniger als sechzig Kronen.«
»Ich möchte mit dir zum Baden gehen«, sagte das Mädchen.
Aus der Küche kam Frau Novotný zu uns, auch sie wurde von einer wehenden Gardine erfaßt, umwickelt, doch sie befreite nur ihr Gesicht und betrachtete ebenfalls meine Brust.
»Schön ist sie«, meinte Frau Oberoffizial und befühlte durch die Gardine meine Meerjungfrau. Unvermittelt fügte sie hinzu: »Du hast aber ein Schiffchen gewollt!«
Das Mädchen, dem ich wieder in die Augen schaute, schien leicht enttäuscht zu sein.
»Nein«, sagte ich, »der Herr Lojza im Wirtshaus Zur Brücke wollte mir ein Schiffchen auftätowieren, aber ich habe gesagt: Die Meerjungfrau!«
Das Mädchen fiel mir um den Hals, wir gerieten ins Schwanken und verließen den Bereich der Gardinen. Die Sonne war inzwischen untergegangen. Der Junge befreite sich aus dem Vorhang, nahm Anlauf, sprang hoch und landete geschickt mit dem Rücken auf dem Kanapee. Das Mädchen setzte sich an den Tisch, legte die verschränkten Hände auf die Tischdecke und den Kopf auf die verschränkten Hände und musterte mich. Frau Novotný, nun ebenfalls frei von der Gardine, faltete die Hände im Schoß und machte ein trauriges Gesicht. Schweigen herrschte.
»Der Engel ist davongeflogen«, sagte Frau Novotný.
»Ein Schiffchen wollte er, eine Meerjungfrau kriegte er«, sagte das Mädchen.
Der Junge, auf dem Rücken liegend und mit dem Fuß Luftbilder zeichnend, sagte: »Auf den Fuchs zielte er, den Jäger traf er.«
»Der Engel ist davongeflogen«, sagte Frau Novotný noch einmal, und sie sagte es diesmal tadelnd.

»Oder die Stadtpolizei hat ein weiteres Mitglied erhalten«, sagte ich, nahm meinen Korb und schritt zur Tür. Sogleich sprangen das Mädchen und der Junge mir nach, beide schlugen mir freundschaftlich auf die Schulter, dann versetzte mir das Mädchen einen leichten Fausthieb, sah mich süß lächelnd an und sagte:
»Du mußt uns wieder besuchen. Oder wir kommen zu dir, jetzt, wo Papi nicht daheim ist, hm?«
Aber Papi war nicht nur nicht daheim, er lag im Sterben, ging dorthin, woher es keine Wiederkehr gibt.
Tags darauf schon, auf dem Schulweg, sah ich die Novotný-Kinder Hand in Hand durch die Hauptstraße hüpfen, sie riefen es freudig und teilten den Leuten mit, wonach keiner fragte, weil es ohnehin alle wußten:
»Unser Papi ist gestorben! Unser Papi ist gestorben!«

Die geteilte Wohnung

Wir hatten zu Hause zwei Katzen. Die Mutter hatte ihren Kater Celestýn, den Celda, der Vater seine Kätzin Militka. Celda durfte sich fast alles erlauben. Schlief er zur Mittagszeit in der Küche auf dem Tisch, deckte die Mutter im Wohnzimmer. Schlief er im Wohnzimmer auf dem Tisch und Militka in der Küche auf dem Tisch, begnügten wir uns mit den Stühlen und nahmen die Teller auf die Knie. Kamen die beiden Katzen am Morgen taunaß und verschmutzt von ihren nächtlichen Streifzügen heim, durften sie ohne weiteres auf das gemachte Bett springen, die Mutter wehrte ihnen nicht. Kam jedoch ein Besucher und legte seinen Hut auf das Bett, nahm Mutter die Kopfbedeckung und hängte sie auf den Kleiderständer. Ging Mutter abends zur Theaterprobe, begleitete Celestýn sie bis zur Brücke, dort versteckte er sich hinter dem Tabakladen im Gebüsch, kehrte die Mutter dann zurück, sprang er hervor und begleitete sie heim in die Brauerei. Vater wiederum wurde öfters von seiner Militka begleitet, sie durfte mit ihm manchmal sogar in die Kanzlei, und sie war mitunter auch seine Begleiterin, wenn er an der Orion eine Reparatur vornehmen mußte. Denn hatte der Vater niemanden überreden können, ihm bei der Reparatur zu helfen, so saß Militka auf der Drehbank und bekam vom Vater in der Reihenfolge, in welcher er den Motor zerlegte, die einzelnen Teile erklärt. Doch Militka kniff dabei die Augen zusammen, schüttelte in kürzeren oder längeren Abständen den Kopf, allerdings nicht abweisend, sondern weil sie durch dieses Kopfschütteln in ihrem Gehirn das Bild des Vaters, in den sie verliebt war, bewegen und geraderücken konnte. Celda hatte den Vater ebenfalls gern, aber nur, weil Vater die Mutter gern hatte, in die Celda bis über beide Ohren verliebt war. Um sich den Vater geneigt zu machen und ihm zu zeigen, daß er, Celda, nicht umsonst zum Haus gehörte, lagen jeden Morgen, wenn der Vater aufstand und nach dem Wetter schaute, Mäuse aufgereiht auf dem Fenstersims, unter denen sich freilich manchmal auch eine Ratte befand. Der Vater mußte dann die Beute mit dem Schürhaken auf die Kohlenschaufel ziehen, winters warf er sie in das Heizloch eines Musgrave-Kessels Nr. 14, sommers trug er sie im Kohleneimer hinter die Ställe zum Misthaufen, wo er mit der Mistgabel eine Schicht abhob und die Katzenbeute darunter begrub. Celda wog viereinhalb Kilo. Zuerst wog ich immer mich, dann nahm ich ihn auf die Arme und stellte mich mit ihm auf die Waage. Ging Celestýn auf Freiersfüßen, kam er oftmals vierzehn Tage lang nicht nach Hause. Mutter stand dann mitten in der Nacht auf, öffnete ein Fenster oder die Tür und rief in die Dunkelheit hinaus:

»Celestýn! Celda!«

Sie horchte, doch Celestýn kam nie. Einmal geschah es gar, daß der Kater, obwohl nicht auf Freiersfüßen, nicht mehr heimkehrte. Mutter rief vergebens in die Dunkelheit, stand vergebens bei Tagesanbruch in der Haustür, rief und horchte auch mittags zur Fütterung vergebens. Sie suchte ihn in der Mälzerei, rief in die Feuerungslöcher und die Lüftungsschächte hinein, zunächst wieder vergebens, eines Tages jedoch glaubte sie zu hören, daß aus einem Lüftungsschacht leises Miauen kam. Ich mußte mich oberhalb der Tenne in den Schacht zwängen und Celestýn rufen. Auch ich vernahm ein dünnes Miauen, das sich für mich wie klägliches Weinen anhörte. Der Vater holte sämtliche Schlüssel, und wir schlossen sämtliche Gersten- und andere Lagerräume auf, fanden den Kater jedoch nirgends. Erst hinter der letzten Tür, die zur Malzdarre führte, erklang das Miauen deutlicher. In der Darre befand sich ein riesiger Trichter, durch den man die feuchte Gerste auf die Tennen hinunterbefördern konnte, und als der Vater in den Trichter leuchtete, sah man Celestýn fünf Meter tief in seichtem Wasser liegen. Die Blechwände hatten ihm das Hochklettern verwehrt. Der Vater holte eine Leiter und stieg hinab, kam mit dem halbtoten Celda wieder und hängte ihn der glücklichen Mutter über den Arm wie ein Handtuch. Die Mutter machte im Küchenherd Feuer und legte ihren Kater ins Backrohr, dann träufelte sie ihm mit der Pipette für Borwasser Milch ins Maul. Celestýn lag schlaff wie ein Spültuch im Backrohr, ein Bild des Jammers nach dem vierzehntägigen Fasten und Verzweifeltsein. Am nächsten Tag konnte er sich schon aufsetzen, sank aber immer wieder um, am dritten Tag schlabberte er die Milch selber, er trank bald so viel, daß er sich wegen seines dicken Bauches breitbeinig hinstellen mußte. Beugte er sich nur ein bißchen vor, lief die Milch gleich aus ihm heraus. Ich wog mich mit ihm, dann wog ich mich allein – Celda hatte zwei Kilo abgenommen. Die nächste Zeit saß er immer nur auf dem Toilettentisch, schaute immer nur auf die Mutter, liebkoste sie mit den Augen, und kam sie ihm mit dem Kopf nahe, schloß er die Lider und gab Mutter ein Küßchen auf die Stirn. Obgleich er rasch wieder zunahm, mochte er nicht hinaus, gab sich meist nur mit dem Freßnapf am Herd ab, trank vor allem viel Milch, und wenn er den letzten Tropfen aufgeleckt hatte und wieder auf den Toilettentisch springen wollte, sprang er zu kurz und landete unsanft auf dem Boden, weil er vergessen hatte, daß er nach dem Fressen jedesmal ein halbes Kilo mehr wog. Wie immer, wenn ihm etwas mißlang, kam er dann zu mir gelaufen und biß mich

leicht in den Knöchel. Hatte er im Garten gelegen und war ein Apfel auf ihn heruntergefallen, kam er schnurstracks hereingelaufen und biß mich in den Knöchel, denn was auch Celestýn je passierte, er meinte stets, ich sei dran schuld. Ich aber hatte nur einmal den Stuhl weggezogen, auf den er springen wollte, ich hatte ihn bloß ein bißchen naß gemacht, als ich die Blumen goß, ich hatte nur das Fenster ein Stückchen zugemacht, als Celestýn schon in der Luft war, um in den Garten zu springen.
Auf diese Art lebten Celda und Militka mit uns, sie wurden sogar unsere Hausgeister und Halbgötter. Vor allem waren sie Bindeglieder für uns. Wollte die Mutter dem Vater etwas zum Vorwurf machen, sagte sie es laut zu Celda, wollte der Vater zur Mutter sagen, er habe sie gern, flüsterte er es Militka so laut ins Ohr, daß die Mutter es hörte. Hatten die beiden etwas gegen mich, sagten sie es laut zu ihren Haustieren, und ich schämte mich und war unglücklich. Natürlich waren sich unsere Katzen ihrer Unersetzlichkeit für die Familie bewußt. Deswegen stellten sie jedes Vierteljahr eine gewisse Sache an. Diese passierte stets nachts. Auf einmal erscholl unterm Bett ein gräßlicher Ton, wie beim Zerreißen alter Wichsleinwand. Dieser Ton wiederholte sich. Da freilich saß Vater schon aufrecht im Bett, die Mutter ebenfalls, nur ich wachte erst beim soundsovielten Ton auf, ei!, ich grinste, weil mich der Ton nichts anging, das war nicht meine Angelegenheit, denn Militka gehörte dem Vater und Celestýn der Mutter. Im Schlafzimmer breitete sich ein fürchterlicher Gestank aus, der leider bald auch wie Nebel zu mir drang, in die Küche. Der Vater sprang aus dem Bett, weil der schreckliche Ton immer auf seiner Seite erklang und sich mit dem fürchterlichen Gestank paarte, der von einer Stelle unter seinem Lager hochstieg. Ton und

Gestank wurden von der Zimmerdecke zurückgeworfen. Der Vater machte Licht und kam in die Küche gestürmt, doch Celestýn und Militka lagen irgendwo einträchtig nebeneinander und taten, als schliefen sie tief. Kein einziges Mal kriegte der Vater heraus, welche der beiden Katzen an der Bescherung unter seinem Bett schuld war. Vater nahm den Putzeimer und eine alte Zeitung, die Mutter holte ein Handlicht und beriet den Vater, der sich nun unters Bett zwängen mußte, wobei er jedesmal die gleichen Klagelaute von sich gab. Der Arme spuckte und schrie: »Pfui Teufel! Pfui Teufel!« Wenn er sich einigermaßen gefaßt hatte, nahm er mit der befeuchteten Národní Politika erst einmal das Gröbste des Katzendurchfalls auf. Doch immer zerriß die Národní Politika, und der Vater griff voll in den Katzendreck, er fluchte und prustete unterm Bett, versuchte zurückzuweichen, stieß aber prompt gegen die Bretter unter der Matratze, worauf er geschlagen niedersank, wie eine Schildkröte in ihrem Panzer lag er da, obwohl er doch mit der Zeitung die Katzenkatastrophe hätte beseitigen sollen. Konnte er dann wieder weitermachen, nahm er statt der Zeitung den Putzlumpen und säuberte mit diesem den Fußboden, die Mutter leuchtete ihm emsig und machte ihm Mut, sie tröstete ihn damit, daß es ja nur jedes Vierteljahr einmal passiere, wogegen das Wesentliche an der Mutterschaft vierzig verschmutzte Windeln pro Tag seien. Aber Vater hörte nicht, er wand sich vor Wut und Ekel, trommelte mit den nackten Zehen auf den Boden, und hatte er endlich die Sache unterm Bett bereinigt, war er auf lächerliche Weise wieder hervorgekrochen, hing er schwer atmend im Sessel, die Hände schlaff neben den Knien, vor sich den Eimer mit der Národní Politika und dem Katzendurchfall und dem Putzlumpen darin. Die Mutter öffnete

das Fenster, und wir legten uns alle wieder hin, aber der Vater wälzte sich ruhelos hin und her und wickelte sich ins Leintuch ein, weil er, obwohl doch das Fenster offenstand, den Gestank nicht aus der Nase bekam, diesen fürchterlichen Gestank, der seine zarte Seele schmerzlich aufgewühlt hatte. Ich lag in meinem Bett in der Küche, hätte längst schlafen sollen, mußte jedoch immerfort das Ereignis belächeln, ich wünschte mir, die Katzen täten solches jede Woche. Den ganzen nachfolgenden Tag war Vater blaß und bleich, er spuckte und verzog das Gesicht, stets von neuem versichernd, dieses sei ein Gestank, wie wenn es einen Dechanten zerriß. Viermal im Jahr mußte der Vater die Prüfung in Katzenliebe bestehen.
Zweimal im Jahr nur mußte Vater eine andere Prüfung bestehen, da nämlich bekam Militka Junge, die sie dem Vater nächtlicherweise zu Füßen legte. War Militka wieder einmal trächtig, versuchte der Vater zwar, sich vor ihr zu verstecken, aber Militka schien der Überzeugung zu sein, daß sie die Jungen mit dem Vater habe, so hartnäckig folgte sie ihm und so verliebt sah sie ihm in die Augen. Er bat die Mutter, sich der Gebärenden anzunehmen, als Frau verstünde sie doch mehr davon, würde sie sich gewiß besser Rat wissen als er. Dennoch passierte es regelmäßig zweimal im Jahr, daß Vater nachts ein ängstliches Gewimmer von sich gab, die Knie bis zum Kinn hochzog, den Kopf an die Stirnwand des Bettes drückte und um Hilfe rief:
»Um Himmels willen, das Biest kriegt in meinem Bett die Jungen!«
Mutter machte Licht, und tatsächlich, am Fußende des väterlichen Bettes lag Militka in einer Lache, und ein nasses Junges hing ihr hinten heraus, Militka bog den Kopf zurück und zerbiß die rosige Nabelschnur, die Mutter nahm

das Junge, legte es vor sie hin, und die Katzenmutter begann es zu lecken, während hinten aus ihr ein neues herauskam. »Äääh!« stieß der Vater hervor, und es würgte ihn. Auf diese Weise kam ein Kätzchen nach dem anderen, sie entstiegen Militka wie einem Autobus. Militka aber sah den Vater an, als hätte er sie in diese Situation gebracht. Am Morgen waren alle Kätzchen trocken, unsere Mutter legte sie in einen Bastkorb, den sie abends vor dem Schlafengehen neben Vaters Nachtkästchen stellte, die Katzenmutter legte sich dazu, und unser Vater hielt noch eine Weile ihre Pfote, während sie, auf dem Rücken liegend, die Jungen an allen ihren Zitzen saugen ließ. Es war das vollkommene Abbild unseres Familienglücks. Kam Celestýn von draußen, begrüßte er Militka jedesmal mit einem Küßchen. Da lächelte der Vater die Mutter an, und die Mutter gab ihm das Lächeln zurück. Celestýn freilich war nicht der Vater der Jungen. Unserer Militka stieg ein verwilderter Kater nach, den wir Vater nannten. Celestýn ging anderswo auf Brautschau, in den jenseitigen Elbstrich, selbst in Písty hatte man ihn schon gesehen. Darum eben wurde Militka von Vater aufgesucht, vor dem sich Celestýn fürchtete. Erschien Vater im Brauhof, war es wie Donnerhall. Er wog mindestens sechs Kilo, hatte die Farbe von Waldhonig und bernsteinfarbene Ringe um die schwarzen Augen, seinen Hals zierte ein Fleck wie heller Wiesenhonig. Vaters Ohren waren ausgefranst vom Raufen. Ich hatte Angst vor ihm, wenn er mich anschaute, fürchtete ich, er werde mich anspringen und totbeißen. Doch offensichtlich hatte er mich ein bißchen gern, wahrscheinlich weil er unsere Militka liebte. Wenn Celestýn nur den Katerduft von Vater witterte, ergriff er die Flucht, denn einmal war es zwischen den beiden an der Mälzerei zu einem Zusammenstoß gekom-

men, und Celestýn hatte den kürzeren gezogen. Vater hatte ihn nicht nur arg zugerichtet, sondern auch derart mit seinem Urin bespritzt, daß Mutter ihn zwei Tage lang mit Kölnisch Wasser abreiben mußte. Trotzdem hatte er noch gestunken, als wäre er in die Güllengrube hinter den Ställen gefallen. Mit seinen Urinspritzern hatte Vater sein Revier mitten durch den Obstgarten markiert, so daß zu seinem Herrschaftsgebiet die Böttcherei und die Kirschbäume sowie das ganze Gelände bis zum Fluß gehörten. Den anderen Teil hatte Celestýn mittels seiner Urinspritzer in Besitz genommen.
Einmal saß ich in der Krone eines Kirschbaums, aß ein Butterbrot und schaute in die Gegend. Unter dem Kirschbaum lag Militka, ihr Bauch war wieder voller Kätzchen, man konnte sie fühlen wie aneinandergereihte Batterien. Die Trächtige ließ sich von der Sonne das Fell wärmen. Plötzlich schlich von der Böttcherei ihr Vater heran, er hielt jede Weile inne, lauschte, schließlich erreichte er Militka und gab ihr ein Küßchen. Militka stieß einen Wonnelaut aus, blieb aber träge liegen. Von oben erschien es mir, als benütze Vater die Militka als Kopfkissen, als Muff, doch dann merkte ich, daß er horchte, ob sich die Jungen in Militka schon regten. Ich konnte sehen, daß Vater die Augen offen hatte und horchte wie an einem Telegrafenmasten. Dann schloß er die Augen, gab ebenfalls einen Wonnelaut von sich und führte Militka zur Böttcherei, wo er sich mit ihr zwischen Melden und Kletten verkroch. Ich beobachtete die beiden Katzenwesen von oben, froh darüber, daß Vater die Militka so gern mochte. Das Glück der beiden entlockte mir ein Lächeln.
So durchlebten Militka und Celestýn mit uns die vier Jahreszeiten Frühling, Sommer, Herbst und Winter, sie hau-

sten mit uns in der brauereieigenen Deputatwohnung, der Vater streichelte allabendlich seine Militka und flüsterte ihr zärtliche Worte so laut zu, daß Mutter sie hörte, und Mutter flüsterte einmal täglich, ihren Celestýn streichelnd, für den Vater vernehmlich süße Dummheiten, wie sie normalerweise nur übertrieben verliebte Leute in Filmen oder Romanen sagen. Viermal im Jahr mußte sich Vater nächtlicherweise unters Bett zwängen und eigenhändig den Katzenkot wegputzen, der unsere Wohnung verpestete, aber nur einmal im Jahr gab es für uns alle das schöne Weihnachten. Vater schmückte mit Militka den Baum und Mutter schmückte mit Celestýn den Baum, ich schaute zu und traute meinen Augen nicht. All der Schmuck, die Plätzchen und Wachskerzen und Wunderkerzen, die Engelhaare und Sterne und schließlich die Spitze aus funkelndem Glas auf der Fichte – all dies wurde mit den Katzen und für die Katzen angebracht, sie begriffen es, sahen mit größerem Interesse zu als ich, ergötzten sich an dem Weihnachtsbaum mehr als ich, wohnten sogar in dem Baum. Hatten wir auch Kätzchen wie in diesem Jahr, mußten sie mit dabeisein, ihnen gingen nachgerade die Augen über, wenn der Christbaum geschmückt wurde. Vater und Mutter zeigten dann jeden einzelnen Baumschmuck jedem einzelnen Katzenjungen. Hing ein Schmuckstück richtig, hoben die Eltern jedes der Katzenjungen hoch, damit es mit dem Pfötchen ein Glöckchen zum Klingen, einen Schokoladenbären oder ein Pantöffelchen in Bewegung setzen konnte. Ich hatte den Stuhl umgedreht und saß darauf, den Kopf in die Hände und die Arme auf die Lehne gestützt, schaute zu und lächelte, in dem Gefühl, der Vater meiner Eltern zu sein, denn sie spielten wie Kinder. War der Baum dann geschmückt, stieg Celestýn in dessen erste Etage und rollte

sich dort zusammen, eine Etage höher rollte sich Militka zusammen, und die Kätzchen erklommen mit Hilfe der Eltern noch höhere Höhen. Sodann zündete die Mutter die Kerzen an, sie kniete nieder, auf der anderen Seite des Baumes kniete Vater nieder, die beiden sahen einander durch die Äste an, verbunden durch die Katzen und Kätzchen, die meine Eltern zu Kindern gemacht hatten, während ich mich ausgestoßen fühlte, weil ich nicht mehr spielen konnte. Statt meiner spielten die Eltern.
Kurz vor dem feierlichen Abendessen gab die Mutter Celestýn ein Stück Fisch, dem Kater blieb eine Gräte im Hals stecken, und er begann zu husten und zu würgen. Trotzdem kam er erst einmal zu mir gelaufen und biß mich leicht in den Knöchel. Ich öffnete ihm die Türen, damit er sich draußen von der Gräte befreien konnte. Im Radio wurde tschechisch Stille Nacht, heilige Nacht gesungen. Als die Mutter den Fisch fertiggebraten hatte, band sie sich die Schürze ab. Der Vater stand immer noch beim Baum und betrachtete ihn verklärt.
»Hole Celestýn, damit wir abendessen können«, sagte die Mutter zu mir.
Ich ging hinaus und öffnete die Haustür, über der Brauerei glitzerten die Sterne, durch den schneebedeckten Garten kam der entsetzte Celestýn auf mich zugerast, verfolgt vom verwilderten Kater Vater, mir gelang es nicht mehr, die Tür zuzuschlagen, zuerst flog Celestýn an mir vorbei, gleich nach ihm Vater, der es schaffte, Celestýn im Gang niederzuwerfen und zu bespritzen. Die wilde Jagd ging weiter, in der Küche kam es erneut zur Balgerei, und Vater bespritzte Celestýn erneut. Unser Kater wollte sich ins Wohnzimmer flüchten, aber auch dorthin folgte ihm Vater, der in vollem Lauf mit Spritzern sein Revier vergrößerte und schreckli-

chen Katzenduft verbreitete. Jetzt wurde im Radio Stille Nacht, heilige Nacht deutsch gesungen. Celestýn suchte im Baum Zuflucht, Vater sprang hinterher, der Baum fiel um, die Kätzchen verkrochen sich unter die Schränke und eines, das sich im Sprung verschätzte, fiel vom Kanapee, landete auf dem Rücken und stellte sich tot. Unser Vater riß schnell ein Fenster auf, Celestýn machte einen Satz in die stille heilige Nacht hinaus, der Vater desgleichen. Die Vorhänge hatten jedoch bereits an den Kerzen Feuer gefangen, und unser Vater mußte die feierlich brennenden guten Stücke, in die Mutter Engel als Symbole für Frühling, Sommer, Herbst und Winter eingestickt hatte, von den Stangen reißen, eine Stange traf unseren Vater am Kopf, doch er konnte das Feuer austreten, dem Mutter mit Wasser endgültig den Garaus machte. Als der Baum wieder stand und die Kätzchen ihre alten Plätze darin wieder eingenommen hatten, legte sich Militka darunter, gab den bekannten Wonnelaut von sich und schlief ein. Unsere Wohnung zerteilte der Duft des verwilderten Katers, dem es gelungen war, das Gebiet seines Katerrechtes auszuweiten, sein Revier abzurunden.

Unser Vater schloß das Fenster und zündete die Kerzen zum zweitenmal an. Unsere Mutter stellte die Fischsuppe mit Pilznockerln auf den Tisch.

»Der arme Celestýn«, sagte die Mutter.

Vater liebte den Fortschritt und brachte jeden Monat aus Prag, wohin er regelmäßig ins Haus der Brauer zu fahren hatte, eine neue Erfindung mit. Einmal war es ein Tauchsieder, bestehend aus einer Metallspirale und einem Kabel mit Stecker für die elektrische Leitung, ein andermal war es eine Höhensonne. Dann war es ein hermetisches Töpfchen zum Eierkochen, als viertes eine elektrische Kaffeemühle. Es folgte ein Papinscher Topf und, als sechstes, ein Elektrisierapparat, zu dem ein Nasenrichter gehörte. Doch jede dieser Erfindungen hatte Mängel und Tücken. Wurde mit dem Tauchsieder das Kaffeewasser heiß gemacht, zog die glühende Spirale so viele Fremdgerüche aus der Küche an, daß der Kaffee nicht mehr schmeckte, und die Höhensonne bräunte den Körper derart, daß sich Vater nachher schälte wie eine Cremerolle. Das hermetische Töpfchen zum Eierkochen mußte genau auf die Sekunde, nicht nur genau auf die Minute ausgeschaltet werden. Es konnte geschehen, daß das Töpfchen aufsprang und fünf Eier an der Decke hingen, dort bildeten sie eine Dekoration und machten eine ähnliche Prozedur notwendig wie bei der Beseitigung des Katzenkots unterm Bett. In der elektrischen Kaffeemühle kohlte der Kaffee an, er war dann von minderer Qualität als der von Mutter auf herkömmliche Art gemahlene, wobei sie die Mühle zwischen die Oberschenkel klemmte und langsam, aber gut mahlte. Am schlimmsten war der Papintopf. Kochte man darin Fleisch, roch es unangenehm nach Knochen, vor allem aber: er drohte zu explodieren wie der Eierkocher. Benützte Mutter diesen Schnellkochtopf, so war sie sehr unglücklich. Begann er zu pfeifen, nahm sie jedesmal für immer und ewig Abschied von uns, nannte den

Friedhof, auf dem sie begraben werden wollte, und bestimmte das Lied, das man für sie am Grabe spielen sollte. Den Nasenrichter benutzte ausschließlich der Vater, weil er die auf der Gebrauchsanweisung abgebildete griechische Nase zu erhalten hoffte. Er zog die Schrauben für die gewünschte Form so fest an, daß er im Bett fürchterlich niesen mußte, dabei verhedderten sich die Schräubchen derart im Kopfkissen, daß sie sich ihm in die Nase bohrten. Als Vater eines Tages dann das Motorrad der Marke Orion kaufte, ein tschechisches Fabrikat, wurde er gleich im Werk in Slaná darauf hingewiesen, daß die Maschine bei Wetterwechsel empfindlich reagiere, was sich auf die Zündung auswirke. Doch Vater ließ sich vom Kauf trotzdem nicht abbringen, er wollte die tschechische Firma unterstützen. Die Folge war, daß Vater die Orion oft nach Hause schieben mußte, er kam dann schweißgebadet und vernichtet an, einige Male mußte er sogar ein Kuhgespann in Anspruch nehmen. Vater meinte, daß der Defekt irgendwo im Motor zu erkennen sein müsse. Jeden Samstag zerlegte er darum den Motor bis zum letzten Schräubchen und baute ihn sorgfältig wieder zusammen. Die Orion jedoch blieb wetterfühlig, so daß der Vater vor Antritt einer Fahrt sicherheitshalber in der Zeitung und im Radio die Wettervorhersagen verfolgte. Am liebsten fuhr er bei Hochdruck, wie er seine Eintragungen in die Brauereibücher am liebsten abends oder nachts machte, dann saß er unter der herunterziehbaren Lampe, das große Auftragsbuch aufgeschlagen, die Ärmel hochgekrempelt, jede Eintragung mit einer Initiale beginnend, die er zuerst in die Luft malte – und plötzlich gekonnt hinlegte aufs Papier. Den weiteren Teil der Eintragung schrieb er bedächtig und leise, nur die Feder kratzte, aus der ihm ein Buchstabe nach dem anderen, eine Ziffer nach der anderen wie von allein flossen. Er schrieb so schön, daß er damit allen ein Beispiel gab. Ich hingegen schrieb in der Schule, wie die Orion fuhr, ähnlich wetter- und stimmungsabhängig, einmal linksschräg, einmal rechtsschräg, mitunter neigten sich zwei Buchstaben gegeneinander, manchmal machte ich bauchige Buchstaben, manchmal schlanke, meist saßen die Wörter auf der Zeilenlinie wie Schwalben auf den Drähten, nicht selten aber schwebten sie einen Millimeter darüber. Vaters Schrift hingegen war stets wie diejenige eines Schönschreibers, eines königlichen Sekretärs, der eine Bulle auf Pergament festhielt. Vater hatte feine Hände, denn einer, der auf diese Weise die Aufträge in den Brauereibüchern festhielt, mußte eine Hand haben wie ein Pianist oder Geiger. Darum arbeitete der Vater bei den samstäglichen Orion-Untersuchungen, die ihm das Geheimnis enthüllen sollten, warum der Motor launisch aufs Wetter reagierte, stets mit Hammer und Meißel. Vorsichtig lockerte er die Schrauben damit, den Zeitverlust nahm er in Kauf, weil er mit dem eigentlichen Werkzeug dafür, dem Schraubenschlüssel, leicht abrutschte und sich an Knöcheln und Fingern Verletzungen und Narben zuzog. Das Arbeiten mit Hammer und Meißel beim Zerlegen des Orion-Motors hatte ihm ein russischer Emigrant beigebracht, der bei der Generalüberholung seines Fahrrads gleichfalls mit Hammer und Meißel gearbeitet hatte. Die Brauereiwerkstatt war deshalb an den Samstagen abends und nachts von melodischem Klopfen erfüllt, denn der Vater arbeitete wie ein Specht, wie ein Bildhauer, der von einem Marmorblock alles abschlug, was nicht hingehörte, bis am Ende nur noch die Statue übrigblieb. Allerdings brauchte der Vater jemanden, der ihm mit einem Schraubenschlüssel die Gegenmutter hielt. Deswe-

gen sprach er die Woche über im Städtchen einzelne Bürger an und stellte ihnen die unschuldige Frage:
»Was machen Sie am Samstag nachmittag?«
Sagte der Angesprochene »nichts Besonderes«, bat ihn der Vater, für ein, zwei Stunden doch zu kommen und ihm die Gegenmuttern zu halten. Half ihm dann einer, sprach der Vater so begeistert über den Motor, so hingebungsvoll über die Art und Weise, wie er das Geheimnis lüften wolle, warum der Orion-Motor spucke, daß jeder die Zeit vergaß, es schlug Mitternacht, es tagte, und noch immer baute der Vater, der frisch war wie bei Arbeitsbeginn, den Motor nicht zusammen. Dem Helfer blieb nichts anderes übrig, als bis zur letzten Gegenmutter auszuharren. Konnte er endlich bleich nach Hause wanken, strömten die Leute bereits ins Hochamt. In arger Verlegenheit war so ein guter Mann obendrein, denn er wußte nicht, wie er seiner Frau die späte Heimkehr erklären sollte. Die meisten Ehefrauen mochten nicht glauben, daß ihr Mann unserem Vater die ganze Nacht über geholfen hatte, sie meinten vielmehr, er sei bei den Fräuleins in den Kneipen unseres Städtchens gewesen, wo die Damenbedienung bis zum Morgen ging. Nach einiger Zeit waren fast alle erwachsenen Männer unseres Städtchens beim Vater schon einmal Mutternhalter gewesen. Fuhr er zwischen Montag und Freitag mit dem Fahrrad durch die Straßen, flohen sämtliche Männer in fremde Hausflure und Hinterhöfe oder Keller. Wer dies nicht schaffte, flüchtete sich in ein Geschäft, wo er Dinge einkaufte, die er nicht brauchte. Am beliebtesten war die Flucht in die Felder, allerdings konnte keiner sicher sein, daß er dem Vater bei der Rückkehr nicht doch noch über den Weg lief. Herr Kocourek, der bereits zweimal als Mutternhalter hatte herhalten müssen, schlug sich angesichts

des nahenden Vaters einmal selbst die Nase blutig und ging ihm dann entgegen. Als Vater die blutende Nase sah, sagte er zu Herrn Kocourek:
»Ich sehe schon. Also das nächste Mal.«
Und er fuhr weiter durch die Straßen, über den Marktplatz, wo aber nur Leute aus den umliegenden Dörfern, Kinder und Frauen verblieben.
Ich liebte es, auf dem Marktplatz unter den Arkaden zu stehen, im Rücken die offene Tür zum dunklen Laden des Herrn Rehr, An- und Verkauf von Häuten und Fellen. Diese Stelle mochte ich deshalb gern, weil die Leute hier einen großen Bogen schlugen, wenn sie nicht gleich die andere Seite des Platzes wählten. Unbehelligt, lässig an eine dicke Säule gelehnt, konnte ich da stehen, weil das Geschäft des Herrn Rehr voller fauliger, süßlich übelriechender Häute und Felle war, so daß für gewöhnlich nur Leute vorbeikamen, die in der Nähe dringende Geschäfte zu erledigen hatten. Von diesem Standplatz beobachtete ich einmal die Flucht der Männer beim Nahen meines Vaters. Es war, als gehe ein Platzregen nieder. Obwohl die Sonne schien, rannten zwei Herren sogar in den Laden des Herrn Rehr, wo sie sich erkundigten, was ein Rehfell oder ein Zobelfell oder ein Hirschfell koste. Herr Rehr, der Vaters Ankunft auf dem Marktplatz beobachtet hatte, gab seinen Scheinkunden geduldig Auskunft. Nachdem Vater vom Marktplatz in die Palackýstraße weitergefahren war und die Geflüchteten aus den Seitengassen sowie aus der gegenüberliegenden Drogerie Zum weißen Engel wieder auftauchten, sagte er zu den beiden Herren:
»Sie können gehen, die Luft ist rein. Ich war auch schon mal Mutternhalter.«
Die Männer, die aus der Drogerie Zum weißen Engel

traten, waren nicht so billig davongekommen, denn der Drogist, Herr Hladík, verstand den Leuten Dinge anzudrehen, mit denen sie bestimmt nichts anfangen konnten. So hatte einer der Geflüchteten bei ihm einen Irrigator gekauft, ein anderer das Rattengift der Marke Morol, der dritte Tanzolin zur Parkettpflege. Trotzdem waren sie es zufrieden, brauchten sie doch am Samstag nicht in der Brauerei ein, zwei Stunden, aus denen mit Sicherheit eine lange Nacht wurde, Gegenmuttern zu halten. Ich blieb unter den Arkaden vor dem Geschäft des Herrn Rehr stehen, eingehüllt von dem vertrauten Geruch, der mich an den vierteljährlichen Katzendurchfall und die Eier an der Küchendecke erinnerte. Aus dem Hutladen des Herrn Sisler trat ein verspäteter Flüchtling, er hatte einen Hut auf und eine große Tüte mit einem zweiten Hut in der Hand, lugte vorsichtig nach allen Seiten und eilte von dannen.

In diesem Augenblick kam aus der Brückengasse die weiße Seemannsmütze von Onkel Pepin auf den Marktplatz geschwommen, mehrere Leute liefen auf ihn zu, streckten ihm die Hände hin, die er herzlich schüttelte, alle lachten ihn an, schlugen ihm freundlich auf die Schulter und stellten ihm Fragen, die er salutierend beantwortete:

»Na, wo werden Sie heute die Schönen unter die Lupe nehmen?«

»Welches Ihrer Fräuleins hat nach Ihrer Meinung die schönsten Beine?«

»He, wann gehen wir zur Lustigen Witwe?«

»Ist es wahr, daß sich das Fräulein aus der Apotheke wegen Ihnen mit Pistolen duellieren wollte?«

»Wissen Sie schon, daß im Avion zwei neue Schönheiten arbeiten?«

»Ist etwas Wahres dran, daß Ihnen Fräulein Vlasta bei Havrdas aus Eifersucht mit der Flasche eins übergezogen hat?«
Strahlend gab der Onkel Antwort, man sah ihm an, daß ihm das Ganze wohl tat, er war glücklich, hätte anders gar nicht mehr leben mögen. Die Männer luden ihn in ihre Wohnung, stellten ihm ihre Töchter und Frauen vor, weil jeder gute Bürger einmal über die Stränge schlagen wollte, es jedoch nicht wagte, aber mit des Onkels Hilfe indirekt vollführen konnte. Man war Onkel Pepin für dieses und jenes dankbar.
Für einen Samstag hatte Vater keinen Gegenmutternhalter aufgetrieben, und darum mußte ich einspringen. Ich vertrug den scharfen Hammerton nicht, vertrug es nicht, wenn die harte Kante des Meißels auf die sich lockernde Mutter schlug, weil ich dabei ununterbrochen das Gefühl hatte, der Vater haue mit dem Meißel alles von mir ab, von dem er glaubte, daß es nicht zu mir gehöre. Ich leuchtete ihm mit der Glühbirne, die in einem Drahtkäfig war, ähnlich jenen Geflechten, wie sie auch bissige Kühe aufgesetzt bekamen, der Vater baute ein Motorteil nach dem anderen aus, und während er ein Teil nach dem anderen herausnahm, verzog ich das Gesicht bei der Vorstellung, daß mir der Vater die Lunge und die Leber, den Magen und die Niere samt der Nebenniere entferne, was Vater zu merken schien, denn er hielt mir einen Vortrag darüber, daß ein Vergaser ähnlich feine Bestandteile berge wie das Mittelohr mit seinem Hammer und Amboß. Er belehrte mich des weiteren darüber, daß das Ansaugen wichtig sei, wie es entsteht und daß es ebenso gut funktionieren müsse wie der Auspuff. Als er den Verteiler und die vier Kabel löste, wurde mir sterbenselend, ich hatte das Gefühl, er ziehe das Herz aus mir heraus. Vater

hingegen freute sich, glaubte er doch, entdeckt zu haben, daß der Hauptgrund für das Spucken des Orionmotors im Verteiler liege. Er gab den Verteiler zu den anderen Motorteilen, die er auf der Werkbank aufgereiht hatte, wie die Mutter beim Schweinschlachten auf Brettern die Schlegel, das Herz, die Leber, die Füßchen, die Büge, die Leberwürste und Preßsäcke aufreihte. Der Vater knöpfte die Hose auf, ließ sie herunter, hob das Hemd und drehte die Zipfel zusammen, als wollte er sich die Ohren säubern, dann ergriff er den Verteiler und putzte eine Öffnung nach der anderen zart und fein wie ein Kindernäschen.
»Daran wird es liegen«, sagte er andächtig zu mir, er flüsterte es, »wahrscheinlich müssen die Kontakte absolut trocken sein ... Halt mal den Verteiler!«
Als ich dieses Motorteil in der Hand hielt und die vier Kabel bis zu meinen Knien herabhingen, wurde mir plötzlich schwarz vor den Augen, mir hob sich der Magen, und ich erbrach das ganze Abendessen in den Verteiler. Was er nicht faßte, rann an den Kabeln auf den schwarzen Boden.
Der Vater sah mich entsetzt an, er hatte wegen der heruntergelassenen Hose nicht rechtzeitig hinzuspringen können, rasch zog er die Hose hoch, knöpfte sie zu, streifte die Hosenträger über und ergriff Hammer und Meißel – und was ich gefürchtet hatte, trat ein. Er wollte mir die Ohren ab- und die Augen heraushauen. Aber das war ihm offenbar zu wenig, er warf, am ganzen Leib bebend, das Werkzeug weg und blickte in die Runde, dann packte er die Stahlbürste, die zum Säubern der Zündkerzen diente, ich mußte die Hände vorstrecken, und er hieb mir Dutzende, ja Hunderte Löcher in die Handrücken. Vater tätowierte mir die Stahlbürste auf. Aber auch das war ihm noch zu wenig, denn das

empfindlichste Teil der Orion war entweiht, und Vater glaubte, ich hätte es absichtlich getan. Erregt lief er im Kreis herum, dann kippte er den randvollen Verteiler aus, die Gewißheit, daß der Verteiler vollkommen trocken sein mußte, bevor er wieder eingebaut werden konnte, fachte Vaters Zorn erneut an, derart, daß er seine Taschenuhr herauszog, sie auf den Amboß legte und zuschlug. Mit einem Schlag war die Omega hin. Ich öffnete den Mund und schloß die Augen, mir war, als habe Vater mir das Gesicht zerschmettert, den Schädel gespalten. Erschüttert langte ich nach dem Hammer und schlug ebenfalls auf die Omega. Sie wurde noch größer, war platt wie ein überfahrener Frosch, wie ein zerlaufener Käse. Überall quollen Rädchen und Federchen heraus, aber noch immer hielt die Uhr zusammen. Erst jetzt fiel eine Schraube herunter, und der Minutenzeiger folgte. Gleich darauf gewann ich den Eindruck, der Vater sei irre geworden, er sah mich stier an, sein Blick wanderte auf meine Brust, ein schiefes Lächeln trat auf sein Gesicht, dann drosch er die linke Faust in die rechte Handfläche, faßte mich bei der Hand und schleifte mich durch den Brauereihof, ich war mir nun sicher, daß mein Ende nahe sei, daß mich der Vater in der Güllengrube ertränken werde, doch wir verließen den Brauereihof und schlugen die Richtung zum Fluß ein, nun dachte ich, daß mich der Vater dort ersäufen wolle, aber das schien ihm immer noch zu wenig zu sein, er führte mich auf die Brücke, ich dachte, daß ich hinabgestoßen werden sollte wie weiland Johannes Nepomuk, aber auch das wäre ihm zu wenig gewesen. Wir landeten im Wirtshaus Zur Brücke, wo trotz vorgerückter Stunde Licht brannte. Der angeheiterte Herr Lojza stand hoch aufgerichtet im Schankraum, schwenkte ein volles Bierglas und sang. Die Sandschipper,

an ihrem Stammtisch versammelt, genossen den Feierabend. Vater grüßte, und Herr Lojza streckte ihm das Glas hin, damit er auf seine, Lojzas, Gesundheit trinke. Vater aber setzte sich gleich nieder, zog mich neben sich und sagte:
»Herr Lojza, Sie haben mich doch gern?«
Lojza bejahte es, versicherte, daß er den Herrn Verwalter verehre, weil er ein Motorrad der Marke Orion auseinander- und wieder zusammenbauen könne.
»Wenn dem so ist, dann hätte ich gerne eine Tätowierung«, erwiderte der Vater.
Sogleich gab Herr Lojza dem Wirt mit Handbewegungen zu verstehen, wohin er ein großes Glas Rotwein bringen solle.
»Dazu bin ich da«, erklärte Lojza, »trinken Sie erst einmal auf meine Gesundheit.«
»Aber ich möchte die Tätowierung gleich hier gemacht haben«, entgegnete der Vater.
»Gott, das ist eine Kleinigkeit, ich wohne ja ganz in der Nähe, bin gleich wieder da! Es soll uns ein Vergnügen sein, oder?« sagte Herr Lojza und zog die Unterlippe so hoch, daß sie seine Nasenspitze berührte.
Tatsächlich war er so bald zurück, als wohnte er direkt auf der Brücke. Dem Köfferchen, wie der Beschäler Herr Salvet eines hatte, entnahm er Farbfläschchen und Tätowiernadel. Er fragte:
»Wünschen Sie eine Meerjungfrau oder ein Schiffchen?«
Der Vater lächelte: »Wir werden sehen.«
Auf ein Handzeichen von Lojza zog der Sandschipper Herr Korecký seine Arbeitsjacke aus, bekanntlich schmückten seinen braungebrannten Oberkörper schöne Fräuleins, Anker, Initialen sowie Schiffchen mit und ohne Segel. Natür-

lich gab es auch eine Meerjungfrau. Ich blickte zum Vater hoch und grinste, befriedigt darüber, daß der Vater gleichfalls eine Tätowierung bekommen würde, und ich wünschte mir, daß er aus Jammer über den entweihten Verteiler eine Meerjungfrau wähle.
»Was also möchten Sie haben?« fragte Herr Lojza.
»Die Meerjungfrau . . .«
Ich sprang auf und lachte zur Decke hinauf, aber der Vater zog mich nieder, knöpfte meinen Latz los, öffnete mir die Bluse und zeigte auf meine Brust.
Herr Lojza meinte: »Verstehe, Sie wollen genau die gleiche . . .«
»Sie haben mir versprochen, daß Sie tätowieren werden, worum ich Sie bitte, und dabei bleibt es doch?« fragte der Vater.
»Wie versprochen«, bekräftigte Herr Lojza.
»Dann tätowieren Sie mir auf diese Meerjungfrau« – der Vater tippte mir auf die Brust – »hier auf diese Dame tätowieren Sie mir Hemdchen und Bluse. Sie bedecken ihr den Busen. Verstanden?«
Der Vater zog mir die Matrosenbluse über den Kopf, legte mich auf die Bank, und ich hatte wieder das Gefühl, Isaak zu sein, mein Vater Abraham lege mich nieder, halte mich fest und zücke das Messer, um mir die Kehle durchzuschneiden und mich Gott zu opfern. Aber ich muckste nicht, zuckte mit keiner Wimper, weil ich wußte, daß selbst dies dem Vater zuwenig sein würde. Er wollte mir das Allerschlimmste antun, mir die Meerjungfrau nehmen, indem er sie auf meiner Brust anziehen ließ, zur Strafe dafür, daß ich seine Hostie entweiht hatte, seinen Verteiler.
Da vernahm ich die Stimme von oben, die Stimme des Herrn Lojza:

»Herr Verwalter, eben ist mir die Tätowiernadel abgebrochen! Ich kaufe mir eine neue, sobald ich wieder nach Hamburg komme. Irgendwann komme ich bestimmt wieder hin.« Während er sprach, hatte Herr Lojza sein Tätowierköfferchen, das dem Beschälköfferchen des Herrn Salvet so sehr glich, gepackt und eingeklappt.
Ich war gerettet und stand auf.

Der letzte Haflinger, Bobík, wurde kahlgeschoren, er verlor Mähne und Schweif, und Herr Ulrich erhielt den letzten Auftrag, nämlich das Pferd zur Schlachtbank zu führen. Achtzehn Jahre lang hatte Bobík Bierfässer ins Städtchen und die umliegenden Dörfer gezogen, er kannte jedes Gasthaus, wußte, wo er zu halten hatte, und dafür wurde er nun zur Schlachtbank geführt – weil er pensioniert werden mußte. Der Kutscher Herr Ulrich war auch schon alt. Bevor er in der Brauerei zu arbeiten begonnen hatte, war er Bosniake gewesen, war zwanzig Jahre lang mit einem Bauchladen umhergezogen, den er an einem über Brust und Rücken laufenden Riemen getragen und mit fünfzehn Kilo Rasierklingen, Gürteln, Krawatten, Zwirnrollen, Nähnadeln, Haarpomaden, Schnürsenkeln, Bartbinden gefüllt hatte. Er wanderte damals von Dorf zu Dorf, von Haus zu Haus, ausgestattet auch mit einem Stock, den er unter die Trage stellte, wenn er sich ausruhen mußte oder wenn er beim Anbieten seiner Ware die Hände frei haben wollte. Ähnlich den alten Landpostboten hatte er einen gekrümmten Oberkörper, so schwer trug er an seiner kleinen, aber übervollen Auslage. Er schlief in Ställen, doch auch dort behielt er seinen Laden bei sich wie das Känguruh seinen Beutel. In jenen Jahren hatte er sich übrigens den Gang der Bosniaken angewöhnt, er schwankte leicht beim Ausschreiten, eine Gangart, die er als Brauereikutscher natürlich nicht ablegte. Schritt er neben den Köpfen der Pferde einher, mit denen er sich zu unterhalten pflegte, dann schwankte er von einer Seite auf die andere, als trüge er noch seinen Bauchladen. Nun also sollte er Bobík in den Schlachthof bringen. Als Vater ihm den Auftrag erteilte,

gab er ihm drei Tage Urlaub, denn Vater hatte im alten Österreich bei den Ulanen gedient und wußte, was ein Pferd ist – darum eben die drei Tage Sonderurlaub wie bei einem Todesfall in der Familie. Der alte Ulrich führte seinen Bobík zwar auf den letzten Gang, danach aber saß er im Gasthaus und trank und hielt sich den Kopf.
Just an diesem Abend traf Vater seinen Bruder Pepin in guter Stimmung an, weshalb er ihn ersuchte, beim samstäglichen Orion-Reparieren behilflich zu sein. Überraschenderweise sollte er ihm nicht die Gegenmuttern halten, sondern beim Aufmontieren neuer Kugellager auf die Kurbelwelle helfen, denn Vater war nun überzeugt, daß der Orion-Motor nur deshalb heißlief, weil die Welle heißlief. Wegen seiner samstäglichen Nacht-Tour leistete der Onkel dem Vater die gewünschte Hilfe mit der weißen Seemannsmütze auf dem Kopf, und selbstverständlich dachte er nur daran, daß in den Bars und Gasthäusern des Städtchens die Fräuleins und die Kellnerinnen auf ihn warteten, daß sie zur Tür schauten und enttäuscht waren, weil die weiße Seemannsmütze noch immer nicht erschien, jene einzigartig schnittige Mütze, wie Hans Albers sie in *La Paloma* getragen hatte. Es war bereits neun Uhr, der Onkel hielt den Eichenklöpfer in der Hand, während der Vater die Kurbelwelle vor dem Bauch hielt und Zeichen gab, wann Pepin auf das Kugellager klopfen sollte. Nach Vaters Meinung würde, wenn sie damit fertig waren und die Orion wieder zusammengebaut hatten, der seltsame Ton, als schleiften kleine Kaffeelöffel durch das Öl, nicht mehr auftreten. Pepin also schlug mit dem Eichenklöpfer auf das Kugellager, Vater hielt sich die Kurbelwelle, aufgestützt auf die Oberschenkel, vor den Bauch, und das bronzene Lager aus der schönen Metallegierung, worin die Welle sich am besten

drehte, drang Zentimeter um Zentimeter zur Welle vor. Als dem Onkel zu Bewußtsein drang, daß die Schönen schon zutiefst enttäuscht sein mußten, weil er ausblieb und weil sie umsonst einen Jitterbug nach dem anderen aufs Grammophon auflegten, schlug er mit aller Kraft zu, damit die Arbeit endlich ein Ende finde. Wie durch ein Wunder saß das Lager genau auf der Welle. Doch leider versäumte der Vater, seinem Bruder das Zeichen zu geben, daß es genug sei. Onkel Pepin holte noch einmal aus, Vater fürchtete, das Lager könnte zu fest aufgedrückt werden, zog in seiner Verzweiflung die Welle weg und bekam von Pepin einen gewaltigen Schlag auf den Magen, wie von dem berühmten Boxer Pepi Hampacher. Der Vater fiel nach hinten um und blieb liegen. Onkel Pepin erschrak, versuchte seinen Bruder auf die Beine zu stellen, doch Vater kippte immer wieder vornüber, weshalb ihm Pepin das Gesicht benetzte, ihm die Wangen tätschelte, ihn beim Vornamen rief, bis Vater endlich zu sich und hochkam. Nach einigen Augenblicken sank er jedoch wieder auf die Knie, er sank immer wieder auf die Knie, und erst nach geraumer Weile war er imstande, aufrecht zu stehen, ohne zu wanken, er ergriff Hammer und Meißel, was ihm sogleich zu wenig schien, dann befahl er Onkel Pepin, die Hände vorzustrecken und packte die Stahlbürste, um sich damit für den Schlag zu rächen, aber dies schien ihm immer noch zu wenig, er sah sich suchend in der Werkstatt um, fand jedoch nicht gleich etwas Geeignetes, worauf Pepin seine alte österreichische Uhr mit dem Markenzeichen Patent Roskopf über einem kleinen Dreimaster aus der Tasche zog und auf den Amboß legte. Vater langte nach dem Eichenklöpfer und zertrümmerte das österreichische Präzisionswerk mit einem Hieb. Onkel Pepin stand da wie vom Schlag getroffen. Die beiden Brüder

blickten auf den Amboß, von dem Rädchen auf den schwarzen Boden rollten. Trotzdem hob Vater noch einmal den Klöpfer, und alsogleich sah die Uhr wie ein Kartoffelpuffer aus. Der Onkel nahm sie in die Hand, betrachtete zuerst das Zifferblatt, von dem die Zeiger abgefallen und der österreichische Dreimaster abgeblättert waren wie Email von einer Spülschüssel, hielt sie dann ans Ohr, doch das Werk der Marke Patent Roskopf hatte den Geist aufgegeben. Onkel Pepin begann derart zu zittern, daß die letzten Schräubchen, Rädchen und Federn herausfielen wie Ameisen, wie Asseln, wie Käfer. Der Vater war so unglücklich, daß er Onkel Pepin die Stahlbürste reichte und seinerseits die Hände vorstreckte, damit jetzt der Bruder ihm die Haut zerstechen könne, als Strafe für das Zertrümmern der Uhr. Aber der Onkel warf die Bürste nur verächtlich weg. In ihm braute sich das zusammen, was wir seinen jährlichen Aufstand nannten. Einmal im Jahr empörte sich Onkel Pepin, mußte er hinausschreien, daß er alles bei uns satt habe:
»Ich mag nicht mehr! Nein, nein und noch mal nein!« Seine Stimme überschlug sich. »Auch ich habe meine Ehre, das einzige, was ein österreichischer Soldat besitzt! Es ist aus, ich komme zu keinem Mittagessen mehr, zu keinem Abendessen, und überhaupt! Ich versorge mich künftig selber. Ich will mein ganzes Geld, und zwar sofort!«
Vater wollte ihn versöhnlich stimmen, gab ihm einen Klaps auf den Rücken, doch Bruder Pepin wich angewidert aus. Er kniff die Augen zusammen, legte die Ohren an wie ein zubeißendes Pferd und sagte bitter:
»Herrenliebe schlägt Rücken krumm! Ich bin ein Arbeiter, du bist ein Herr!«
Der Vater löschte die Lampen in Werkstatt und Garage, schloß ab, und die beiden schritten über den spätabend-

lich stillen Brauereihof. Beider Rücken waren gekrümmt. Ich lag im Bett und las im Küchenjahrbuch *Die Köchin*, und weil ich an diesem Abend besondere Gelüste hatte, las ich nur die Speisenfolgen für die Sonn- sowie die hohen Feiertage, jene Rezepte also, die in der *Köchin* rot gedruckt waren. Als Vater und Onkel Pepin eintraten, wußte ich sofort, daß Pepin seinen jährlichen Aufstand veranstaltete und wieder einmal sein Geld nicht mehr vom Vater verwaltet haben wollte. Der Vater zog das Vokabelheft hervor, in das er jede Woche getreulich die hundertdreißig Kronen eintrug, die Onkel Pepin als Lohn zustanden, um sodann bis zum nächsten Wocheneintrag die verschiedenen Sümmchen nachzutragen, die Pepin sich auszahlen ließ, gewöhnlich je fünf Kronen für Tagesausgaben sowie gelegentliche Sonderbeträge für Vereinsmitgliedschaften oder Wäsche, und um zuletzt vom Rest ganze fünfunddreißig Kronen abzuziehen, die als Entgelt für Mittag- und Abendessen galten. Die verbleibende Summe erhielt der Onkel auf ein Sparbuch eingezahlt. Abweisend saß Pepin jetzt da, ohne einen Anflug von Lächeln. Der Vater rechnete, dann reichte er dem Bruder das Sparbuch, auf dem dreihundertfünfzig Kronen waren, sowie den Rest des letzten Wochenlohns:
»Wenn du meinst, Josef, daß du wirtschaften kannst – hier hast du . . .«
Ich hatte zu lesen aufgehört, und Mutter, die schon im Bett lag, hatte sich das Federbett über den Kopf gezogen. Wir fühlten uns jedesmal gedemütigt, wenn der Onkel einen Aufstand veranstaltete, wir waren die Unterlegenen, denn Onkel Pepin stand immer als Opfer, als Sieger vor uns. Die Hand auf der Türklinke, prustete er seinen Zorn in die Küche und ins Wohnzimmer:
»Sogar die Leute sagen, daß ihr mich bestehlt, daß ich ein

hoffnungsloser Blödian bin. Was ihr mir zum Mittagessen und zum Abendessen gebt, das sind Reste, die ihr selber nicht zwingt!«
Mutter schlug das Federbett zurück und rief vorwurfsvoll: »Heute hatten wir eine Gans!«
»Es geht nicht um die Gans, sondern es geht darum, daß ihr Herren seid und daß ich ein gewöhnlicher Arbeiter bin. Und einmal wird es umgekehrt sein!« Der Onkel hatte es geschrien und drohend die Faust gehoben.
»Die Gans soll Ihnen nicht geschmeckt haben? Ein Viertel haben Sie davon gegessen«, erklärte die Mutter und verschwand wieder unters Federbett.
»Bloß das Kraut war was!« Pepins Hand lag noch immer auf der Türklinke, er schaute uns nacheinander haßerfüllt an. Der Vater saß da und rang nach Luft, seine Nasenflügel blähten sich, die Mutter streckte die Arme unterm Federbett hervor, machte sich ganz lang, als ertrinke sie, ich hatte unter der Zudecke die Knie angezogen, *Die Köchin* lag aufgeschlagen auf meinem Schoß, hm, ich wußte, daß der Onkel recht hatte, nicht ganz recht zwar, es war seine Wahrheit, seine eigene, eben nicht die ganze, aber sie stimmte trotz alledem, denn selbst wenn er gespart hätte, würde er es nie zu einem Häuschen, einem Auto oder wenigstens zu dem gebracht haben, worin wir lebten, zu drei Zimmern und hübschen Vorhängen und schönen Möbeln. Bestimmt fühlte er sich bei uns nur als Gast, als Fremder, weil er von uns stets in die Gesindestube zurück mußte, wo er lediglich über ein gewöhnliches Bett und einen einzigen Schrank verfügte. Er hatte recht, auch wenn er nicht recht hatte. Ich gehörte zu den Herren, und der Onkel würde bis ans Lebensende oder bis zur Rente immerfort Arbeiter sein, während der Vater zuerst Buchhalter

gewesen war, jetzt war er Verwalter, und sicher würde er noch Direktor der Brauerei werden. Gewiß, mir war bekannt, daß Onkel Pepin in den Tag hinein lebte, aber gerade das war in meinen Augen das Großartige, mußte er tagsüber auch durchnäßt im Waschhaus der Böttcherei arbeiten, war er doch immer voll Begeisterung darüber, auf der Welt zu sein, ihn erfüllte stets eine große Freude, um die ich ihn beneidete, obwohl sie etwas Irres hatte. Wie ein Kaiser konnte er durch unser Städtchen gehen, die weiße Seemannsmütze mit der Goldkordel und dem goldenen Anker auf dem Kopf, salutierend und nach allen Seiten sich verneigend wie der englische König, wenn er irgendwo mit dem Schiff anlegte und die Ehrenbezeigungen entgegennahm. Der Vater dagegen war tagtäglich von Sorgen erfüllt und darüber erbost, daß ihm einer im Verwaltungsrat Schwierigkeiten machte, er mußte ständig zurückstecken und achtgeben, daß er nicht aneckte, daß er nicht jemanden gegen sich aufbrachte. Darum hatte er Angst vor der Gegenwart, ihm war unaufhörlich bange vor dem, was war, er setzte seine ganze Hoffnung auf die Zukunft, diese Zukunft galt ihm als Traum, in dem er alles schön sehen durfte. Jetzt, beim Anblick von Onkel Pepin, der noch immer die Türklinke hielt und Vater und mich und die unsichtbare Mutter haßerfüllt anstarrte, wurde mir erst richtig bewußt, daß Vater alles gesparte Geld in Lebensversicherungen steckte, um einmal im Alter, wenn er mit Mutter in Pension ging, eine Viertelmillion ausgezahlt zu bekommen und endlich leben zu können. Ich las gern Zeitung, und mitunter wies ich Mutter darauf hin, daß es, statt Versicherungen zu bezahlen, besser wäre, einmal über Hamburg eine Mittelmeerreise zu machen, das nächstemal eine Ferienfahrt nach Schweden und Spitzbergen, ein drittesmal eine Fahrt durch

Deutschland und Frankreich, natürlich auch eine in die Alpen und nach Italien, und ich rechnete Mutter vor, daß diese Reisen zu dritt nicht mehr kosten würden als die jährlichen Versicherungsbeiträge, die den Eltern in zwanzig Jahren eine Viertelmillion einbringen sollten. Aber Mutter war nicht anders als Vater, sie liebte die Zukunft mehr als die Gegenwart, die vom Reisebüro Hapag, Hamburg, in blumiger Sprache angeboten wurde, um die Lust auf eine schöne Reise ins Ausland oder nach Übersee zu wecken. Onkel Pepin reiste jeden Tag, er machte Rundreisen durch sämtliche Gasthäuser mit Damenbedienung, durch die Bars mit den schönen Fräuleins, kehrte erst gegen Morgen zurück, um dann ab sechs Uhr in nassen Stiefeln und nasser Arbeitskluft bei der Böttcherei mit dem Schlauch die nassen Fässer naß zu halten.
»Jeden Herrn müßte man packen und auf den Boden knallen!« eröffnete uns Onkel Pepin und stach mit dem Finger in die Luft, in Wirklichkeit jedoch stach er uns ins Herz. Schließlich verließ er uns, die Tür hinter sich so kräftig zuschlagend, daß in der Wohnung alles erzitterte.
Der Nachtwächter Herr Vaňátko lag, in Schweiß gebadet, vor der Kanzlei unterm Vogelbeerbaum auf seinem auseinandergerollten Militärmantel, sein treues Hündchen Tričko lag ihm zu Füßen. Er schaute in den Sternenhimmel, von den hohen Brauereigebäuden her riefen Käuzchen und Uhus, und ihm war klar, daß er in dieser Nacht nicht schlafen werde, denn die Uhus und Käuzchen mit ihrem Hu-hu jagten ihm Angst ein. Darum stellte er Überlegungen an, was er täte, wenn jemand die Kanzlei und die Kasse auszurauben versuchte. Als er in der Ferne, auf der Brücke, schwerfälliges Hufgeklapper hörte, war er verwirrt, denn es klang nach Bobík, von dem er aber wußte, daß ihm im

Schlachthof am nächsten Tag das Lebenslicht ausgeblasen werden sollte. Das Hufgeklapper kam näher, der Nachtwächter stand auf, gelindes Entsetzen beschlich ihn, und er wünschte sich sehnlichst, das Geklapper möge an der Brauereimauer vorbeiziehen und über das Bahngleis in die Felder verschwinden. Doch die Hufe hielten am Brauereitor, und was Herr Vaňátko so sehr gefürchtet hatte, traf ein – es erklang das Wiehern von Bobík. Des alten Nachtwächters gelindes Entsetzen steigerte sich zum gewaltigen, er weckte den Vater und nach und nach die ganze Brauerei, alle meinten, Herr Vaňátko habe einen Verbrecher gestellt, so schrie er und fuchtelte mit den Armen, er hatte seine Taschenlampe und die anderen Lichter angemacht, wie ein Irrer rannte er herum und rief jedermann zu Hilfe. Als wir ans Tor kamen, die Männer in Unterhosen, mit Knüppeln und Schaufeln bewaffnet, erwartete uns Bobík, der in die Brauerei zurückgekehrt war, in sein Zuhause. Vater öffnete das Tor und tätschelte dem Pferd den Hals, die Mälzer, Maschinisten und Böttcher gingen mürrisch auseinander, tauchten in ihren langen Unterhosen ins Nachtdunkel ein. Der Vater machte die Stalltür auf, füllte Wasser in einen Eimer, holte ein Bündel Heu. Der Haflinger Bobík wieherte zufrieden. Er war ohne Halfter, vermutlich hatte er sich befreien und dorthin zurückkehren können, wo er gern weilte, zum Stall, ohne den er sich sein Leben nicht mehr vorzustellen vermochte. Vater war traurig, tätschelte dem Haflinger den kahlgeschorenen Nacken, schloß die Stalltür, ließ die Hände am breiten oberen Riegel, lehnte den Kopf ans Holz, fast hing er da, die Arme ausgebreitet wie Jesus am Kreuz. Ich lief hinein, verkroch mich im Bett, denn ich hatte Vater am Stall aufschluchzen hören.

Der Prager Straßenbahnführer

Eines Nachmittags stand ein Junge am Fluß. Er wußte nicht, wo die günstigste Stelle zum Baden war, und so forderte ich ihn auf, mitzukommen, sagte, daß ich ebenfalls baden wolle, wir könnten uns miteinander austoben. Gleich unterhalb der Brauerei, wo sich eine Wiese mählich zum Wasser hinabsenkte, standen Weiden, und dort hatte das Ufer einen Sandstreifen. Der Junge ging hinter mir, als ich mich auszog, zog auch er sich aus, als ich mir die Badehose anzog, zog auch er die seine an. Wir sprachen kein Wort, badeten, legten uns dann hin, die Köpfe im Gras, die Körper auf dem warmen Sand, einen Fuß im seichten Wasser. Unvermittelt teilte mir der Junge mit, daß er aus Prag sei, daß er sich im Städtchen auskurieren solle, daß sein Vater das Recht habe, in Prag mit allen Straßenbahnen überall umherzufahren. Auf der Stelle überkam mich heftiges Verlangen, den Prager Straßenbahnführer zu sehen. Vor einiger Zeit hatte ich schon einmal gehört, daß ein Straßenbahnführer aus Prag in unserer Gegend sei, in der Sommerfrische in Písty, ich hatte mich zu Fuß auf den Weg durch die Wälder gemacht, denn einen solchen seltenen Mann gesehen zu haben war ebenso wichtig, wie den Lokführer eines Schnellzugs gesehen zu haben, doch als ich in Písty eingetroffen war, hatte der Straßenbahnführer bereits die Heimreise angetreten, er lenkte schon wieder die Straßenbahnen Prags. Der Junge hatte mir die Mitteilung von seines Vaters Beruf einfach so gemacht, jetzt lag er wieder still auf dem Rücken, eine Hand auf dem Bauch, er lächelte. Jemand hatte einmal gemeint, wer lächle, trage ein Geheimnis in sich, brauche darum nicht viel zu reden, ihm genüge es, in sich hineinzulächeln, mit sich selbst zu reden, vor allem müsse er ein solches Lächeln niemandem erklären, er müsse ganz einfach nicht fürchten, mißverstanden zu werden. Nach einer Weile gingen wir wieder ins Wasser, wir schwammen einmal auf der Brust, ein Ohr im Wasser, dann auf dem Rücken, tauchten, planschten, spritzten – und erröteten plötzlich, weil sich so nur kleine Kinder benahmen oder Erwachsene, die ihre Zöglinge unterhalten wollten. Als wir dann im Seichten standen und das strömende Wasser uns nur bis zu den Hüften reichte, drehte ich mich stets so, daß er meine Meerjungfrau sehen mußte, der Junge schaute auch hin, aber sie beeindruckte ihn nicht, er blieb stumm, wir wandten unsere Aufmerksamkeit den Pappeln am anderen Ufer zu, die sich im Wasser spiegelten, ihr Bild im Wasser war wie onduliert, als fließe es über eine Jalousie, über Wellblech, der Junge lächelte wieder, aber ich wußte, daß er es tat, weil ihn, genau wie mich, kleine Fischchen anstupsten. »Stichlinge«, sagte ich, und er nickte.

Nachher erklärte er mir mit leiser Stimme und wissendem Lächeln, daß die Badekur an diesem Fluß hier für ihn am besten sein werde, der Arzt in Prag habe ihm Landaufenthalt verordnet, damit die frische Luft ihn von seinen Fraisen heile, Krämpfen in der Art des Veitstanzes, die wirkten, als reiße ihn jemand heftig am Rückgrat, bis gestern seien er und sein Vater in Bad Podiebrad in einem Kurheim gewesen, wo es hübsche Mädchen gebe, die abends als Bedienungen arbeiteten, der Vater habe übrigens gleichfalls gesunde Luft nötig, wegen seines Asthmas, weshalb er im Podiebrader Kurheim vom späten Abend bis zum frühen Morgen für die Mädchen Trompete gespielt habe. Einmal hätten sie von Podiebrad aus einen Ausflug gemacht und sich ein Pferdchen gemietet, aber das Pferdchen habe ihn abgewor-

fen, darauf habe er die Fraisen bekommen, den Veitstanz, sein Vater habe, um ihn auf andere Gedanken zu bringen, mit ihm ein sonntägliches Motorrad-Straßenrennen besucht, doch auf dem Marktplatz seien wegen des nassen Pflasters zwei Motorradfahrer ausgerutscht und zusammengestoßen, seinem Vater und ihm vor die Füße gerollt, beide seien tot gewesen, worauf sich wieder die Fraisen eingestellt hätten, darum seien sie mit Sack und Pack aufgebrochen und hierher gefahren. Seit heute wohnten sie im Gasthaus auf dem Žofín, wo sein Vater seit Gottes schönem Mittag für die hübschen Mädchen Trompete spiele, um seine Lungen zu lockern, um sein Asthma zu heilen . . .
Der Junge sprach leise, bestimmt zog seine Stimme dennoch mit dem Fluß in die Ferne, bestimmt hörte man das, was er hier sagte, bis in Komorn, auf der grünen Insel, denn die Luft über dem Wasser nahm auch das leiseste Flüstern mit, der Junge lächelte, ich atmete tief ein, damit er endlich meine schöne Meerjungfrau bemerkte, doch er lächelte immer nur, dieser Junge mit dem blonden Haar, der mit angezogenen Zügeln zu sprechen schien. Die Turmuhr der Dechanteikirche schlug sechs, wir wateten aus dem Wasser, aalten uns weiter auf dem sonnenwarmen Sand. Dann strich sich der Junge den getrockneten Sand vom Körper und sagte, er gehe jetzt zum Abendessen, und ich bat ihn, mitgehen zu dürfen, weil ich zwar schon einen Lokführer für Schnellzüge gesehen hätte, aber nicht wüßte, wie ein Straßenbahnführer aussah, der das Recht hatte, in Prag mit allen Straßenbahnen überall umherzufahren.
Als wir das Tor zum Garten vor dem Restaurant Žofín durchschritten, schlug uns Trompetengeschmetter entgegen, ein elektrisches Klavier begleitete die Trompete, dann sang mit fürchterlicher Stimme Onkel Pepin, der wiederum

von kreischendem Frauenlachen begleitet wurde, jenem unnatürlichen Gelächter, bei dem sich einem die Haare sträubten und das Blut in den Adern stockte. Die Trompete verstummte, und aus dem Lokal kam ein krausköpfiger blonder Herr gelaufen, der eine glitzernde messingne Trompete in der Hand hielt, sein Gesicht war vom Lachen gerötet und seine Lippen waren rot wie Himbeeren. Er sagte zu seinem Sohn:

»Hör zu, Junge, du nimmst das Abendessen in der Küche ein, ich muß noch eine Zeitlang etwas für meine Gesundheit tun.«

Ich staunte den Mann an, denn genau so hatte ich mir den vollkommenen Wagenlenker vorgestellt, jemanden, der das Recht hatte, in Prag mit allen Straßenbahnen überall umherzufahren. Er hatte blaue Augen und Ringelhaar wie ein blonder Neger. Plötzlich setzte er die Trompete an, er spielte ein Lied, nein, er spielte nicht, sondern trompetete die Freude hinaus, die er in der Brust hatte, und derart trompetend kehrte er auch ins Restaurant zurück, und weil er die Hände nicht frei hatte, hob er das Bein und öffnete die Tür mit dem Absatz, was mich endgültig davon überzeugte, einen wirklichen Prager Straßenbahnführer vor mir zu haben, einen Fahrer der ersten Kategorie. Ich nahm mir vor, bei der nächsten Fleißaufgabe nichts anderes werden zu wollen als der Vater des Jungen, der die Fraisen hatte. Wir beide, der Junge und ich, gingen in die Küche, wo die Frau Wirtin am Herd stand, Schürze und Hände fettverschmiert. Bei meinem Anblick sagte sie:

»Was für feine Gäste! Was willst du denn, du Tunichtgut?«

»Wenn's recht ist, eine Limonade. Aber, Frau Buriánková, ich bin mit dem Jungen hier gekommen, wir sind Kameraden.«

»Nimm ihn bloß nicht mit ins Wirtshaus Zur Brücke und laß ihm nicht irgendein nacktes Frauenzimmer auftätowieren.«
»Was glauben Sie denn, Frau Buriánková, wenn's recht ist!«
Ich öffnete mein Hemd und zeigte ihr die Meerjungfrau.
Die Wirtin, die ein Messer in der Hand hielt, bückte sich, schaute genau auf meine Brust und rief erbost:
»Was die Leute nicht alles behaupten! Reden die einem doch glatt ein, du hättest ein von oben bis unten nacktes Meerweib vorn drauf!« Und sie zog ihr Messer durch die Luft wie einen Fiedelbogen, als spielte sie ein sehnsüchtiges Lied, spitzte dabei den fettigen Mund und zwinkerte mir verschwörerisch zu.
Der Junge saß an der Wand, neben der Durchreiche zum Lokal, eine Kellnerin erschien in der Öffnung, beugte sich herein, sie trug eine Brillc, die aufblitzte und ihre Augen unnatürlich groß erscheinen ließ, größer als die Augen der Brauerei-Ochsen.
»Vier kleine Sagavir«, sagte sie.
Die Wirtin schenkte vorsichtig vier Gläschen Honiglikör ein, stellte sie auf ein Tablettchen und nahm die vier Bestellkügelchen. Eine lange Frauenhand trug die vier Gläser, die wie zwei Brillenpaare glitzerten, ins Lokal mit dem gedämpften Licht. Grammophonmusik erklang, aus der hellen Küche sah man durch die dunkle Durchreiche die messingne Trompete hin- und herspazieren, sie spielte eine lustige Melodie, dieweil zwei Frauenstimmen einander anschrien, doch deren Ton sagte mir, daß der Streit nur gespielt war, daß alles nur im Spaß geschah, daß es sich lediglich um eine der üblichen Unterhaltungen von Erwachsenen handelte.
»Die Blumen hat Pepin mir gegeben.«

»Nein, ich hab sie bekommen! Ich!«
Die beiden standen einander gegenüber, die Kellnerin mit der goldenen, jetzt im gedämpften Licht wie zwei bauchige Fische im Aquarium schimmernden Brille, die andere, ebenfalls Kellnerin, im blauen Kleid, und sie fauchten sich weiter zum Schein an, warfen sich weiter zum Schein Beleidigungen an den Kopf, hoben sogar die Hände, als wollten sie einander die Augen auskratzen. Der Junge, mit dem Rücken zur Wand sitzend, beachtete es offenbar nicht, schien nicht einmal zu hören, was im Lokal vorging, er spielte mit einem Strohhalm und leckte seinen Zeigefinger ab, den er ab und zu in den Pfeffer steckte. Würde er mir nicht selbst gesagt haben, daß er an Fraisen litt, ich hätte es nicht geglaubt.
Onkel Pepin brüllte vor Begeisterung, seine Stimme strömte mit dem Zigarettenrauch aus der Durchreiche zu uns in die Küche:
»Das ist die österreichische Disziplin, das ist das gleiche System, mit dem der selige Kaiser Franz seine Baronin behandelt hat, seine schönste Geliebte, die Schauspielerin Schratt!«
Vier Bestellkügelchen fielen auf das Brett der Durchreiche, Frau Buriánková wischte sich die Hände ab und schenkte aus einer Flasche vier Gläser Rotwein ein, in der Durchreiche erschien die goldene Brille, und schon waren die vier Gläser im Lokal verschwunden. Die erste Kellnerin rief:
»Meister, mich wundert gar nichts mehr! Wenn Sie Ihre schwarzen Gucker auf unsereinen richten, dann falle ich nach hinten um wie die Baronin Schratt, und der Rock rutscht mir hoch! Wann feiern wir Hochzeit?«
Die Wirtin schenkte mir Himbeerlimonade ein und schob Glas und Flasche vor mich hin.

»Du hast die gleichen Augen wie deine Mutter«, sagte sie, »aber auf dem Grunde deiner Augen liegt etwas von einem Gauner.«
»Das sagt Mutter jeden Morgen zu mir, Frau Buriánková.«
Sie nickte und es sah aus, als nicke sie mit dem fettigen Haarknoten, sie strich mit dem Finger eine fettige Haarsträhne zurück, die ihr in die Augen gefallen war, und weil eine Frauenhand sechs Bestellkügelchen in die Durchreiche gelegt hatte, drehte sie sich um und schenkte, die Gläser gegen das Licht haltend, aufmerksam den Sagavir ein, diesen Likör von der Farbe des Wiesenhonigs. Dann hoben zwei Frauenhände das Tablett mit den Gläsern, in denen sich das Licht aus der Küche verfangen zu haben schien, sie brachten zumindest scheinbar etwas Helligkeit in das matt beleuchtete Lokal, so lange, bis Tablett und Gläser auf einem fleckigen Tischtuch landeten.
Frau Buriánková deckte für den Jungen auf, der lächelte, nahm in eine Hand die Gabel, in die andere das Messer, aber mit der Schneide nach oben, dermaßen hungrig war er nach dem nachmittäglichen Bad.
»Nun also, wann feiern wir Hochzeit?« rief die bebrillte Kellnerin.
»Was denn?!« protestierte die Kellnerin im blauen Kleid. »Er hat mir die Liebe versprochen!«
Durch die Durchreiche waren ihre Hände und ihre nackten weißen Unterarme zu sehen, dann stießen die Hände der bebrillten Kellnerin vor, es kam zu einem Handgemenge, zu einem Durcheinander von weißen Unterarmen und funkelnden Brillengläsern, scheinwildes Geschrei hob an, das falsche Kreischen und die falschen Beschimpfungen, die beiden Frauen rangen vorsichtig miteinander, fuhren einander vorsichtig in die Haare, während des Onkels weiße

Seemannsmütze die rauchgeschwängerte Luft im Lokal zerteilte, der Prager Straßenbahnführer die zupackenden weißen Unterarme umsprang und dabei erschrocken die Trompete blies.

»Wie gut«, sagte der Junge, »daß sich der Vater auskuriert. Wenn die Mutter das sähe, würde sie sich darüber freuen, daß unser Vater sich so prächtig unterhält.«

»Jugend und Freude macht spinnert die Leute«, sprach die Wirtin und schnitt Rädchen von der ungarischen Salami, jede Weile aber hob sie das Messer und bedeutete damit, daß sie am liebsten jemandem die Kehle durchschneiden würde . . . Wem?

Die Kellnerinnen hörten auf, sich wegen der vorgeblichen Hochzeit mit Pepin das Raufspiel zu liefern, sie traten zur Seemannsmütze des Onkels, der sich hingesetzt hatte, links von ihm stemmte das blaue Fräulein die Hände in die Hüften, rechts von ihm ließ das bebrillte Fräulein die Augen blitzen, beide spielten weiter das Pepin-Spiel, beide ergingen sich weiter in Scheinbeschimpfungen:

»Kommt mir je einmal zu Ohren«, fauchte die Bebrillte, »daß Sie mir untreu gewesen sind, nehme ich das Messer, und ab ist der Wonnepfropfen! Dann kann mein Pepinek, haha, mich treu lieben ein ganzes Jahr und noch viel mehr!«

»Was, du willst meinem Liebsten das Beste nehmen, was er zu bieten hat?« empörte sich die Kellnerin mit den nackten Unterarmen.

»Kinder«, rief der Straßenbahnführer, »giftet euch nicht länger, es ist besser, sich mit Sagavir zu vergiften! Und Onkel Pepin, der muß zwei Gläschen kippen!«

Er leerte als erster sein Gläschen, das im Rauch aufblitzte, die anderen Gläschen fuhren ebenfalls durch die Rauchluft, sie neigten sich, der helle Likör rann in die Münder, eines

der Gläschen berührte die goldene Brillenfassung. Dann griff der Straßenbahnführer wieder nach der Trompete, spielte jedoch keine Melodie, sondern trompetete einmal mehr nur seine Fröhlichkeit hinaus, eine Fröhlichkeit, die jubilierend wie eine Lerche zum Himmel aufstieg.
Frau Buriánková deutete mit dem Messer zur Durchreiche: »Einen gelungenen Vater hast du!« sagte sie zu dem Jungen.
»Nicht wahr?« bekräftigte dieser, den Mund voller gerösteter Knödel mit Ei, »wäre der Vater nicht so krank auf der Brust, dann wäre er noch viel gelungener, wie er es früher einmal gewesen ist. Da hat er oft, um der Mutter eine Freude zu machen, außer der Trompete auch noch zwei hübsche Mädchen mit nach Hause gebracht.«
Aus dem Lokal schallten die falsch klingenden Frauenstimmen:
»Meister, was sagt zu dem allen die Schrift des Herrn Batista?«
»Was schreibt der Herr Batista über die Geschlechtsheilkunde?«
Der Onkel brüllte die Antwort, er tat es mit Aufrichtigkeit und Begeisterung:
»Daß ein gut gebauter Körper die Garantie für eheliche Seligkeit ist!«
Jubel erfüllte das Lokal, alle wiederholten Onkel Pepins Auskunft, alle hatten schon eine schwere Zunge, doch jeder tat, als könnte er nicht genug bekommen . . . Wovon?
Die Wirtin spülte Kaffeetassen und schwelgte dabei in Erinnerungen:
»Weißt du«, sprach sie zu mir, »als ich in die vierte Klasse der Bürgerschule ging, da blies mir ein junger Mann, ein schöner junger Mann in der Abenddämmerung ein Ständchen auf dem Flügelhorn, vom andern Elbufer herüber, ich

fütterte gerade die Kaninchen, nicht nur einmal hat er es getan, immer wenn ich die Stalltür öffnete, setzte er ein, immer süßer wurden die Töne, das Flügelhorn bohrte mir jeden Abend das Messer der Sehnsucht ins Herz.« So sprach sie voll Wehmut, während sie eine saubere Tasse nach der anderen auf den Tisch stellte. Sie machte eine Pause. Als sie weiterspülte, nun tiefer über den Trog gebeugt, sprach sie zu den Kaffeetassen weiter: »Ich hab absichtlich langsam gefüttert, damit ich zuhören konnte, wie hingebungsvoll der junge Mann blies, vielleicht auf einem Rainstein sitzend, es war so schön für mich zu hören, von jemandem so gemocht zu werden, daß er sich auf einen Rainstein setzte und nur für mich in den Abend hinein blies.« Die Frau Wirtin, die jetzt wieder zum Schneiden von Salamirädchen überging, war ganz aufgeregt vom einstigen Blasen des schönen jungen Mannes. Als sie mit dem Schneiden fertig war, öffnete sie den Deckel eines riesigen Gurkenglases, krempelte den Ärmel hoch, fuhr bis zum Ellbogen ins Glas, fischte am Grund nach einigen glitschigen sauren Gurken und fragte mich: »Mußt du nicht nach Hause? Es wird dunkel. Wird man dich nicht suchen?«
»Schon«, antwortete ich, »bloß der Prager Junge sagt, daß sich sein Vater jeden Tag sehr lange kuriert, daß er sich manchmal bis Mitternacht kuriert, und da könnte er doch mit mir gehen. Keine Angst, ich bringe ihn Ihnen bestimmt wieder.«
»Er soll seinen Vater fragen«, entschied die Wirtin und legte die Gurken auf einen Teller. Dann setzte sie sich hin, langte nach einer Flasche, klemmte sie zwischen die Oberschenkel, drehte den Korkenzieher hinein, zog daran so fest, daß es ihr die Beine hob, man hätte meinen können, sie kriege die Fraisen, ein letzter mächtiger Ruck – und Hand und

Korken sausten in die Höhe, während ihre Füße auf den Boden patschten. Den Wein schenkte sie langsam in die Gläser.

»Ich hole mir den Pullover«, sagte der Junge und stand auf.

»Darf ich mit ihm hinaufgehen?« fragte ich die Wirtin. »Und was bin ich Ihnen schuldig?«

Sie winkte ab, ergriff aber plötzlich das Messer und drohte mir damit, jedoch nicht ohne dabei nachsichtig zu lächeln.

Wir gingen auf den Gang, dann eine abgetretene Treppe hinauf, oben öffnete der Junge eine Tür, und wir betraten eine Galerie, die um das ganze Lokal lief. Der Rauch war unterhalb der Decke dick, so daß unten Tische und Gäste im Nebel verschwammen. In der Durchreiche erschienen die kräftigen Unterarme der Frau Wirtin, sie schoben Teller mit Salamirädchen und Gurken herein, danach die Gläser mit dem Wein. Die Kellnerin mit der Brille, deren Gläser jetzt aussahen wie Flaschen von unten, stellte alles auf ein großes Tablett und dieses dann vor den Prager Straßenbahnführer, dessen Haar mir von oben vorkam wie ein gelber Maulwurfshaufen, wie das Gehirn auf einer Zeichnung mit geöffneter Schädeldecke. Er hielt die Trompete auf dem Schoß wie ein goldenes Kind und lachte mit dem ganzen Körper.

»Auf keinen Fall sollte eine Frau die Katze im Sack kaufen«, sagte die Kellnerin im blauen Kleid.

»Jawohl«, bekräftigte die bebrillte Kellnerin, setzte sich neben den Straßenbahnführer, legte ihm ihre lange Hand auf die Schulter, berührte mit den Fingerspitzen sein Gesicht, worauf der Führer, der das Recht hatte, in Prag mit allen Straßenbahnen überall umherzufahren, an dieser Frauenhand roch, in ihre Höhlung seine Nase eintauchte.

»Jetzt tanzen wir erst einmal«, rief er, »legt was Schwung-

volles auf, etwas für eine flotte Sohle!« Und er stieß die Arme hoch, streckte sich, daß sich ein befreites Ächzen seiner Brust entrang, dann sprang er auf. Onkel Pepin sprang ebenfalls auf, stemmte eine Hand in die Hüfte, das Grammophon spielte einen Foxtrott, der Onkel wartete nicht, tanzte allein, hüpfte, schlug mit den Füßen nach hinten aus, so daß sein Absatz gegen den hohen Eisenofen knallte, die Kellnerin in Blau ging mit ihren ausgestreckten weißen Armen auf ihn los, der Onkel stieß im Takt die Hände gegen sie, dann umfingen die beiden einander, sie schlenzten die Füße vor und zurück, aber in Gegenrichtung, damit sie einander nicht die Knöchel oder gar die Knie zerhackten. Der Straßenbahnführer machte es dem Onkel nach, er hopste hin und her, neigte sich hin und her, ging in die Knie, die er mit den Händen umwedelte, erinnerte damit an einen angeschossenen Fasan, doch das Tanzsolo genügte ihm nicht, er ergriff die Trompete und blies los, man merkte sofort, was für ein fabelhafter Musiker er war, denn er kam mühelos mit dem Grammophon in Takt.
»Jetzt tanzen wir eine sogenannte Trilogie«, brüllte Onkel Pepin, und die bebrillte Kellnerin rückte ihre Brille zurecht, trat zu dem Paar, nun warfen alle drei mit den Beinen und wieherten vor Lachen.
»Oh, du mein großer Junge!« rief das Fräulein im blauen Kleid.
Der hinter mir stehende Junge forderte mich zum Mitkommen auf, ich drehte mich um, was mir schwerfiel, weil ich mich von der Szene unten, die ich, am Geländer lehnend, beobachtet hatte, kaum freimachen konnte. Ich trat in das Kurgastzimmer, der Junge hatte bereits Licht gemacht, in dem Zimmer gab es ein Bett, ein Kanapee, einen großen ovalen Spiegel, an dem Ansichtskarten, Kokarden, ver-

trocknete Blumen und auf dem Jahrmarkt geschossene Rosen und Äffchen steckten, die Fenster waren geschlossen, die Springrollos herabgezogen, das eine Rollo war offenbar immer zu, denn die Schnur war unten am Haken unlösbar festgeknotet. Der Junge lächelte, er hatte den Pullover schon angezogen, unter dem Kanapee lugte sein halbgeöffneter Koffer hervor, im Zimmer roch es nach Schminke und welken Blumen und unausgeleertem Waschwasser, der Junge lächelte weiter, er löschte das Licht, wir gingen wieder auf die Galerie, stützten uns mit ausgestreckten Händen aufs Geländer und schauten hinunter, beobachteten wieder die tanzende Gesellschaft.
»Die Luft hier ist gut«, meinte der Junge, »ich bin froh, daß Vater den Druck auf der Brust los ist. Er ist ganz anders als daheim, richtig fröhlich, wenn es die Mutter sähe, würde sie sich freuen.«
Die Kellnerinnen neigten sich hin und her, reckten die Hände in die Höhe, schlenkerten sie, schrien vor Lachen, hielten sich den Mund zu, riefen, sie würden vor Lachen gleich in Ohnmacht fallen, ja sterben. Frau Buriánková, die Wirtin, schaute jetzt auch zu, bog sich vor Lachen wie ein Baum im Sommersturm, schlug sich auf die Schenkel, vergoß Freudentränen, weil sich die Erwachsenen in ihrem Lokal derart zu vergnügen wußten. Der Straßenbahnführer, der das Recht hatte, in Prag mit allen Straßenbahnen überall umherzufahren, setzte seine Trompete an und blies den Zapfenstreich, blies ihn wehmütig, der Trompetenton schwebte zum Fluß und schwebte wieder zurück, sank auf den Tanzboden, ertrank auf dem Grund des Lokals, wo Vergnügen und Lachen königlich herrschten.
»Gehen wir?« sagte ich und streckte die Hand aus.

Am besten stand unserem Städtchen die Zeit der Abenddämmerung. Die Zeit also, wenn die Schaufenster aller Läden und Geschäfte beleuchtet wurden, in den Wohnungen die Rollos heruntergezogen wurden, die Menschen in den Ladengeschäften durch die Aussicht auf einen freien Abend sowie den erquickenden Nachtschlaf irgendwie verschönt wurden. Obwohl Verkäufer und Verkäuferinnen unvermindert weiterarbeiteten, konnte man sehen, daß sich ihre Blicke zu den Uhren stahlen, daß sie die Zifferblätter anlächelten, die ihnen sagten, es dauere nicht mehr lange bis zum Arbeitsende. Nur noch ein kleines Weilchen, und sie würden mit Hakenstangen die schweren Rolläden herunterziehen, mit den Absätzen am Boden festhalten und mit den Knien andrücken, damit das Verschließen leichterfiel. Und verkündete dann die Kirchturmuhr aus dem dunkelnden Herbstabend den Arbeitsschluß, strömten die Menschen heraus, und die Dämmerung machte sie noch schöner. Ich liebte unser Städtchen besonders, wenn die Gaslaternen angezündet wurden, denn ich ging gern mit Herrn Rambousek durch die Gassen, er streckte an jedem Kandelaber lässig den zusammensteckbaren Bambusstab in die Höhe, machte eine eigenartige Bewegung und ging weiter, der Gasbrenner zögerte zuerst, doch dann begann er zu brennen, als hätte man ihm gut zugeredet, zunächst gab er gelbgrünes Licht, bald immer helleres, aber da näherte sich Herr Rambousek schon der nächsten Laterne, es war wie ein Spaziergang durch die hereinbrechende Nacht, bei dem es hinter ihm hell und vor ihm dunkel war. Bevor unser Laternenanzünder seinen Rundgang durchs Städtchen antrat, machte er einen Rundgang um die Pestsäule und zündete auf den vier Ständern jeweils vier höhere Gaslaternen an, der kleine stille Mann verlängerte hier die Reichweite, indem er mit beiden Armen die Bambusstange hielt und sich reckte, als würde er mit einem Obstpflücker Früchte von den höchsten Ästen holen. Zufrieden trippelte er sodann in die zunehmende Dunkelheit hinein. Ich folgte ihm, Herr Rambousek wiederholte immer das gleiche, trotzdem konnte ich mich nicht daran sattsehen, wie er den Abend erleuchtete, für mich war es jedesmal, als sähe ich es zum erstenmal. An den Wintermorgen erwarteten mich im Klassenzimmer stets sechs brennende Gaslampen, ich war zu dieser Jahreszeit immer als erster in der Schule, setzte mich unter eine der Doppellampen, in deren Licht alles grünliche Schatten warf, lauschend saß ich da, denn die Gaslampen zischelten, als würde Luft aus den gelockerten Ventilen eines Fahrradschlauchs entweichen. Diesen angenehmen Ton erzeugten die Gaszünglein unter den Glühstrümpfen, und ich wünschte mir nichts sehnlicher, als zu Hause auch solche redenden Lampen zu haben, um in der Brauerei gleichfalls nur einfach so dasitzen zu können, horchend, die Hände hinhaltend und über das Licht mit dem blaugrünen Stich staunend, das dem Mondlicht glich, jenem Licht des Vollmonds, von dem ich oftmals aus dem Bett gelockt wurde, dem ich Hände und Füße hinhielt, ich spürte dann, daß es Eigengewicht hatte, als riesele Mehl daraus oder Sternenstaub. Im Zimmer war in solchen Augenblicken alles wie aus Traum, ich ging auf Zehenspitzen, weil Mondnächte Angst weckten. Saß ich in der Schule unter den Gaslampen und kamen die Klassenkameraden, beobachtete ich sie genau, wollte wissen, ob sie bemerkten, welche Schönheit hier kostenlos zu haben war, doch keiner beachtete das Gaslicht, die Kameraden stritten und balgten, sie tauschten Semmeln gegen Briefmarken, auch dann noch, wenn der Klassenlehrer schon eingetreten war, aber sogar dieser lobte die Gaslampen mit keinem Wort, er vernahm nicht, daß die Flämmchen unter den Glühstrümpfen zischelten wie die Flammenzungen des Heiligen Geistes. Schob ich dann bei Unterrichtsbeginn die Beine unter die Bank, war es, als schiebe ich sie in kalten Hauch. Mein abendliches Laternenanzünden mit Herrn Rambousek fand nach einem ungeschriebenen Plan statt, wir gingen vom Marktplatz in die Elisenstraße, in die Reitergasse, in die Große und Kleine Wallstraße, immer im Gewohnten, trotzdem immer Neuen, ich schlenderte gern über den Kirchplatz und durch die Kozina, am hübschesten aber waren die Laternen der Kleinen Wallstraße, sie standen zwischen Bäumen und Sträuchern, leuchteten darüber hinweg und spiegelten sich in der Elbe, dafür freilich hatte mein Herr Rambousek kein Auge, ihm fehlte es an Zeit, er strebte weiter und weiter, unablässig seine Bambusstange hebend, ihn ergötzten die Laternen nicht mehr, er marschierte nur und marschierte, während ich hinter ihm jene Einzelheiten auflas, die beim Laternenanzünden für mich abfielen. Denn wurde so eine Gaslaterne mit dem Haken aufgeweckt, fand ich, daß sie zuerst schnarrte wie eine alte Uhr, dann sich räusperte und hustete und sich die Augen rieb, wie ich es jeden Morgen beim Aufstehen tat, weil mich das Licht noch störte. Manche Laternen schnarrten nicht gleich los, sie gaben zuallererst einen scharfen Zischton von sich, wie beim Schnitzelbraten das Fett, wenn Wasser in die Pfanne gerät. Schließlich aber rafften sie sich doch auf, es war, als verleihe eine der anderen Kraft, denn Herr Rambousek war unerbittlich, mochte eine nicht mehr brennen, gleich holte er die nächste Leiter, an jedem zehnten Kandelaber war eine mit Kette und Schloß befestigt, und er stieg hinauf und reparierte die Laterne im Finstern, wie der blinde Uhrmacher Hanuš es bei seiner astronomischen Uhr im Alten Prager Rathaus gemacht hatte, schnell brachte unser Laternenanzünder einer Unwilligen wieder das Leuchten bei, er zwang jede, so zu brennen wie die anderen. Bog Herr Rambousek in eine andere Gasse ein, drehte ich mich gern noch einmal um und schaute zurück auf die Lichterreihe, jede Laterne trug einen feinen durchsichtigen Lichtrock, der den Durchblick zur nächsten erlaubte, es entstand ein Lichtgeflecht, das mich an die verwobenen Äste der Kirschbäume im Brauereigarten erinnerte. Wo eine Gasse abzweigte, in eine andere überging, dort ging auch die Lichterreihe in eine andere über, die Ecklaterne leuchtete in zwei Gassen hinein, so daß auch die Lichterreihe um die Ecke zu biegen schien. Abendliche Fußgänger schritten aus einem Lichtkegel in den anderen, wurden von der blaugrünen Dusche besprüht, doch keinem fiel ein, die Hand auszustrecken, wie man es an Regentagen tut, bevor man das Haus verläßt, keiner wunderte sich über das Licht der Gaslaternen, und keiner dachte daran, Herrn Rambousek zu begleiten. Diese Gleichgültigkeit der Leute war für mich das Verwunderlichste am Erhellen der Abende. Manchmal allerdings führten mein Schatten und der Schatten von Herrn Rambousek sowie die Schatten der Fußgänger im Gaslicht ein Theater auf, das mir unheimlich war. Verließ ich das Licht einer Laterne, legte sie meinen Schatten vor mich hin, er wuchs und wuchs, bis ich in den Kreis der nächsten Laterne trat, die meinen Schatten dann hinter mich legte, wo er sich immer mehr verkürzte, je näher ich ihr kam, bis ich zu meinem Entsetzen auf dem eigenen Schatten stand, auf mir selber. Im Weitergehen vergrößerte sich mein Schatten wieder und wuchs so lange, bis er unterm Lichtrock der nächsten Laterne verschwand. Manchmal war ich völlig verwirrt, Schatten vor mir, Schatten hinter mir, Schatten weg, ich stolperte, fiel hin, weil ich zurückgeblickt hatte, doch das passierte nur mir, nie den anderen, die in der gaserleuchteten Gasse auf meinen Schatten hätten treten können, hätten treten müssen, die jedoch nicht darauf achteten, wo das eine Geheimnis begann und das andere endete, zwei unterschiedliche Geheimnisse, welche der Laternenanzünder Herr Rambousek lässig und kostenlos im Städtchen verteilte. Aus der Ferne gesehen, leuchteten die Gaslaternen in der Spannweite ausgebreiteter gelber Flügel, mit einem gewissen Sicherheitsabstand, ähnlich den Tauben, die nachts auf dem Brauereidach so weit voneinander entfernt schliefen, daß sie, wenn sie sich im Schlaf strecken wollten oder wegen eines bösen Traums mit den Flügeln schlugen, ihre Nachbarn nicht weckten. Regnete es bei Dunkelheit und konnte keiner erkennen, wie stark es regnete, brauchte nur Herr Rambousek seines Amtes zu walten, und jedermann sah sofort, nämlich im Licht der Laternen, wie dicht der Regen fiel. Manchmal kam einem der Regen im Schein der Laternen heftiger vor, als er war, zumal wenn es stark regnete, weil dann die vier Fensterchen, die ihr Licht nach allen Himmelsrichtungen aussandten, von den Tropfen gestrichelt waren und ein Flimmern wie bei alten Filmen entstand. Wurde es im Spätherbst kalt, fiel der Allerseelen-Regen oder nasser Schnee, dampften die brennenden Gaslaternen, als rauchten sie. Das Kopfsteinpflaster war dann wie mit Butter bestrichen, die Schatten wurden fast unsichtbar, man konnte meinen, daß sich die Gassen und Gäßchen in Tropfsteinhöhlen oder Kalksteingrotten verwandelt hätten. Auf dem Marktplatz und in der Hauptstraße traten die zahlreichen Fußgänger den kalten Glanz bald ab, die höheren Katzenköpfe in den fast menschenleeren Gassen aber, wo die Pfützen stehenblieben, schimmerten weiter, sie schimmerten wie die kahlen Schädel frommer Greise, wenn sie in der Kirche niederknieten, damit der Herr Dechant ihnen die Hostie auf die Zunge legte. Herr Rambousek trug bei schlechtem Wetter eine Melone und einen Gummimantel, der im Regen glänzte, von Zeit zu Zeit beugte sich Herr Rambousek vor und kippte das Wasser aus der aufgebogenen Hutkrempe, es glitzerte im Schein der Gaslaternen wie Quecksilber. Starker Wind konnte den Laternen nichts anhaben, er pfiff an ihnen vorbei, in ruckartiges Wanken gerieten sie lediglich bei Sturm. Schüttete es, trübte sich das Laternenlicht durch die Wasserwellchen, die an den kleinen Fenstern herabrannen, und die Menschen eilten mit eingezogenen Köpfen nach Hause oder in die Gasthäuser. Ich allein schritt erhobenen Hauptes hinter Herrn Rambousek her, als wäre ich selbst eine Gaslaterne. Ich folgte ihm und freute mich darauf, daß er sich vorbeugen und daß das Quecksilber aus seinem Kopf auf den Boden schwappen würde. An einem solchen Regenabend bat ich unseren Laternenanzünder, mich eine der Gaslaternen anzünden zu lassen. Er reichte mir die Bambusstange, ich blickte in den Regen, das winzige Lichtlein auf dem Grund des Brenners war zu sehen, doch meine Hände zitterten, und ich brachte den Haken am Bambusstab nicht in den Haken an der Laterne. Todunglücklich gab ich Herrn Rambousek die Stange zurück, er streckte sich, ruck, zuck, und schon konnte er weitergehen, Regen und Tränen liefen mir die Wangen herab, ich wurde an diesem Abend meines jungen Lebens nicht mehr froh. Trotzdem gewann ich die Gaslaternen immer lieber.

Im Bett kam mir einmal der Gedanke, daß es für mich bestimmt nicht weniger schön wäre, mit Herrn Rambousek am frühen Morgen durchs Städtchen zu gehen, wenn er die Gaslaternen wieder auslöschte. Doch ich wachte immer erst auf, wenn es bereits hell war. Endlich gelang es mir einmal, vor Tagesanbruch aufzustehen. Ich zog mich leise an und trat in die Nacht hinaus. Auf der Brücke leuchteten die Gaslaternen zum Himmel auf, an dem noch die Sterne flimmerten. Hier und dort kam jemand von der Nachtschicht, manche gingen bereits zur Arbeit, einige Fischer stiegen mit Angelruten die Treppe zum Fluß hinunter. Ich begab mich auf die Brücke. Es begann zu tagen. Ein gutes Gefühl erfüllte mich, als ich endlich sah, wie der Nachthimmel allmählich heller und silbriger wurde. Ich ging weiter. Es wurde schneller hell. Ein Stück jenseits der Brücke drehte ich mich um, gewahrte ein neues schönes Bild, die Gaslaternen wuchsen aus den Brückenpfeilern, und die Lichterkette lief weiter in die Brückengasse. Als ich den Kirchplatz erreichte, war der Himmel hell und klar. Er schickte aus dem Osten einen rosigen Schein, der die Klinkerkirche des heiligen Ägidius einhüllte. Die Gaslaternen hier und auf dem Marktplatz brannten nur noch für sich selbst. Von der Fortna her kam Herr Rambousek, der im Gehen seine Bambusstange zusammensteckte. Und wieder strebte er, klein trotz Melone, von Laterne zu Laterne, steckte den Stangenhaken in den Lampenhaken und machte das Licht aus, leicht und lässig, als drehte er den Docht einer Petroleumlampe zurück. Erst jetzt bemerkte ich, daß in den Gasbrennern ein winziges Flämmchen verblieb. Es würde den ganzen Tag über weiterbrennen. Trotzdem konnten die Gaslaternen sich jetzt ausruhen, sie gingen schlafen wie der Mensch. Während wir durch die Gassen und über die Wälle schritten, fuhren die Milchwagen los, die Bäcker begannen in Körben die Semmeln auszutragen, in den Fenstern erschienen die Frühaufsteher. Das Städtchen erwachte, stand auf. Herr Rambousek hatte den Rest der Nacht fast ausgelöscht. Sämtliche Laternen schliefen steif und starr, und wer es nicht wußte, konnte nicht sehen, daß sie in ihren verglasten Bäuchen das ungeborene Licht des nächsten Abends bargen. Nur eine Laterne brannte noch, sie wartete auf die Tagesruhe, den Tagesschlaf. An dieser letzten Laterne drehte sich Herr Rambousek um, ich blieb sofort stehen, um die kurze, aber respektvolle Entfernung einzuhalten, er streckte die Hand mit der Bambusstange mir entgegen, ich trat feierlich vor, trat wie zum Altar vor und ergriff die Stange, empfing sie. Mein Blick richtete sich empor. Gegen den inzwischen blaßblauen Himmel war das gelbglühende Strümpfchen in der Gaslaterne nicht größer und heller als die Flügel eines Zitronenfalters. Und ich sah den Haken am Stangenende, sah den Haken unterhalb des Brenners, es gelang mir, die beiden zu vereinen, selbst Herr Rambousek war beeindruckt, eine ruckartige Bewegung mit der Bambusstange – und ich hatte das Gefühl, den ganzen Himmel ausgelöscht zu haben. Herrn Rambouseks Gesicht war sehr runzelig, es war gezeichnet von Falten und Furchen, die sich von der Nase aus wellenförmig verbreiteten, einige gar führten bis hinter die Ohren. Dieses Gesicht lächelte mich jetzt an. Ich küßte die Bambusstange und gab sie Herrn Rambousek zurück. Im selben Augenblick kam mir der Gedanke, daß Herr Rambousek, wenn er abends die Laternen anzündete und sie morgens löschte, die Arbeit des Abendsterns und des Morgensterns verrichtete. Und daß er darum nie krank werden dürfe. Würde eines Morgens, wenn ich in die Schule ging, und dann zur Mittagszeit, wenn ich aus der Schule kam, die Straßenbeleuchtung brennen, ja, dann würde dies einzig und allein bedeuten, daß Herr Rambousek nachts plötzlich gestorben war.

Der Herr Brauführer war früher Mälzer, dann Bierabfüller gewesen, bevor er Brauführer wurde. Er trug in ein Notizbuch die Schichten und die Überstunden der Arbeiter ein, führte Aufsicht und hatte in der Verwaltung über die Nutzung von Gerätschaften und Arbeitsstunden zu berichten. Was ihn mit solcher Genugtuung erfüllte, daß man es ihm schon von weitem ansah. Niemand konnte und sollte übersehen, für wie wichtig er sich hielt, wie er sich über sich selbst und darüber freute, es so weit gebracht zu haben. Schrecklich gern mochte er es, wenn ein Arbeiter zu spät kam, weil er ihn dann beschimpfen, ihn ins Notizbuch eintragen und ihm sogar drohen konnte, nämlich damit, daß auf jeden Arbeitsplatz in der Brauerei draußen zwanzig Arbeitslose mit der Mütze in der Hand warteten. Onkel Pepin liebte er gar nicht. Einmal deshalb, weil der Onkel so sehr brüllte, hauptsächlich aber deshalb, weil er der Bruder des Bruders war, des Herrn Brauereiverwalters. Beschimpfte er den Onkel, beschimpfte er mittelbar auch meinen Vater, den er beneidete.

Brüllte Pepin dem Herrn Brauführer zu viel und wollte der Herr Brauführer die aufdringliche Stimme loswerden, steckte er den Onkel in einen leeren Kessel, wo der Brauereiverwaltersbruder beim Licht einer Glühbirne, von dessen elektrischem Kabel er bald ganz umwickelt war, den Kalk- beziehungsweise Salpeterstein abschlagen mußte. Vierzehn Tage lag der Onkel eingezwängt im Kessel, schlug in unnatürlich verdrehter Haltung mit dem Hammer Stückchen um Stückchen ab, der gelbe Staub wirbelte, ein Staub so fein wie Kakao, dennoch sang der Onkel, geduckt oder auf dem Rücken liegend. So mächtig sang er, daß seine

Stimme die Brauerei-Esse emporstieg. Sang er einmal nicht, schauten Arbeiter, die ins Kesselhaus kamen, in den wirbelnden Staub hinab, in dem man Pepin fast nicht mehr sah, und röhrten, was ihm denn einfalle?! Einer hänselte ihn:
»Pepin, ist es wahr, daß Sie an der Front Ziegen gehütet haben?«
Dies genügte, um den Onkel wild loshämmern zu lassen, er schlug zu, daß der Salpeterstein abplatzte wie Email von einem zerbeulten Kochtopf. Und er tobte, der Onkel:
»Sie Ochse, können denn an der Front die Ziegen einfach so herumlaufen? Hört eine Ziege es schießen, haut sie ab, Sie Ochse. Und soll sich, Sie Ochse, ein österreichischer Soldat im Hagel von Kugeln und Granaten mit Ziegen herumärgern?«
Der Maschinist öffnete die Lüftungsklappen des Kesselhauses, und Onkel Pepins Stimme drang befreit hinaus und hing über der Brauerei wie eine riesige Trauerweide, deren tönende Äste und Zweige bis in den Brauereihof herabreichten. Und schon rannte der Herr Brauführer los, man sah ihm an, wie sehr er sich ärgerte, noch im Laufen öffnete er sein Notizbuch, im Kesselhaus dann kniete er nieder und schrie durch die Kesseltür in die helle Wolke hinein:
»Glauben Sie nur nicht, Pepin, daß Sie sich alles erlauben dürfen, nur weil Ihr Herr Bruder der Brauereiverwalter ist! Ich kann Sie noch in dieser Stunde entlassen. Sie kriegen eine weitere Eintragung!«
Der Herr Brauführer schaute auf die umstehenden Arbeiter, doch diese sahen durch ihn hindurch, als gäbe es ihn nicht. Onkel Pepin sang im Kessel unterdessen schon wieder Arien aus der Operette *Ich habe neun Kanarienvögel*. War die Arbeit in den Kesseln geschafft, befahl der Herr Brau-

führer dem Onkel, die Kanalisation in der Brauerei zu reinigen. Onkel Pepin stieg die Leiter hinunter, und bevor er in den Eingeweiden der Brauerei verschwand, blieb er auf halber Höhe stehen, lächelte und salutierte wie ein U-Boot-Kommandant. Neben dem Kanalloch stand dann ein Arbeiter, ließ an einem Seil Eimer hinunter, die vom Onkel, der bis zu den Knien im Dreck stand, mittels einer kleinen Schaufel mit Kot und stinkendem Schlamm gefüllt wurden. Ruckte der Onkel am Seil und stieg daraufhin der Eimer hoch, schwebte er über dem Onkel wie ein Damoklesschwert. Pepin genoß diese Arbeit insofern, als er fürchterlich darüber schimpfen konnte. Als der Böttchermeister einmal vorbeikam, formte er die Hände zum Trichter und rief in den Kanal hinab:
»Die Žaninka war da, sie näht sich schon einen Pyjama für die Hochzeitsnacht.«
Der Böttchermeister war noch keine zehn Schritte weg, da dröhnte die Stimme des Onkels aus dem Kanalloch wie aus einem Megaphon:
»Sakra, was soll das!? Diese Vettel! Die geht, als hätte sie ein Euter zwischen den Beinen, und mit der soll ich, ein Schöner, dem alle Fräuleins Einser geben, Hochzeit feiern?! Sakrament!«
Seine Stimme stieg über die Brauerei hoch wie eine Fontäne, erreichte die Wolken, brach sich und sank wieder herunter und verteilte sich rundum, so daß die Gleisbauer an der Bahnlinie glaubten, sie würden von oben angeschrien, erschrocken blickten sie zum Himmel wie die Apostel, als sie von Gottes Stimme angerufen wurden. Und sofort kam der Herr Brauführer gerannt, noch im Laufen öffnete er sein Notizbuch, er kniete sich neben dem verdreckten Kanalloch auf eine Zeitung und schrie hinab:

»Glauben Sie nicht, daß man Ihnen alles durchgehen lassen muß, nur weil Ihr Herr Bruder hier Brauereiverwalter ist! Was haben Sie während der Arbeitszeit zu schreien und die Moral der übrigen zu beeinträchtigen!«
Kniend machte er seine Eintragung, dann schaute er auf die umstehenden Arbeiter, doch diese widmeten sich ganz ihrer Arbeit, sahen durch den Herrn Brauführer hindurch, als gäbe es ihn nicht.
Es kam die Zeit des Eiseinfahrens. Genau wie das Reinigen der Kessel und der Kanalisation scheuten die Mälzer und übrigen Brauereiarbeiter auch das Einfahren des Eises. Als erster wurde Pepin vom Herrn Brauführer dazu eingeteilt. Noch bei Dunkelheit schlugen die Männer Tafeln aus der Flußdecke, zogen sie mit Haken ans Ufer und auf Brettern zum Uferweg. Andere Männer hieben sie in Stücke, packten die schweren milchigen Brocken mit violetten Handschuhen und warfen sie auf die Fuhrwerke. War ein Fuhrwerk fast voll, wurden die Seitenbretter durch Eistafeln erhöht, damit noch mehr aufgeladen werden konnte, denn die Entlohnung erfolgte nach Gewicht. Ging die rote Sonne an dem frostigen Himmel auf, gleißten und glitzerten die beladenen Fuhrwerke, die Eisbrocken strahlten an den Kanten und Ecken in allen Farben des Regenbogens. Setzte sich ein Fuhrwerk in Bewegung, begann das Eis zu knirschen, es knirschte in der frostigen Luft, die von der Sonne nicht erwärmt wurde. Das Gefährt schwankte und ratterte auf dem unebenen, holperigen Weg, es funkelte, daß man an eine Glashütte denken mußte. Bald folgte eine Eisfuhre der anderen, die Wagen bildeten eine Kette bis zur Brauerei, die Pferde dampften, die Kutscher hatten ihre Stiefel mit Stroh oder Hopfensäcken umwickelt, sie trugen Pelzmützen und die lilafarbenen Handschuhe, so schritten

sie neben den Leitpferden. An der acht Stockwerke hohen Eiskammer liefen zwei mechanische Eimerwerke, die aus zwei Brechwerken das zermalmte Eis hochtransportierten, im obersten Stockwerk, an der Wendestelle des Bandes kippten die Eimer ihren Inhalt aus, als stülpe man Hosentaschen um, dann fuhren sie leer wieder zurück, um weiteres Brucheis zu holen.

Jedesmal, wenn ich während des Eiseinfahrens zum Schlittschuhlaufen ging, wenn ich beim Anschrauben der Schlittschuhe mit dem Spezialschlüssel die anderen beobachtete, wenn ich die kleinen Kinder Laufversuche machen und Stürze vollführen sah, wenn ich die Studenten weite Kreise ziehen sah – und wenn dann mein Blick über den Obstgarten zur Brauerei schweifte, wo die Aufzüge liefen und die Eisfuhren eine Kette bildeten, fragte ich mich:

Was willst du eigentlich hier?

Mit dem Vierkantschlüssel der Tür zum Schornsteinsockel löste ich die Schlittschuhe und warf sie mir über die Schulter und kehrte zu den Eisfuhren zurück, zu diesen Riesengebilden aus Tafeln durchsichtigen Eises. Der Onkel schlug mit der Hacke den Riegelhaken aus der Öse, die Wagenwand gab nach, und die Eisschollen rutschten in den Trichter des Brechwerks. Die Eiskutscher halfen von der Seite mit langen Haken nach, damit die Schollen glatt zwischen die Stahlzähne fielen, von denen sie zerknabbert wurden wie Bonbons. Zwei Kutscher standen auf dem Wagen und schoben und stachen von oben auf die Schollen ein wie der heilige Georg, als er vom Pferd herunter den Drachen tötete. Ich stand da, die Schlittschuhe an Lederriemen über die Schulter geworfen, und wußte nicht, wohin ich zuerst schauen sollte, auf die Eiskutscher, die bunte Schals trugen und mit Stroh umwickelt waren wie Wasserpumpen im

Winter, oder auf die hell erleuchtete Tür des winzigen Häuschens, das an der Eiskammer klebte, nachts wurden darin die teuren Transmissionsriemen aufbewahrt, jetzt aber glühte dort ein niedriger Ofen, auf dem ständig Wasser für Tee und Grog heiß gemacht wurde. Oder sollte ich nach oben schauen, wo die glitzernden Eisbrocken aus den Eimern am Förderband durch eine Verschalung in die Eiskammer rollten, ich hätte mich auch an der Trichterwand eines Brechwerkes festhalten und dessen schrecklich gefräßigen Zähnen zuschauen mögen, die mit wachsendem Appetit die glasigen Schollen aus dem zugefrorenen Fluß zerbissen, diesen wirkliche Furcht erregenden Zerbeißern und Malmern, die, wenn ein Kutscher unachtsam wurde, mit gleichem Appetit seine Stange samt dem Haken zersplitterten, so daß die Teile umherflogen und die Umstehenden zu verletzen drohten.

Vom Eislaufplatz hörte man die Grammophonmusik und manchmal auch das scharfe Schneiden der Schlittschuhkufen, wenn die Läufer flott enge Kreise zogen, hier aber kämpfte Onkel Pepin mit dem Haken gegen die rebellischen Schollen und schrie wie an der Front:

»Links pariert! Rechts pariert! Einfacher Stoß!«

Und Bimm! – der Onkel stach neben die Scholle, doch einer der Kutscher erwischte ihn gerade noch am Ärmel, damit er nicht mitsamt dem Eis geschrotet wurde. Die Eismänner waren durchwegs einen Kopf größer als der Onkel, trotzdem eröffnete Pepin, vom Brechwerk für geraume Weile ferngehalten, einen neuen privaten Kriegsschauplatz. Statt seines Kampfes gegen das Eis begann er einen Kampf gegen die Eishauer und Eisfahrer. Wenn er der militärischen Kampfübungen überdrüssig wurde, warf er den Haken weg und fing sofort zu ringen an, die bärenhaften

Eismänner mußten lachen, verloren vor lauter Lachen die Kraft, ließen sich niederringen und auf die Schultern legen, die Umstehenden knieten nieder und prüften, ob wirklich beide Schultern den Boden berührten, und stand Onkel Pepin als Sieger fest, hoben sie ihn hoch wie ein Kind, denn sie waren Riesen. Das Förderwerk lief jetzt leer, es konnte sich ausruhen, die Eimer klapperten hell und fröhlich, und Onkel Pepin schrie:
»So hat der Frištenský einen Neger besiegt!«
Während die Maschinen, diese Ruhepause des Leerlaufs genießend, ihr heiteres Klappern und Rattern höher und höher schickten, über die achtstöckige Eiskammer hinaus, holten die Eismänner Blechtonnen, schlugen mit den Haken Löcher in die Seiten, steckten Holzscheite hinein und machten Feuer. Die Stunden waren vorgerückt, der Frost hatte sich verschärft. Die Scheite standen senkrecht in den Tonnen, wie in militärischer Grundstellung, die Flammen leckten an ihnen hoch, drangen rot und violett aus den Löchern, gaben Wärme ab für die Menschenhände, erleichterten ihnen die Arbeit. In der Dämmerung des frühen Abends spendete der Tod des Holzes Glut und Licht. Onkel Pepin begann unvermittelt zu singen:
»Am Ufer des Sees die Nachtigall schlägt, singt ihrem Geliebten von Liebe . . .«
Und die Eismänner erwärmten sich auch an dem Gesang, vom Eislaufplatz auf dem Fluß klang die leise Grammophonmusik herüber, die Studenten tanzten jetzt mit den Mädchen Walzer, ich hätte längst zu Hause sein und meine Schulaufgaben machen sollen, doch bei der Eiskammer auf der Rückseite der Brauerei war es so sehr schön, mir bot sich ein Bild schöner als die Bilder im Lesebuch . . .
»Es lebt ein armes Waisenkind«, erschallte es jetzt.

Ich mochte nicht heimgehen. Bei uns tummelten sich seit dem Mittag schon allerlei Leute aus dem Städtchen, die Kostüme für den Sokol-Faschingsball nähten, sie tranken viel Bier und lachten über Dinge, über die es nichts zu lachen gab, sie aßen gewaltige Schmalzstullen und tranken viel dazu, so viel, daß sie oft ins Klo neben der Speisekammer rennen mußten.
Beim Anblick der mit Stroh oder Hopfensäcken umwickelten Stiefel unserer Brauereiarbeiter und der Eiskutscher dachte ich daran, daß fast alle Gäste, die zu uns kamen, darauf achteten, einen kleinen Fuß zu haben, sie kauften ihre Schuhe eine Nummer zu klein, einfach weil es Mode war. Nicht selten hatte ich gesehen, wie diese Leutchen auf dem langen Herweg sich an Gartenzäune oder die Brauereimauer lehnten und das Oberleder ihrer Schuhe kneteten, um wieder Blut in die Zehen zu bekommen.
Geschehen und Stimmung des Eiseinfahrens ließen mich nicht los, noch immer warteten fünf Fuhren aufs Abladen, die Kutscher hatten den Pferden Decken über die Kruppen geworfen, frierend liefen die vermummten Männer hin und her, stampften mit den Füßen, wärmten sich von Zeit zu Zeit an den Blechtonnen, in denen die Holzscheite brannten, der Duft des Grogs mischte sich in die Grammophonmusik, einige Studenten übten Drehsprünge auf dem Eis, die Schlittschuhe blitzten und kratzten, in der Ferne hörte man die Züge, und ich sagte mir, daß es zu einem Wetterumschlag kommen werde, daß es tauen und regnen werde, das Brechwerk zerbiß weiterhin die Eisbrocken zu Kandiszucker, den die Eimertaschen weiterhin emportrugen und in die Eiskammer kippten, wo der Eisberg allmählich bis zum achten Stock emporwuchs, vom Frühjahr bis zum Spätsommer würde man ihn dann wieder abtragen, man

würde die Gasthäuser und Restaurants mit Eis beliefern, damit das Bier und die Limonaden kühl blieben, auch das Krankenhaus würde man beliefern, damit Fieberpatienten jederzeit Eisumschläge bekommen konnten. Gaststätten mit eigener Metzgerei holten sich selbst Eis aus dem Fluß, sie hatten eigene kleine Eiskammern im Keller, mit Keulen schlugen die Wirte kleine Schollen aus dem Flußeis, und waren ihre Kellerkammern gefüllt, lagerten sie den Rest in ihren Gärten unter Bäumen, wo sich die Eisstapel, wenn sie dick mit Roggenstroh bedeckt wurden, bis in den Sommer hinein und oft sogar bis zum ersten Schnee hielten . . .
Weil ich noch immer nicht nach Hause mochte, ging ich auf der einsamen Straße zum nahen Wäldchen, wo ein Einödhof stand. Ich bekam Durst und betrat das Hofviereck. Niemand war zu sehen, weder im dämpfigen Stall noch in der Scheune fand ich jemanden, wahrscheinlich waren Knecht, Kutscher und Bauer ebenfalls beim Eisfahren, und weil der Wind über den Hof pfiff, Strohhalme und körnigen Schnee vor sich hertreibend, schlüpfte ich ins Gesindehaus neben den Ställen. Die Zugluft riß mir fast die Klinke aus der Hand, ich stand im Flur und horchte an einer Tür, die so große Fugen und Löcher aufwies, daß ich den Finger hineinstecken konnte. Ich lauschte wie ein Jagdhund, ein Bein leicht gehoben, ein Ohr dem Geraschel hinter der Tür zugewandt. Dann schaute ich durch eines der Löcher und sah in dem dämmerigen Raum zwei Kinder horchend im Bett sitzen. Ich öffnete die Tür und trat leise ein. Die beiden hockten auf dem Stroh im Bettgestell, sie hatten das Federbett um den Leib gewickelt und um die Schultern Wolldecken, deren Zipfel hinten verknotet waren.
»Ich möchte etwas zu trinken«, sagte ich.
»Dort steht ein Eimer«, erwiderte das ältere Kind, ein

Junge, und deutete mit vor Kälte zitternder Hand zum Herd.
Ich tastete mich in die Zimmerecke, wo die Kanten des Sparherds schwach schimmerten, die Herdtür stand offen, im Inneren war es finster. An einem Haken hing eine Schöpfkelle, ich nahm sie und steckte sie in den Eimer, stieß jedoch auf Eis. Nachdem ich die dünne Eisschicht mit der Kelle zerschlagen hatte, schöpfte ich von dem kalten Wasser und trank gierig. Das kleinere der Kinder begann zu weinen.
In der Zimmertür drehte ich mich noch einmal um. »Was hat es denn?« fragte ich.
»Eine Maus hat ihm den Schnuller gestohlen«, antwortete der Junge.
»Eine schöne Bescherung«, sagte ich.
Die Zimmertür schloß sich hinter mir von selbst, als ich in den zugigen Flur trat. Auf der einsamen Straße, die mich durch die Felder heimwärts führte, sah ich vor mir die Brauerei strahlen und leuchten wie ein Bahnhof. Ich schritt durch das Tor, in den sechs Fenstern unserer Wohnung zeichneten sich hinter den Vorhängen die Lampen ab, und auch unsere Gäste konnte man sehen, sie gingen hin und her. Ich schaute zum Küchenfenster hinein. Der Vater trank seinen üblichen Milchkaffee und kaute gedankenverloren sein trockenes Brot. Auf der Herdplatte standen Töpfe und Tiegel zum Färben von Stoffen, der Herr Schuldirektor stand davor, er grinste übers ganze Gesicht und rührte mit einem Holzspan abwechselnd in dem einen und dem anderen Gefäß, die Mutter schnitt Stoffquadrate in Taschentuchgröße und gab sie dem Herrn Dechanten, der sie mit Zwirnsfäden zu seltsamen Knäueln zusammenzog, manchmal sah es so aus, als bilde er eine Mohnblüte und schlage

die Blätter nach hinten um. Diese Stoffgebilde tauchte der Herr Schuldirektor in einzelne Farbgefäße. Die Erwachsenen waren dabei vergnügt wie die Kinder, auch der Herr Apotheker. Ich aber konnte mir nicht erklären, wozu all dies gut sein sollte, was aus all dem werden sollte. Bald konnte ich es sehen. Die Zwirnsfäden wurden entfernt, die Tüchlein wurden ausgeschüttelt, und es kamen die schönsten Batikmuster zum Vorschein. Der Herr Apotheker band sich Mutters Schürze um und begann die Tüchlein zu bügeln. An einer Schnur über dem Herd mußten sie vollends trocknen, diese Pfauenaugen, diese Schmetterlingsflügel, diese metallisch blauen, grünen und roten Schießscheiben. Weil der Herd heiß war, wehten die Tüchlein in der hochsteigenden Hitze. Dann holte sich der Herr Apotheker ein Maßband und nahm den Anwesenden Maß, an Beinen, Hüften, Taillen, Brustkörben und Armen, die Ergebnisse notierte er sodann auf einer leeren Mehltüte. Zuletzt nahm der Herr Dechant beim Herrn Apotheker Maß, auch im Schritt, was alle Anwesenden so zum Lachen brachte, daß ihnen die Tränen kamen. Ich beobachtete durchs Fenster, mit welcher Lust die Mutter ihre Nähmaschine zurechtrückte, sich dahintersetzte, mit beiden Füßen den Tritt in Bewegung brachte, von den Männern die Tüchlein entgegennahm und sie ratternd zusammennähte. Auf der anderen Maschinenseite flossen bunte Stoffbahnen herunter. Die Männer übertrugen die Maße auf den Stoff, schnitten zu, setzten sich hin und begannen zu nähen wie Näherinnen, dabei tranken sie ständig Bier und lachten über Dinge, über die es nichts zu lachen gab. Ich wandte mich ab, drehte mich um. Über dem Garten ragte die Brauerei auf wie eine geheimnisvolle Burg, neben der noch immer die Brechwerke und die Eimerwerke arbeiteten, man sah den Schein

der Lampen, die Mälzerei erhielt durch sie schwefelgelbe Konturen, der Himmel schimmerte violett, im Sudhaus waren sämtliche Fenster hell, bei längerem Hinschauen wurde die ganze Wand zu einem einzigen Fenster, man sah die Biersieder an den großen Pfannen entlanggehen, am Geländer lehnen oder durch die Schiebetüren in die Pfannen schauen, an ihren Köpfen stieg der Dampf vorbei und vereinigte sich über den Pfannen zu einer Zwiebel, die Schlange der Eisfuhren wartete, das blaue Eis war rot durchzogen vom Widerschein der Sudhauslampen, alles zusammen gemahnte an den Farbdruck vom Jüngsten Gericht, der im Pfarrhaus hing, und in alles hinein flossen die ersten Hosenbeine aus Mutters Nähmaschine.
Vater stellte die Tasse weg, wie ich beobachtete er die verspielte Gesellschaft, doch dann ging er ins Zimmer und ließ sich ebenfalls mit dem gelben Maßband vermessen. Ich trat leise in den Gang, ging weiter in die Küche, in den Zimmern waren alle streng mit Nähen beschäftigt, ich löschte das Küchenlicht, setzte mich unterm Fenster auf einen Stuhl und schaute aus dem Halbdunkel in die beleuchteten Zimmer, die von den Messinglampen an der Decke mit Licht besprüht wurden. Die hohen lackierten Türen spiegelten matt die Gestalten wider, die mit flinken Fingern aus den Stoffbahnen pluderige Gewänder nähten. An die fertigen Stücke nähte der Herr Dechant neben den Knopflöchern schwarze Bommeln an. Ich nickte immer wieder ein, und wenn ich nach einer Zeitlang die Augen öffnete, konnte ich die Zeit an den Fortschritten ablesen, welche die Kostüme genommen hatten. Bei einem meiner Aufwachen leerte Mutter gerade ihr Glas und holte dann aus der Kommode eine riesige Papiertüte, die lauter schwarze Kappen enthielt. Die Mutter nahm eine nach der

anderen heraus, der Herr Dechant heftete an jede eine lange Pfauenfeder und setzte die fertige Mütze jeweils demjenigen auf, der ihm den Kopf hinhielt. Ich schlief erneut ein, schlief mit auf der Brust verschränkten Armen wie der Kartenabreißer im Kino. Plötzlich weckte mich Stille. Das Eimerwerk arbeitete nicht mehr, es hatte endgültig genug, war schlafen gegangen, auch im Sudhaus arbeitete niemand mehr, das Licht brannte dort zwar noch, aber aus den Pfannen stieg kein Dampf mehr, niemand lehnte mehr am Geländer, man hatte alles saubergemacht, die messingnen Apparaturen und Thermometer blitzten, und die Reihe quadratischer Fenster, die eine der Wände zerteilte, erinnerte an zusammengenähte gläserne Tüchlein ... Ich sah den Eislaufplatz, hörte das Kratzen der Kufen, ein Schlittschuh landete, beschrieb einen Halbbogen, das andere Bein schwang nach, der Läufer vollendete den Kreis und zog seine Ziehharmonika über die ganze Armbreite aus – hatte ich geträumt? Als ich die Müdigkeit aus meinen schweren Augenlidern geblinzelt hatte und in die Zimmer unserer Deputatwohnung blickte, liefen dort lauter Clowns, Harlekins oder Pierrots umher. Alle waren in schöne weite Gewänder mit bizarren Mustern gekleidet, auch der Vater war ein Pierrot, sein Gewand zeigte lauter Pfauenaugen, die schwarze Kappe lag ihm eng am Kopf an, aus dem heraus die lange Pfauenfeder wippte. Alle waren gepudert, alle gaben sich immer ausgelassener. Mutter, ebenfalls ein Pierrot, trippelte komisch hin und her, mir wurde seltsam heiß, wie stets, wenn sie für mich aufhörte, Mutter zu sein, wenn sie sich in meine ältere Schwester verwandelte. Ach, ich mochte nicht, daß sie immer jung sein wollte, daß sie mit zunehmendem Alter immer noch jünger tat, sie war fast schon jünger als ich, ach, sie spielte gern Theater und redete gern wie von der Bühne herunter, was ich schon gar nicht mochte, ich wollte vielmehr, daß sie wie meine Taufpatin Nany sei, ein bißchen dick, nicht sonderlich auf sich achtend, sich nicht mehr herausputzend, nicht ständig in Modeheften blätternd, nach Kaffee und Brot hätte sie riechen sollen, hätte immer zu Hause sein sollen, hätte leicht bekümmert aussehen und sich nur um Familie und Garten sorgen sollen. Die Mutter und der Herr Dechant schleppten einen Spiegel an, denn jeder der Pierrots wollte sich sehen, sich betrachten, allerdings wollte sich jeder schöner sehen, als er aus dem Spiegel herausschaute, sogar der Herr Dechant versuchte noch besser und forscher auszusehen, als es ihm ohnehin schon gegeben war. Mir schien auf einmal, jeder habe vor sich selbst Angst. Der Vater war vom Treiben vor dem Spiegel offensichtlich verwirrt, nachdenklich hatte er einen Fuß auf einen Schemel gestellt, den angewinkelten Ellbogen aufs Knie gestützt und den Kopf in die Hand gelegt. Erst jetzt merkte ich, von Vaters Fuß auf die Füße der anderen blickend, daß alle schwarze Lackschuhe mit Maschen trugen. Die Mutter trippelte hinaus, kam wieder zurückgetrippelt, einen Eimer in der Hand, den sie so vor Vater hinstellte, als sollte er sich hinein erbrechen. Alle lachten, aber nicht zu lange, denn sie wollten ja das Spiegelspiel weitertreiben. Der Vater, dem das Pierrotkostüm am besten stand, drängte nicht zum Spiegel, er hatte kein Verlangen, sich zu betrachten, er wollte überhaupt immer nur sein, wie er war. Ein recht hübscher Mann war der Vater, hübscher als die ganze Gesellschaft hier zusammengenommen, insgeheim jedoch fühlte er sich armselig, er las am liebsten den Roman *Zum verspeisten Laden* von Ignát Herrmann, für dessen kleinen unseligen Helden, einen verkrachten Kaufmann, er sich hielt.

Unvermittelt klatschte Mutter in die Hände und rief übermütig:
»Und jetzt üben wir den Auftritt zur Mitternacht!«
Ich rieb mir die Augen, doch je weniger ich recht zu sehen glaubte, desto deutlicher sah ich es: Unsere Gäste nahmen im hinteren Zimmer Aufstellung und hüpften auf einem Bein ins vordere Zimmer, wobei sich alle bemühten, mit dem bemaschten Lackschuh genau in der gleichen Sekunde auf den Boden zu patschen; dann bildeten sie eine Querreihe, beugten ein Knie, neigten die Oberkörper vor, tippten sich mit dem Zeigefinger auf die Wange und versuchten neugierige Gesichter zu machen; danach verschränkten sie die Hände hinterm Kopf und wippten mit den Oberkörpern im gleichen Takt einmal nach rechts, einmal nach links; schließlich begannen sie allesamt zu trippeln und so zu hüpfen, daß sie mit den Knien abwechselnd die kleinen Finger der vorgereckten Hände berührten. Ich schämte mich und hatte plötzlich das Gefühl, schrecklich gealtert zu sein, älter zu sein als alle diese Pierrots. Nun klatschte der Herr Schuldirektor sogar in die Hände, worauf die Pierrots schwarze Larven aufsetzten, sie taten, als kennten sie einander nicht, dann grüßten sie einander gemessen, lachten unvermittelt, scherzten miteinander wie auf der Bühne – dieweil auf dem Tisch eine Zeitung lag, die in fetten Lettern verkündete, daß ein neuer Weltkrieg drohe, wenn alles so weitergehe.

Im Herbst, vornehmlich an dessen Samstagen und Sonntagen, krachten Schüsse aus Jägergewehren. Kam ich aus der Schule heim, konnte es passieren, daß ich beim Betreten des dunklen Gangs, noch geblendet von der Septembersonne, über einen Haufen Rebhühner stolperte, manchmal auch über einige Hasen. Gastwirte, denen mein Vater die Steuererklärungen machte, brachten als Aufmerksamkeit einiges von ihrem Wildbret. Mutter hängte die Hasen auf dem Dachboden an Balken, die Rebhühner hängte sie in der Remise auf, allesamt mit dem Kopf nach unten. Erst wenn den Hasen dunkles Blut aus der Nase trat und wenn auf den Rebhühnern die Maden krochen, wurden die einen abgezogen und die anderen gerupft. Auf das Wildessen freuten sich alle, besonders unsere Gäste aus dem Städtchen. Mutter schichtete die Rebhühner in Kasserollen und briet sie auf Speck und frischen Kräutern. Jeweils acht paßten in eine Kasserolle oder in eine große Pfanne, abends roch dann unsere ganze Deputatwohnung, es roch so angenehm, daß sogar Vater gehörigen Appetit auf die Rebhühner bekam, und das wollte etwas heißen. Unsere Gäste blieben, auch wenn ich sie gut kannte, für mich nur Gäste. Sie lobten bei uns stets, was sich selbst lobte. Beispielsweise das Bier, das nur gut sein konnte, weil es direkt aus dem Brauereikeller kam. Ich saß mit am Tisch, und legte ein Gast sich nach, sah ich sein Rebhuhn traurig an, der Gast begann zu lachen, und er lachte um so lauter, je trauriger ich schaute. Doch Mutter, die gern aß, rettete die Situation jedesmal. Hatte sie ein Rebhuhn zerlegt und den ersten Bissen genommen, stand sie gewöhnlich auf und lief auf den Hof hinaus, wo sie hin und her rannte und den Himmel anrief, die Gäste waren erschrocken, sie meinten, Mutter habe einen Knochen verschluckt, aber spätestens nach Mutters drittem Rebhuhn war ihnen klar, daß es sich um eine Art Dankgottesdienst handelte, sie lachten, sahen ihr vom Fenster aus zu, behielten dabei ihre Rebhuhnkeulchen in der Hand, nagten daran und freuten sich nicht weniger als Mutter, die zurückgelaufen kam, wieder am Tisch Platz nahm, Rebhuhnstücke in die Soße tauchte, genüßlich kaute und sich die Lippen leckte wie ein Kind. So benahm sie sich, weil sie gern aß, hauptsächlich aber, weil sie gern Theater spielte, nicht nur auf der Laienbühne unseres Städtchens, sondern auch sonst, im Leben, sie konnte ohne Theater nicht sein. Der Vater wußte es, grämte sich, sagte jedoch nichts, mir ging es ähnlich, aber was hätten wir tun sollen? Der Mutter lag das Theaterspielen nun einmal im Blut. Andererseits, wäre Mutter nicht so gewesen, wie sie war, hätte bei uns meist Tristheit geherrscht, denn Vater las immer nur seinen *Verspeisten Laden*, und niemand konnte ihm ausreden, daß er der unglückselige Krämer sei. Nahm die Mutter einen tüchtigen Schluck von ihrem Bier, dann balancierte sie das Gewicht des Glases aus, indem sie die Hand schräg nach hinten streckte, so daß sie einer Bierreklame glich. Doch das genügte ihr noch nicht. Hatte sie ein Glas geleert, sprang sie auf, stellte es mit großer Geste ab und lief wieder in den Hof hinaus, um einmal mehr dem Himmel Dank zu sagen, diesmal für das köstliche Getränk, sie kam wieder zurück, setzte sich und trommelte so lange mit den Fäusten auf den Tisch, bis sie ein frisches Glas Bier vor sich stehen hatte. Manchmal, wenn es regnete und der Mutter Speis und Trank wieder einmal so recht schmeckten, sprang sie zwar auf, rannte aber nur zu Vater oder zu mir und klopfte uns gewaltig auf den Rücken, als hätten wir ein Knöchelchen verschluckt, mitunter klopfte sie auch einen Gast, alle lachten, und verschluckte sich dabei tatsächlich einer, hieb sie ihm die flache Hand so lange auf den Rücken, bis ihm der im Hals steckengebliebene Bissen aus dem Mund sprang. Als die Mutter sich an diesem Abend das vierte Rebhuhn genommen hatte und zum Himmel-sei-Dank hinauslaufen wollte, blieb sie schon auf der Haustürschwelle stehen, wie angewurzelt, sie legte die Hand auf die fettigen Lippen und stieß hervor:

»Vincek, wo kommst denn du her? – Tritt ein!«

Ihr Ausruf ließ den Vater erbleichen. Er hörte auf zu essen. Zum erstenmal seit einem Monat aß er Fleisch, und ausgerechnet da wurde es ihm von Schwager Vincek verleidet. Er legte Messer und Gabel hin, zum Zeichen, daß er nicht mehr essen könne. Die Gäste stürmten zum Fenster, ich mit, und siehe da, zwei Schimmel standen im Dämmerlicht, auf dem einen saß Vincek, bekleidet mit gelben Reitstiefeln, beigefarbener Reithose und einem Reiterfrack, seine schwarze Samtkappe hatte einen breiten Schild, er lachte, zeigte die Zähne und salutierte zu der Gesellschaft am Fenster hin. Dann beugte er sich vor, wäre fast vom Pferd gefallen, Mutter streckte ihm die Hand hinauf, und er küßte sie galant. Mit gräflicher Gebärde deutete er auf seine Begleiterin, die wirklich wie eine Gräfin angezogen war – in ihrem geschwungenen Samthütchen stak quer eine flaumige Pfauenfeder.

»Meine Verlobte«, sagte Vincek und sprang vom Pferd. Lässig schlug er sich mit der Reitgerte auf die Stiefel.

Unsere Gäste staunten nicht schlecht. Das waren Gäste, diese zwei neuen!

»Ist das nicht Graf Thurn und Taxis el Torre e Tasso persönlich?« murmelte der Herr Apotheker.

Mutter führte Vincek an der Hand ins Haus und stellte ihn und seine Verlobte vor.
Vincek streifte seine weißen Handschuhe ab, gab Vater einen Klaps und sagte: »Hallo, Schwagerherz! Da wundern Sie sich, was? Jetzt werden die Tausender anrollen, die Verträge sind schon perfekt. Wien und Budapest!«
Mutter strahlte vor Glück, sie holte zwei weitere Gedecke und stellte die letzte Pfanne mit acht Rebhühnern auf den Tisch. Vincek legte höflicherweise zuerst seiner Verlobten vor, dann klemmte er sich ein Monokel ins Auge und sang:
»Heut geh ich ins Maxim, da ist es so intim . . .«
Er stand auf, sang das ganze Lied, sein einschmeichelnder Tenor überlagerte den Duft der gebratenen Rebhühner, die Gäste hörten auf zu kauen, lauschten mit verzücktem Blick, sie nickten, es kamen ihnen beinahe die Tränen. Mutter schluckte vor Glück. Draußen wieherten die Schimmel, sie weideten im Garten, man konnte hören, wie sie von den Bäumen fröhlich ganze Zweige abrissen. Vater saß mit gespreizten Beinen und gesenktem Kopf da, als habe er Nasenbluten. Vincek beendete seine Gesangseinlage, unsere Hausgäste brachten vor Ergriffenheit nicht die Hände hoch, sie hätten klatschen wollen, doch es reichte nur zu einem lang anhaltenden Kopfnicken. Sie hatten noch nicht ausgenickt, da aß Vincek bereits, trank auch in langen Zügen Bier, beides mit sichtlichem Genuß, eben wie ein Schauspieler. Seine Verlobte widmete sich inzwischen dem zweiten Rebhuhn. Nach einer Weile wischte sich Vincek den Mund ab, rückte das Monokel in der Augenhöhle zurecht, stand auf, schaute zu seiner Verlobten hinunter und hob in hellstem Tenor an:
»Komm in meinen Pavillon . . .«
Die Verlobte, das Hütchen fast auf dem Teller, nagte weiter

an ihrem Rebhuhn, hielt es an den Beinen fest und nickte zu Onkel Vinceks Gesang nur den Takt mit.
Der Vater, entsetzt über die Situation, hatte sich wieder einmal zwischen Kommode und Wand geklemmt, um von dort aus mit Mimik und Gestik anzudeuten, daß diese Sache ein schlimmes Ende nehmen werde, daß hier ein elender Betrug stattfinde. Durch Handbewegungen in Höhe des Halses gab er zu verstehen, daß er sich am liebsten aufhängen würde. Die Verlobte behielt zwar ihr Rebhuhn weiterhin in der Hand, aber sie erhob sich endlich doch und sang mit vollem Munde mit, sie schmiegte sich an Vincek, schaute zu ihm auf, verliebt und hingegeben. Ich beobachtete meine singenden Verwandten trotz Vaters Gestikulation aufmerksam, und es dauerte nicht allzu lang, da sagte ich mir, daß die beiden mit ihrem Gesang jetzt schon mehr geleistet hatten, als sämtliche von unseren Gästen vertilgten Rebhühner und Biere wert waren. Mutter war gerührt, ich war es nicht weniger, sie lächelte vor sich hin, den Blick in eine Zimmerecke gerichtet, nein, nicht in eine Ecke, sondern weiter, viel weiter, dorthin, wo sie Wien und Budapest vermutete und wo Vincek und seine Verlobte ihre Engagements hatten. Unterdessen weideten die zwei leuchtenden Schimmel im Obstgarten weiter, sie rupften Zweige ab und zermalmten hörbar Laub und Holz. Die Mutter riß sich aus ihrem Traum, bot Vincek und seiner Verlobten nochmals Rebhühner an, die beiden luden erneut ihre Teller voll, und Vincek häufte noch drei Schöpfer Blaukraut oben drauf. Wie ihre Pferde draußen im Garten fraßen die beiden nun, sie zerrissen die Rebhühner mit den Händen, saugten daran, malmten und verschlangen das Fleisch, schoben ganze Löffel voll Kraut nach, sogar unseren Gästen verging der Appetit. Ich saß auf dem umgedrehten Stuhl, den

Kopf in die Hände und die Arme auf die Lehne gestützt, und beobachtete die Mutter. Sie wirkte ganz anders als sonst. Vincek galt ihr in irgendeiner Hinsicht mehr als ich und Vater, mehr auch als sie selbst, sie schien traurig, ihr war die Lust am Scherzen vergangen, sie mochte nicht einmal mehr hinauslaufen und vom Hof aus dem Himmel danken für das vollmundige Bier und die köstlichen Rebhühner . . . Gefangen war sie vom Gesang, mehr noch von dem Zauber, der von Vincek ausging, wenn er mit ausladender Geste seine Zuhörer einlud, ihn ins Herz dessen zu begleiten, wovon er sang, ins Herz der Liebe. Auf den Tellern vor Vincek und seiner Verlobten lagen nur noch Knochen, da beugte sich Mutters Bruder vor und angelte sich mit der Gabel einen Rebhuhnkopf aus der Pfanne:
»Ei, ist das ein Leckerbissen!«
Behutsam, fast zärtlich nagte er das Fleisch vom Hals, dann vom Kopf, saugte es geradezu ab, nicht einmal die Augen ließ er aus.
»Schwager«, rief er zum Vater hin, »Tausender, Zehntausender werden bei diesen Engagements anrollen. Wien und Budapest!«
Er wischte sich den Mund ab, klemmte das Monokel fester ins Auge, erbat mit einer Handbewegung Gehör, breitete die Arme aus und sang, den Rücken leicht gekrümmt und mit den Händen kleine Kreise beschreibend, wenn ein Satz und eine Tonfolge des süßen Liedes besonders gut kommen sollten:
»Niemand liebt dich so wie ich, bin auf der Welt ja nur für dich . . .«
Er sang und zeigte zwei Reihen Zähne, schön wie Perlen. Vater zwängte sich wieder zwischen Kommode und Wand, von wo er mir bedeutete, daß Vincek ein künstliches Gebiß

habe, daß alles ein schlimmes Ende nehmen werde, daß er sich am liebsten aufhängen würde.
Mittlerweile reckte Vincek seine Arme dem Köpfchen seiner Verlobten entgegen, die vor ihm stand und die er mit einer Miene ansang, als sei er von seiner Liebe zu ihr bis ins tiefste Innere getroffen:
»Diese Augen, diese Lippen, sie sind dein, mein ganzes Glück bist du allein . . .«
Er zeichnete mit den Fingern ihre Augen und ihren Mund nach, seine Hände bebten. Trotz des Dämmerlichts im Zimmer konnte man sehen, daß unsere Hausgäste ihre Kiefer bewegten, daß sie nach Atem rangen, daß der Herr Apotheker zu weinen begann. Der stets würdig sich gebende Herr stand verschämt auf, ging zum großen Schrank, lehnte sich mit dem angewinkelten Unterarm daran, legte den Kopf auf den Unterarm, seine Augen waren verhüllt. Überwältigt hatte ihn der Gesang, hatte ihn in seine Jugend zurückversetzt, in eine unwiederbringliche Stunde der Zärtlichkeit. Doch die Gesangsdarbietung war noch nicht zu Ende. Die Verlobte sang nun Vincek an, und zwar mit den gleichen Worten, mit denen er zuvor sie angesungen hatte:
»Niemand liebt dich so wie ich, bin auf der Welt ja nur für dich . . .«
Jetzt sah ich, daß sie wirklich Vinceks Verlobte war, denn sie schaute ihn an, wie eine Verlobte ihren Verlobten anschauen soll, innig, wie auch ein Ehemann seine Ehefrau anschauen soll, meine Mutter den Vater. Jetzt wußte ich, daß Vaters Zweifel unbegründet waren, Vincek und das schöne Fräulein waren wirklich verlobt, für solches Singen würde es, mußte es Tausende, Zehntausende geben, auf jeden Fall würde es wiederum ein Mitglied aus unserer Familie weit bringen, weiter noch als wir – Budapest,

Wien ... Solche Reisen waren wahre Lebensreisen. Meine begeisterten Gedanken schienen Vincek zu beflügeln, er stimmte in den Gesang seiner Verlobten ein, und das zum Jubel sich steigernde Singen der beiden, die einander anblickten und ihre Köpfe aneinander legten, zog in die Ferne, als würden sie für jemanden singen, der weit fort war:
»Niemand liebt dich so wie ich, bin auf der Welt ja nur für dich . . .«
Da war auch der Vater ergriffen, er schaute Vincek wie verzaubert an, hingerissen davon, wie die Verlobten das Lied von der Liebe Wange an Wange sangen. Plötzlich stand er auf, ging zum Fenster und richtete den Blick in den dunklen Abend hinaus, wo die Schimmel wieherten, Zweige abrupften und samt dem Holz zerbissen. Über Mutters Wangen rannen Tränen, vorwurfsvoll musterte sie Vaters Rücken, der sich gegen den dunklen Himmel abzeichnete, sie schien ihm die Schuld daran zu geben, daß sie nicht gleich Vincek bei der Operette gelandet war, daß sie nicht wie eine englische Lady auf einem Schimmel angeritten kommen konnte, daß sie keine Fahrkarte nach Wien in der Tasche hatte, oder nach Budapest . . .
Zwei Lichtkegel drangen in den Brauereihof, vor unseren Fenstern hielt ein Auto, eine Schattengestalt stieg aus, ging geradewegs zu den Schimmeln, tätschelte ihnen den Hals, und die Pferde wieherten freudig. Dann leuchtete unser Nachtwächter mit der Taschenlampe die Stufen zu unserer Haustür an, man hörte Schritte im Gang, jemand öffnete die Tür und trat in die Küche.
»Bitte, ist hier wer?« fragte der Eingetretene in aufgebrachtem Ton.
Mutter machte im Zimmer und in der Küche die großen

Lichter an, der Eingetretene kam mit seinen schmutzigen Reitstiefeln bis ins Wohnzimmer, strich sich über den Bart und rief, nachdem er Vincek entdeckt hatte, voll Genugtuung:
»Endlich habe ich Sie!«
Vincek stand auf, das Monokel fiel ihm aus dem Auge und klirrte am Tellerrand. »Alles wird sich aufklären«, sagte er und streckte beschwörend die Hand gegen den ungebetenen Gast aus.
»Ein Dreck wird sich aufklären, die Pferde haben Sie sich gestern für den Vormittag geliehen und nicht bezahlt, desgleichen die Kostüme. Heute abend wird noch gespielt, also runter damit!«
»Alles wird sich aufklären«, jammerte Vincek und zog Reiterfrack und Weste aus, legte die Kappe mit dem breiten Schild darauf.
»Die Hose auch, runter damit, oder Sie bekommen die Reitpeitsche zu spüren!« schrie der Leihanstaltsbesitzer und hieb sich mit der Peitsche auf die Stiefel.
Während Vincek Stiefel und Hose auszog, entkleidete sich seine Verlobte in aller Ruhe, als hätte sie gerade eine Aufführung hinter sich und sei in ihrer Garderobe.
»Die beiden Pferde schaffen Sie selber nach Podiebrad zurück!« donnerte der Mann. Er legte sich die Kleidungsstücke über den Arm und ergriff die Stiefel mit zwei Fingern.
Mutter holte ein Bettlaken und reichte es Vincek. Er und seine Verlobte, die sich aufs Sofa gesetzt und sich den Tischtuchrand vorgehalten hatten, hüllten sich in das Laken.
»Alles wird sich aufklären, ich erhebe Anklage!« jammerte Vincek weiter.

»Klagen werde ich, und wenn Sie nicht zahlen, geht's ab ins Gefängnis!« erwiderte der Leihanstaltsbesitzer und verließ das Haus. Draußen warf er die Kostüme auf den Rücksitz des Autos und fuhr aus dem Brauereihof. Der Nachtwächter schloß hinter ihm laut rumorend das Eisentor.
Unsere Gäste saßen stumm da, blickten auf ihre leeren Teller, Mutter war rot bis zum Haaransatz, einzig der Vater rieb sich die Hände, er grinste, nahm ein gebratenes Rebhuhn und begann mit Appetit zu essen. Er aß mit keinem geringeren Appetit als vorher die Mutter. Kaum war er fertig, erhoben sich die Gäste, sie meinten plötzlich, es sei schon spät, sei Zeit, schlafen zu gehen, sie schauten auf ihre Taschenuhren, taten erschrocken ob der späten Stunde und verabschiedeten sich eilends.
Als die Gäste gegangen waren, nahm Vater noch ein Rebhuhn. »Hast du noch ein bißchen Blaukraut?« fragte er die Mutter.
Wir gingen bald schlafen. Vincek und seine Verlobte schliefen unter dem Laken ein wie Kinder. Der Vater sang im Schlafzimmer, die Mutter lag mit offenen Augen da, sie blickte in die Dunkelheit, in weite Ferne.
»Tausender rollen – Zehntausender – Engagement – Wien – Budapest«, murmelte Vincek im Schlaf.
Am nächsten Morgen, als ich aufwachte, ging Mutters Bruder bereits in der Küche auf und ab, er trug Vaters besten Anzug, hatte auch Vaters gute Schuhe und feinstes Hemd mit passender Krawatte bekommen. Nebenan probierte Vinceks Verlobte Mutters neuestes Kostüm, Mutter hatte es nur zweimal getragen, als farbliche Ergänzung suchte Mutter ihr eine passende Handtasche, Schuhe und eine Bluse aus. Vincek verabschiedete sich, als sei nichts geschehen. Ich merkte, daß ihm Vater Geld für die Reise

zusteckte, der Schwager schob es in die Rocktasche und marschierte mit seiner Verlobten los. Im Hof drehte er sich noch einmal um, winkte uns, die wir am Fenster standen, und rief:
»Die Tausender werden anrollen, die Zehntausender!«
Ausstaffiert mit Vaters Anzug, am Arm seine Verlobte, die von Mutter ausstaffiert worden war, schritt er zum Bahnhof, erholt und heiter gestimmt, um jene Reise anzutreten, die er nie beenden würde, die Reise nach Wien und Budapest . . .
Später ging der Vater in den Garten, wo noch etwas zu erledigen war, die Schimmel. Weil er im alten Österreich bei den Ulanen gedient hatte, schwang er sich gekonnt in den Sattel, langte nach dem Zügel des zweiten Schimmels und ritt zum Brauereitor hinaus. Der Ritt führte ihn den Fluß entlang bis Podiebrad, wo er die Pferde zurückgab und die Leihgebühr samt Überziehungsgeld bezahlte.
Als ich in die Schule kam, trug der Herr Schuldirektor Schwarz, und man sah ihm an, daß er geweint hatte. Er eröffnete uns, daß unser Bürgermeister nachts in Prag gestorben war. Schon auf dem Schulweg hatte ich gemerkt, daß die Bürger der Stadt seltsam wirkten, daß etwas geschehen sein mußte. Sie waren langsam dahingeschritten, hatten die Köpfe schief gelegt, um anzuzeigen, daß sie bereits über den Tod des Herrn Bürgermeisters Bescheid wußten. Der Herr Schuldirektor erklärte uns, daß heute ein Tag der Trauer sei, und damit wir alle auch schön trauern könnten, falle der Unterricht aus. Auf dem Marktplatz zündete Herr Rambousek mit seinem Bambusstab die Gaslaternen wieder an, obwohl die Herbstsonne heller strahlte als alle Gaslaternen unseres Städtchens zusammen. Angestellte der Stadt folgten Herrn Rambousek, sie trugen Staffeleien und befe-

stigten an jeder brennenden Laterne eine schwarze Schleife, den Trauerflor. Vom Marktplatz ging es durch die ganze Stadt so, ich schlenderte hinter der sonderbaren Prozession her, sah den restlichen Vormittag über zu, wie eine Laterne nach der anderen zur Trauerlaterne gemacht wurde. Als wir auf den Marktplatz zurückkehrten, wurde unter der Pestsäule gerade ein Sarg geschmückt, Angestellte des Bestattungsinstituts rückten breite Zierbänder auf dem Sarg zurecht. Der Besitzer des Bestattungsinstituts trug schwarze Handschuhe, ringsum brannten die Gaslaternen in den sonnigen Tag, der Herr Schuldirektor brachte eine große Photographie des Herrn Bürgermeisters und stellte sie am Fußende des Sarges ab. Die Aufnahme kippte um, sie wurde wieder aufgestellt, ein Windstoß warf sie erneut um, sie lag im Staub. Der Bestattungsinstitutsbesitzer bückte sich verärgert nach dem Bild, wischte es mit einem seiner Frackschöße ab, ließ sich Hammer und Nagel reichen und befestigte den Herrn Bürgermeister an seinem Sarg. Zu diesem Sarg kamen nunmehr die Stadtbewohner gepilgert, legten Blumen nieder, die sie in ihren Gärten geschnitten hatten, falteten die Hände vor dem Unterleib und verharrten ein Weilchen so, sie schöntrauerten, wie es der Herr Schuldirektor erwartet hatte. Ich schöntrauerte auch ein Weilchen, betrachtete die Photographie des Herrn Bürgermeisters, er war schon weißhaarig und ähnelte unserem Nachtwächter Herrn Vaňátko. Ich schöntrauerte, um zu ergründen, welche Gefühle einem Menschen kommen, der vor einem leeren Sarg steht und sich verneigt, der einen Toten ehrt, von dem er weiß, daß er in Prag liegt. Ursprünglich hatte ich gemeint, daß nur wir Kinder schöntrauern sollten, die Schuljugend. Nun gewahrte ich zu meiner Verwunderung, daß die Erwachsenen ihre Blumen brachten und Gesichter machten, als läge unser Herr Bürgermeister tatsächlich in dem Sarg. Ich spazierte noch eine Zeitlang auf dem Marktplatz umher, die Leute stellten sich vor der Pestsäule an, bildeten zuerst eine kurze, dann eine lange Schlange. Es war eine große Totenehrung. Die Gaslaternen brannten, aber ihre Flämmchen waren in der Nachmittagssonne nur schwer auszumachen, sie erinnerten mich an hochgehaltene Hostien, an blaßgelbe Schmetterlinge auch. Die Kandelaber und die Fassungen der Laternenscheiben bestanden aus dunklem Gußeisen, sie bildeten schwarze Trauerränder um die Flämmchen, betont noch durch die schwarzen Schleifen. Nachdem ich zur Genüge beobachtet hatte, wie uniformierte Feuerwehrleute, Sokolturner und Weltkriegslegionäre in den zum Marktplatz führenden Gassen angelaufen kamen, wie sie auf dem Platz plötzlich den Schritt verlangsamten, als trügen sie den Herrn Bürgermeister auf den Schultern, wie sie dann vor dem leeren Sarg standen und angesichts der Photographie des Herrn Bürgermeisters schöntrauerten – machte ich mich auf den Heimweg.

Ich schaute gerade den Mälzern beim Abschlagen der Walnüsse zu, als Vater auf Schusters Rappen zurückkehrte. Er hatte weiche Knie, hielt sich die Kehrseite und strebte geradewegs zu dem versteckten Platz hinterm Kohlenschuppen.

»Wasser!« rief er. »Einen Eimer voll Wasser und das große Lavoir!«

Ich rannte in die Küche, ließ den Eimer vollaufen, ergriff die Waschschüssel und rannte zu Vater hinaus. Als ich bei ihm anlangte, hatte er bereits die Hose heruntergelassen. Er bedeutete mir mit einer Handbewegung, alles schnell hinzustellen. Dann füllte er die Waschschüssel, bis sie überlief, warf den Eimer beiseite, hob das Hemd und setzte sich erleichtert ins Wasser. Nach einem Weilchen verdrehte er die Augen, selig, weil er endlich im kühlenden, lindernden Naß saß.

»Der Vincek, dieses Schwein!« sagte er.

Der große Obstgarten lag an der stadtabgewandten Seite zwischen den Deputatswohnungen und der Mälzerei. Die Bäume waren in Reihen gesetzt: Ringlotten und Spillinge, diese gelben bosnischen Pflaumen; Kronzeller Äpfel, die zwar im Herbst reiften, aber nach zusammengepreßtem, duftendem Schnee schmeckten, und Schlotteräpfel, die klapperten, wenn sie ausgereift waren, weil die Kerne locker im Gehäuse lagen. Schließlich Lederäpfel, die erst im Frühjahr richtig schmeckten, und Astrachanäpfel, rote und gelbe, die gleich den Glasäpfeln schon vor dem Annatag reiften. In einer der Birnbaumreihen gab es Flaschenbirnen der Sorte Bosco, denen man die Stiele herauszog und die man, wenn sie im Heu nachgereift waren, aussaugen konnte, außerdem gab es die schmackhaften Muskatellerbirnen, die nach Nelken und Zimt rochen. In der hintersten Reihe, schon ganz bei der Mälzerei, standen Walnußbäume, deren Früchte im Herbst mit langen Stangen abgeschlagen wurden; die Folge: je mehr Früchte die Bäume trugen, desto angeschlagener waren ihre Äste. Ich aß die Walnüsse am liebsten grün, solange man die Außenschalen noch mit dem Messer öffnen mußte, sie schieden einen gelbgrünen Saft aus, so daß ich ständig Finger wie ein Raucher hatte. Die halbreifen Walnußkerne fand ich am schmackhaftesten, sie hatten gelbliche Hemdchen an, die man abziehen konnte. Mein Lieblingsbaum aber war ein Apfelbaum. Er stand allein, mitten im Garten, seine Früchte hießen Schafsnasen. Dieser Baum glich im Wuchs einer Trauerweide, sogar in der Krone bogen sich die Äste nach unten, sie wuchsen nicht zur Seite oder nach oben, sondern zur Erde herab, und ihre Zweige baumelten bis ins Gras. Die Schafsnasen wurden gemeinhin nur Schafsküßchen genannt, denn die Schale ihrer Früchte war zum Butzen hin wie gefältelt, man mußte an die weißbehaarten Mäuler der Schafe denken, wenn sie sich beim Grasen zuspitzten, um die Halme abzurupfen und, leise vernehmbar, zart zu zermalmen. Die Baumkrone bildete eine geräumige Laube, fast ein Gartenhaus, ich sah, zumal im Sommer, wenn die Früchte reiften, in ihr einen durchsichtigen langen Frauenrock. An sonnigen Sommertagen trug ich mir ein Tischchen und einen Stuhl dorthin, und aus meinem Versteck heraus konnte ich ungestört beobachten, wer in der Brauerei wohin ging, ich sah die Bierfuhrwerke losfahren, ich sah bis zu unserer Wohnung und konnte feststellen, wer die Kanzlei aufsuchte. Unter meinem Schafsküßchenbaum machte ich die Hausaufgaben, geborgen im Baumherzen aus hängendem Geäst, das schwer war vom dichten Laub und von Früchten, und wenn der Kater Celestýn oder Militka oder der wilde Vater durchs Gras schlichen, stießen die verschreckten Amseln um mich herum laute Warnrufe aus. Ich saß in dem Versteck und konnte nicht aufhören zu staunen, wie schön es in meinem Gartenhaus war, ich brauchte nur die Zweige auseinanderzuschieben, wie man ins Gesicht gefallenes Haar auseinanderstreift, dann sah ich alles genau, ohne selbst gesehen zu werden. Es war Nachmittag, ich saß da, hatte die Hände auf das aufgeschlagene Schreibheft gelegt, die Sonne schien, und ich und der Tisch und das Heft waren gefleckt wie Astrachanlämmer. Auf dem Weg zur Mälzerei nahte das Fräulein aus der Kanzlei, Handtücher überm Arm, sie hatte strohblondes Haar und einen glühenden Verehrer in dem Verwaltungsratsmitglied Herrn Dymáček, der Schweine züchtete und im Lauf der Jahre seinen Zuchtprodukten immer ähnlicher geworden war.

Ihn charakterisierten ein vorgeschobenes Kinn und starke Eckzähne, Hauer, die ihn seinem Zuchteber gleichen ließen. Einmal war er zu mir gekommen und hatte mich gebeten, dem Kanzleifräulein ein Briefchen zu überbringen, denn er hatte schnell fort gemußt, weil eine seiner Muttersauen ferkelte, in die Kanzlei hatte er nicht mehr gehen können, zumal sich Vater und der Herr Verwaltungsratsvorsitzende dort aufhielten. Ich hatte das Briefchen also genommen, dann aber dem übermächtigen Drang nicht widerstehen können und mich unter den Schutz des Zweigerockes meines Schafsküßchenbaumes begeben, um den kleinen Umschlag gegen die Sonne zu halten und den Inhalt zu lesen . . . »Mein teures Blondchen«, las ich, kam jedoch nicht weiter, weil das Blatt in dem versiegelten Umschlag gefaltet war. Einwandfrei konnte ich nur noch lesen, daß Herr Dymáček, Schweinezüchter und Halter von Zuchtebern, eine sonderbare Unterschrift gewählt hatte: »Dein Aladin«. Jetzt also ging Aladins Blondchen in die Mälzerei, Handtücher über den Arm gelegt, und ich hätte die Fleißaufgabe schreiben sollen. Statt dessen kritzelte ich herum, malte Herzen und Wellenlinien, zeichnete Kreuze und Kringel, dann auf einmal legte ich die Feder weg und blickte zu dem Fensterchen, zu dem kleinen Fensterchen hoch oben über der Bademöglichkeit in der Mälzerei, es hatte die Augen halb geschlossen, war halb von der Lüftungsjalousie verdeckt. Ich schob die Äste des Schafsnasenbaumes auseinander, ein Gefühl in den Händen, als hielte ich die Schellen an den Pferdegeschirren, die beim Trab hell bimmelten, mir klopfte das Herz bis zum Hals, ich lief los, rannte unter den ausladenden Apfelbaumkronen hindurch, schlüpfte in die Mälzerei und machte leise die Tür zu. Stille herrschte, nur die Lamellen der Jalousie an dem zerschlagenen Fensterchen klapperten leise. Der Duft von Malz und Gerste stieg mir in die Nase. Im Gang war es dunkel, ich kam aus der Sonne und mußte mich an der Wand entlangtasten. Bald gelangte ich an die Treppe zum Grünmalzboden. Die feuchten Stufen schimmerten matt. Wieder kam ich in einen Gang, und hier erblickte ich den Ventilator, der aus dem Maschinenraum, wo sich die Bademöglichkeit befand, die verbrauchte Luft absaugte. Durch die halb geöffneten Ventilatorblätter schimmerte Licht. Dort wollte ich hinauf. Mein Blick wurde von der weiß gestrichenen Staffelei angezogen. In der Mälzerei blieb es weiterhin still, nur im obersten Stockwerk klapperten die Lamellen der Jalousie am Fensterchen. Ich stellte die Staffelei unter den Ventilator und stieg, von einer seltsamen Neugier gezogen, Sprosse um Sprosse hinauf. Ich hörte, daß unten Wasser in die Faßwanne lief. Nach längerem Zögern drückte ich die Handflächen an die feuchten Ventilatorblätter, stieg noch eine Sprosse höher – und sah direkt in die Wanne. Zuerst erschrak ich. Es sah aus, als sei das Fräulein ohnmächtig geworden. Sie lag nicht längs ausgestreckt in der Wanne, sondern seltsam quer. Um den Kopf hatte sie ein Tuch geschlungen, ihr langes Haar hing über den Wannenrand, ihr Gesicht war gerötet wie ein Astrachanapfel, ihre Arme hingen schlaff im Wasser, die Handflächen zeigten nach oben, und ihr Körper zuckte, krümmte sich, als wolle sie aufstehen. Sie hatte das Gesicht vom Wasserstrahl abgewandt, so daß ich es sehen konnte, ihre Schultern hoben und senkten sich, sie atmete keuchend, als steige sie mit einer schweren Last einen Berg hinauf, als fahre sie schnell mit dem Rad, als trete sie wild in die Nähmaschine. Ich wollte schon von der Staffelei springen und einige Mälzer zu Hilfe rufen, doch da bäumte sich das Fräulein auf, sank in sich zusammen, ihr Kopf lag zwischen den Schlüsselbeinen, ich konnte ihr Gesicht nun nicht mehr sehen, auch war ihr das lange Haar vom Wannenrand auf den Rücken geglitten. Als ich noch Ministrant gewesen war, hatte ich das Fräulein einmal vor dem Altar knien sehen, ich hatte dem Herrn Dechanten die Hostienschale gereicht, das Fräulein hatte den Kopf zurückgelegt und die Zunge leicht vorgestreckt, und nachdem der Herr Dechant sie mit der Hostie gesegnet und ihr diese auf die Zunge gelegt hatte, war ihr Kopf genauso ruckartig nach vorn gesunken wie jetzt, ihr Kinn war genauso zwischen den Schlüsselbeinen gelegen wie jetzt, weil sie den Leib des Herrn ähnlich empfangen hatte wie jetzt in der Faßwanne den fließenden Wasserstrahl. Schließlich entspannten sich ihre Hände, ihre Schulterblätter hoben und senkten gleichmäßig das Haar, sie drehte sich langsam zur Seite und stöpselte die Wanne zu. Nun lag sie längs ausgestreckt, blickte zur Decke, das Wasser stieg, ich sah, wie es ihren Körper hob, ich sah alles, sie sah genauso aus wie die tätowierte Meerjungfrau auf meiner Brust, lediglich am Bauch unten hatte sie helles Haar wie einen Strohwisch. An der Türklinke hing eines der Handtücher, die sie mitgebracht hatte, es verdeckte das Schlüsselloch, daran erkannte ich, daß unser Fräulein wissentlich etwas tat, was sie nicht hätte tun sollen, wie auch ich ihr nicht hätte zuschauen sollen, weil Gott es selber sah, Gott, der alles sah, ob ein Handtuch vorgehängt war oder nicht. Ich kannte jetzt ihr Geheimnis. Schnell stieg ich von der Staffelei, stellte sie auf ihren Platz zurück und schlich die feuchte Treppe hinunter auf den Tennenboden. Mein Blick glitt über die naßglänzenden Felder der keimenden Gerste, und als ich an das eben Gesehene zurückdachte, verspürte ich ein Wohlgefühl, verspürte es zwischen den

Beinen, es mußte wohl das gleiche sein, was vorher das Kanzleifräulein verspürt hatte. Ich atmete genauso keuchend wie das Fräulein in der Wanne. Aus der Tenne stieg ich dann zur Gesindestube empor, blickte durch die offene Tür und sah einen Mälzer schlafen, er lag auf dem Rücken, ein Bein auf dem Boden, eine Hand vom Bett hängend, ich stieg weiter hinauf, immer höher, bis zum Lagerboden für die Trockengerste, mir schien, als würden die Gerstenhaufen schlafen. Dann öffnete ich die Tür zum Mahlhaus, von wo die gemahlene reife Gerste direkt ins Sudhaus fiel, in den Kessel. Die gedeckte hölzerne Brücke zwischen Mälzerei und Mahlhaus hatte ich, geblendet von der hereinfallenden grellen Sonne, noch in dumpfen Gedanken überquert. Hier, im Mahlhaus, war ich bislang stets von Angst übermannt worden, kaum daß ich den Raum betreten hatte, ich hatte die dick mit Gerstenmehl bestaubten Motoren und Schrotmühlen, die weißen, kantigen Rohrleitungen, durch welche das Mahlgut hinunterfiel, ach, ich hatte diese ganze weißstaubige Mondlandschaft als unheimlich und bedrohlich empfunden. Um hindurchzulaufen, hatte ich alle meine Kraft zusammennehmen müssen, ich sprang mit einigen Sätzen zur Tür auf der anderen Seite, vor lauter Angst berührte ich den mehligen Fußboden nur ganz leicht mit den Zehen, ich wog nicht mehr als fünf Kilo, flog wie im Winter, wenn die Eisschollen auf dem Fluß in Bewegung gerieten und ich fast schwerelos von Scholle zu Scholle ans andere Ufer sprang. Jetzt aber stand ich mitten im Mahlhaus, ließ den Blick rundum schweifen und verspürte keine Angst mehr. Gelassen schaute ich auf die mehlbestaubten Motoren, auf die Leitungen aus Lindenholz, auf den gesamten bepuderten Mahlgang, nein, ich benötigte nicht mehr die Flügel der Angst, um hindurchzulaufen, weil ich durch den Anblick in der Faßwanne um einige Jahre älter geworden war. Ich befand mich in ähnlicher Situation wie Saulus, als vom Himmel der Blitz niedergefahren war und ihn vom Pferd geschleudert hatte ... Gedankenversunken schloß ich hinter mir die Tür, stieg die feuchte Treppe hinunter, tappte durch den dunklen Gang, verließ die Mälzerei, stemmte mich gegen den Zugwind und schritt durch das Gras unter den Walnußbäumen, unter den Birnbäumen, unter den Schlotteräpfelbäumen und blieb vor meiner Gartenlaube stehen, meinem Sommerhäuschen, das aus herabhängenden, von Schafsnasenäpfeln schweren Ästen bestand. Durch den Vorhang der Zweige sah ich den Tisch und das aufgeschlagene Schreibheft, sie markierten die Mitte meines lebenden Häuschens, das mich plötzlich an einen riesigen halbrunden Briefbeschwerer aus Glas erinnerte, in dessen Mitte eine Blume prangte. Ich schob die Äste auseinander wie jene Glasperlenschnüre, die unser Frisör Herr Bod'a Červenka im Sommer als Türvorhang benutzte, trat ein und setzte mich an den Tisch. Als ich Heft und Feder so vor mir liegen sah, sagte ich mir, daß ich über das Gesehene eine Fleißaufgabe schreiben müßte ... Aus der Mälzerei kam das Kanzleifräulein heraus, der Zugwind erfaßte ihre Handtücher, so daß sie in die Höhe standen wie die Schwänze scheuender Ochsen, das Fräulein mußte den Oberkörper vorbeugen, um vom Zugwind nicht so vorwärtsgetrieben zu werden, daß sie in die Knie gegangen und hingefallen wäre. Als sie die windige Stelle hinter sich hatte, ging sie züchtig, den Kopf leicht gesenkt, in die Kanzlei zurück, als ginge sie zum Altar. Ich saß inmitten der Schafsnasen, die Schafsküßchen genannt wurden, wie unter einem mit Äpfeln geschmückten Rock und sah dem sich entfernenden Fräulein nach, das vom Herrn Dymáček

Liebesbriefchen erhielt, jenem Mann, der Schweine züchtete und Zuchteber hielt. Ich wußte, daß er sie Blondchen nannte und daß er sich selbst als Aladin verstand. Auf einmal war ich traurig und sagte mir, ich müsse aufpassen, daß ich nicht nachts im Schlaf aufschrie.

Hinter dem Brauereigeviert standen noch einige Wohn- und Wirtschaftsgebäude, als letztes ein verfallender Bauernhof. Dort wohnte der Schafskönig. Er hieß natürlich anders, aber wir nannten ihn so, nur so, weil er Schafe hatte und weil diese ihn derart liebten, daß es ihn nach keinem anderen Umgang verlangte. Man behauptete sogar, er schlafe bei seinen Schafen. Sein Haus ließ er verwahrlosen, in den Dachrinnen sproß Gras, und auf den Torsäulen wuchsen zwei kleine Birken. Das Tor selbst ließ sich nicht mehr öffnen, so sehr war es mit Gras verwachsen. Neben dem Tor befand sich eine kleine Pforte in der Mauer, hier konnten die Schafe, wenn die Herde abends von der Weide heimkehrte, durchschlüpfen, ein Tier hinter dem anderen. Als letzter pflegte der Schafskönig den Hof zu betreten. Von Frühjahr bis Herbst hütete er seine Herde im Freien, aber auch in milden Wintern führte er sie hinaus, selbst bei leichterem Schneefall. Er stand, auf seinen Stab gelehnt, zwischen den Tieren und glich dem biblischen Hirten. Sein Aussehen entsprach dem seiner Behausung. Er hatte einen grauen, moderigen Bart mit moosgrünem Schimmer, einen jener Bärte, die von ihren Trägern weder gestutzt noch gekämmt werden. Bekleidet war er mit einem langen, über die Erde schleppenden Mantel, der vom ständigen Nachschleifen schon ausgefranst war wie sein Bart. Im Winter schlang er den Bart als Schal um den Hals. Der schwere Mantel hatte die Farbe der Schafweiden, so daß er, wenn sich sein Träger irgendwo hinlegte, mit dem Gras verschmolz. Weideten die Schafe, dann lag ihr König auf der Böschung, stützte den Kopf in die Hand und beobachtete seine Herde, wie auch ihn die Herde beobachtete. Jede

Weile kam eines der Tiere zu ihm gelaufen, schmiegte sich an ihn, leckte ihm Bart und Gesicht, der Schafskönig schloß halb die Augen, hielt dem Tier auch die Stirn hin und wirkte auf einmal sehr jung. Seine Augen glitzerten dann nicht nur vom Sonnenlicht, sondern auch von Tränen der Rührung. Kaum war das eine Schaf weg und weidete weiter, kam das nächste. So ging es den ganzen Tag. Die Leute nannten ihn einen Heiden, sie meinten, es gehöre sich nicht, Tiere so nahe an sich heranzulassen, gar so nahe, daß Schaf und Mensch fast verschmolzen. Ich jedoch war ganz hingerissen vom König der Schafe und wünschte mir, mehr über ihn zu erfahren. Daß man ihn zu Recht einen Heiden nannte, stellte ich einmal selbst fest. Er hatte eine Wiese gepachtet, und wenn das Gras gemäht und trocken war, schaffte er es auf einem Karren nach Hause. Einmal regnete es stark. Der Schafskönig belud seinen Heukarren, und wahrlich, er verstand es, das Heu so hoch zu schichten und mit einem Seil festzuzurren, daß Entgegenkommende nur einen fahrenden Haufen Heu sahen und den bärtigen Schäfer nirgends mehr ausmachen konnten. Einmal regnete es, die Blitze zuckten, und der Schafskönig schimpfte zum Himmel hinauf:
»Konntest du mit dem Regen nicht warten?! So ein schönes Heu!« Ein gewaltiger Blitz fuhr nieder, doch der Schafskönig ergriff nur die Gabel, nahm etwas von dem nassen Heu auf und schleuderte es zum Himmel: »Da, friß dich an damit!«
Aber nicht nur solche Dinge wurden über ihn verbreitet. Man erzählte sich auch, daß der Schafskönig im jungen Mannesalter ein paar Pferde und drei Kühe besessen und das beste Kraut der ganzen Gegend gezogen hatte, weil er es mit dem düngte, was er aus den städtischen Bedürfnisan-

stalten abholte. Er leerte die Gruben mit Gülleschöpfer und Schaufel. Ich allerdings hatte den Schafskönig erst als alten Mann kennengelernt. Einmal faßte ich Mut, schlich mich von hinten an seine Behausung und stieg auf den hohen Fliederstrauch an der Hofmauer. Es war der höchste Fliederstrauch, den ich kannte, sein Holz war ganz schwarz. Die Zweige hatten sich um mich geschlossen, ich hockte unsichtbar im Geäst und blickte in den Hof. Die kleine Mauerpforte öffnete sich, ein Schaf nach dem anderen schlüpfte herein, im Hof sammelte sich die kleine Herde bei einem Leiterwagen, dem beide Vorderräder fehlten, alle Tiere blickten zur Pforte, bis auch ihr König hereinkam. Er schloß hinter sich ab, streckte die Hände aus, und gleich kamen seine Schafe angerannt und leckten ihm die Finger. Ich sah, daß der Schafskönig schön war, daß von ihm ein Schein aufstieg, es war ein Heiligenschein, und ich sah im Abenddämmer, daß von den Schafen Glück und Seligkeit ausgingen, während sie ihren biblischen Hirten mit den Mäulern berührten und ihm mit ihren weichen Lippen Küßchen auf die Hände gaben. Der Schafskönig kniete nieder, hielt seinen Lieblingen das Gesicht hin, sie leckten es, und ich erkannte, daß er nicht minder zärtlich war als die Schafe, daß er ganz und gar nicht so schlimm war, wie die Leute behaupteten. Stellten in irgendeiner Familie die Kinder etwas an, bekamen sie erst einmal Prügel. Fruchtete dies nichts, drohte der Vater dem ungeratenen Sprößling, ihn aus dem Haus zu weisen und zum Schafskönig zu bringen. Das reichte meist, der Sprößling gehorchte wieder. Ärgerte ein Kind die Eltern weiter, packte ihm der Vater ein Ersatzhemd und eine Decke ins Rucksäckchen, strich zwei Brote und sagte, jetzt komme es zum Schafskönig in Dienst, wenn es nicht auf der Stelle niederknie und Abbitte leiste. Blieb das Kind immer noch widerspenstig und ging es nicht in die Knie, wurde ihm bei hereinbrechender Nacht das Rucksäckchen aufgepackt, der Vater nahm es bei der Hand und führte es durch die Stadt, über die Brücke, an der Brauerei entlang, in die Felder. Kaum ein Kind schaffte es weiter als bis zum ersten Gebäude hinter der Brauerei. Nur die Allertrotzigsten ließen sich bis zum Tor des verfallenen Anwesens vom Schafskönig schleppen. Hier wurde so einer vom Vater in die Nesseln und die Melden gestellt, der Wind pfiff von den Feldern her, die Dunkelheit nahm zu, aus dem schadhaften Dach des Anwesens stieg Rauch auf, und in einem der niedrigen Fenster sah man eine Laterne brennen. Ein einziger Junge hatte hier noch standgehalten, verbissen hatte er ausgeharrt, aber als der Vater schon wieder die Brauerei erreicht hatte, war der Junge doch von Furcht und Schrecken übermannt worden, er hatte kehrtgemacht und war seinem Vater nachgerannt, an der Brauereimauer war er dann vor ihm niedergekniet, um ihm die Hand zu küssen und Abbitte zu leisten. Der Junge hatte sich eines anderen besonnen, weil er nicht wußte, ja weil eigentlich niemand wußte, daß der Schafskönig in Wirklichkeit ein guter Mensch war. Ich aber erkannte es, als ich im dichten Laub des schwarzen Fliederstrauches hockte, die Schafe umringten ihn wie ein riesiges Wagenrad, Stille herrschte, die ganze übrige Welt schien versteint. Ich hielt mich mit einer Hand an einem dicken Ast fest, schob mit der anderen Hand leise den Laubvorhang auseinander und betrachtete das Bild. Es war eine Krippenszene. Nach einer Weile richtete sich der Schafskönig auf, ging zum Brunnen und pumpte frisches Wasser in den Trog. Nachdem alle Tiere getrunken hatten, holte ihr Hirte aus dem Haus eine große Holzschüssel mit Äpfeln und Kartoffeln, die er an die Schafe verteilte.

Schließlich holte er noch einen gewaltigen Brotlaib, und jedes Schaf bekam eine mit Salz bestreute Schnitte. Im Dunkeln wirkte das Haus mit seinen Schatten festgefügt, doch als der Schafskönig nun die Kerze in seiner länglichen Handlaterne anzündete, rutschte ich fast vom Fliederbusch, denn der Bau schien einen schweren Seufzer auszustoßen, im Gebälk zusammenzusacken und das Dach einsinken zu lassen. Der Schafskönig schien nichts gemerkt zu haben, er trat mit dem Licht in den Windfang, die Schafe folgten ihm, er hielt die Laterne hoch, und als alle Tiere im Haus waren, folgte der Schäfer ihnen. Die Haustür fiel zu, eine Zeitlang war kein Licht mehr zu sehen. Dann kam Helligkeit in die matten Fenster. Es blieb jedoch still, nur im Gemäuer irgendwo wurde ein leises Rieseln, im Dachgebälk irgendwo ein lautes Knacken vernehmbar, während ich sinnierend im schwarzen Fliederstrauch saß, der sich an die brüchige Hofmauer lehnte. Ich rang mich mühsam zu dem Entschluß durch, in den Hof hinunterzusteigen und nachzuschauen, wie der Schafskönig wohnte. Vorsichtig stellte ich einen Fuß zwischen die Hauswurz, die auf der Mauer wuchs, prüfte deren Haltbarkeit wie jene einer dünnen Eisdecke, schob das Fliederlaub vollends zur Seite, balancierte, tastete mit dem anderen Fuß nach der Deichsel des Leiterwagens und sprang hinab. Auf den Zehenspitzen schlich ich zum Haus, das Herz schlug mir im Hals, die Hände gespreizt an die Wand gelegt, blickte ich mit einem Auge ins Innere, an einem der Deckenbalken hing die Handlaterne, der Stubenboden war fast bis auf Fensterhöhe mit Schafmist bedeckt, obenauf war Stroh gestreut, auf dem sich jetzt die letzten Schafe zusammenrollten. Der Schäfer lag auf seinem ausgebreiteten Mantel und blickte, die Beine ausgestreckt und einen Strohhalm kauend, reglos zur Decke. In der Ecke stand ein gekachelter Herd, dessen Rauchabzugsrohr herausgerissen war und auf dessen Platte es sich gerade ein Schafbock bequem machte. Auf dem Mistboden, mitten unter einem größeren Loch in der Decke, lagen geschwärzte Steine, es war die Feuerstelle, die man auch an dem Dreibein und dem daranhängenden Kessel erkennen konnte. Die zusammengerollten Schafe lagen um ihren Hirten herum und schliefen, von dem dämpfigen Mistboden stieg Dunst auf, zog zum Rauchabzugsloch und entwich durch das schadhafte Dach. Ich sagte mir, daß ein noch so aufsässiges Kind, vom Vater hierher gebracht, nach einem kurzen Blick in diese Stube fortan immer eine Eins in Betragen erhalten müßte ...

Am nächsten Tag verbreitete sich in der Schule die Kunde, daß der Schafskönig auf der Straße hinter der Brauerei tot umgefallen sei. Der Autobus habe sein Lieblingsschaf überfahren, und den König habe daraufhin der Schlag getroffen. Ich rannte los, der Herr Schuldirektor befahl mir zwar, sofort zurückzukommen, aber ich gehorchte nicht, rannte weiter, über die Brücke, an der Brauerei entlang, ohne innezuhalten rannte ich. Von weitem schon sah ich den Autobus und den Wachtmeister, der sich Notizen für das Protokoll machte. Hinter dem Autobus lag das überfahrene Schaf auf dem Makadambelag der Straße, und im Straßengraben lag der Schafskönig in seinem langen Mantel. Sein Bart, wahrscheinlich vor Entsetzen gesträubt, ragte in die Höhe wie Besenborsten. Die Schafe umstanden ihren König und leckten ihm die Hände. Der Bezirksarzt kam angefahren, und der Wachtmeister ersuchte ihn, sich den Schäfer gründlich anzusehen. Zuvor jedoch mußte der Wachtmeister mit dem Säbel die Schafe wegscheuchen. Der Herr Doktor knöpfte den Mantel des Toten auf und wich zurück.

Das schmutzige Hemd des Schafskönigs stand offen, darunter aber trug er mehrere Unterhemden und Hemden übereinander, eine richtige Schicht. Zufällig kam der Klempnermeister Herr Praus des Wegs, per Fahrrad. Der Wachtmeister bat ihn um die Blechschere, neigte sich über den Schafskönig und schnitt die schweißverklebte, dreckverkrustete Stoffschicht auf, dann fuhr er mit den Fingern über der Herzgegend unter die Ränder, riß sie auseinander, einige Brusthaare gingen mit, und die Stoffschicht spaltete sich auf wie mehrlagige Dachpappe. Der Bezirksarzt, er hatte die Hörschläuchlein schon in den Ohren, bückte sich über den Schafskönig, und als er sich wieder aufrichtete, war der Schafskönig amtlich tot. Auch die Schafe hatten begriffen, zitternd und mit hängenden Köpfen standen sie da. Jemand warf eine Decke über den Toten. Der Autobus und der Bezirksarzt fuhren ab, der Wachtmeister gab dem Klempner die Blechschere zurück und fuhr gleich diesem mit dem Fahrrad weg. Nach einer Zeit kam ein Mann, der die kleine Herde auf der Straße bis zum letzten Gehöft trieb, dort die Mauerpforte öffnete und ein Schaf nach dem anderen in den Hof des Schafskönigs bugsierte. Anderntags, als der Hofherr bereits eingesargt im Leichenhaus lag, fuhren Metzger zum Gehöft. Gewaltsam wuchteten sie das Tor auf und steuerten den Laster hinein. Aus dem Schuppen holten sie den Sägebock, legten zwei Bretter längs in die Kreuze, führten die ersten Schafe herbei, hoben sie hinein und schnitten ihnen die Kehlen durch. Die übrigen Schafe trabten, wenn der Metzger sie holen wollte, von selbst zum Sägebock, sie ließen sich rücklings zwischen die zwei Bretter legen, machten von selbst die Hälse lang, das Messer blitzte, und das Blut floß. Mit dem letzten Schaf kam ein Lämmchen angetrippelt. Als die Metzger das Mut-

terschaf umdrehten, um es auf den Bock zu heben, saugte das Lämmchen noch schnell. Doch auch das letzte Schaf wurde hochgewuchtet und geschlachtet. Als es wieder auf dem Boden lag, saugte das Lämmchen weiter. Einer der Metzger wollte ihm ebenfalls den Garaus machen, aber ein anderer sagte:
»Laß es leben, das ist ein Böcklein, wir nehmen es mit.«
Während die Metzger behende die toten Tiere ausnahmen, umsprang sie das Lämmchen. Die Männer klappten die Rückwand des blechverkleideten Lasters herunter, warfen die geschlachteten Schafe hinauf, stiegen ein und fuhren los, das Lämmchen zwischen sich.
Ich kehrte in die Brauerei zurück. Nun wußte ich aus eigener Anschauung, warum Jesus in seinem Gleichnis des öfteren von Schafen und vom Lamm Gottes gesprochen hat. Noch lange zerbrach ich mir den Kopf darüber, was im Schlachthof von Holešovice aus dem Lämmchen geworden sein mochte. Inzwischen war der Schafskönig begraben, zu dritt nur hatten wir ihm die letzte Ehre erwiesen, ich, der Bruder des Königs und der Totengräber. Im Herbst, nach einer langen Regenperiode, fiel das Gehöft des Schafskönigs in sich zusammen. Im ganzen Städtchen sprach als einziger ich gut über den König der Schafe. Es kam der nächste Sommer, und unsere Brauerei besuchte Herr Rybín, Betriebsleiter des Schlachthofs von Holešovice. Obwohl sein Besuch unserem Böttchermeister galt, mußte ich ihn durch die Brauerei führen, es war Sonntag, ich zeigte ihm die Mälzerei, das Sudhaus und öffnete für ihn auch die große Eisentür zur Eiskammer mit dem acht Stockwerke hohen Eisberg. Während ich dem Herrn Betriebsleiter Rybín den Brauvorgang erklärte, versuchte ich den Mut aufzubringen, mich zu erkundigen, ob im vergangenen

Jahr nicht aus unserer Stadt ein Lämmchen in seinen Schlachthof gekommen sei. Weil ich den nötigen Mut nicht fand, holte ich noch einen Schlüssel, führte Herrn Rybín durch eine weitere wichtige Halle, und als ich dann diese wieder abschloß, getraute ich mich endlich:

»Herr Rybín, haben voriges Jahr Ihre Metzger, die hier eine Herde Schafe zu schlachten hatten, nicht ein Lämmchen mitgebracht, ein Böcklein?«

»Doch, haben sie, mein Junge«, antwortete Herr Rybín. »Ist ein Mordskerl geworden! Hat ein rotes Halsband mit einer großen Messingschelle um und läuft frei im Schlachthof herum.«

»Das freut mich«, sagte ich. »Aber, Herr Rybín, halten Sie ihn nur so, zum Vergnügen?«

»Keineswegs, mein Junge, er ist bei uns streng im Dienst, mußt du wissen. Kannst du dir vorstellen, wie viele Schafe wir in der Woche zu schlachten haben? Hunderte, manchmal Tausende. Vor der Schlachtung müssen die Tiere eine Zeitlang in Boxen, um die Gedärme zu entleeren. Davon, freilich auch von ihrer Traurigkeit, werden sie schwach. Es kostet dann viel Mühe, sie in die Schlachthalle zu kriegen. Da muß der Bock mit der Schelle antreten, er geht zu den Boxen und führt ein Schaf nach dem anderen heran, genau wie wir es brauchen. Er klingelt lustig, die Schafe stehen auf und folgen ihm, und er liefert sie uns direkt ans Messer. Nachher bekommt er zum Lohn eine Schnitte Brot mit Salz. Das mag er. So spielt sich sein Dienst ab. Verstehst du das, Junge?«

»Nein, Herr Rybín«, sagte ich, »aber wenn ich erwachsen bin, werde ich es verstehen.«

Wenn uns Herr Dechant Spurný in Bibelkunde unterrichtete, konnte er so leise und mit so zarter Stimme sprechen, daß wir Schüler den Eindruck hatten, der Herr Dechant sei im Geiste gar nicht im Klassenzimmer, nicht einmal in unserem Städtchen, sondern ganz anderswo, irgendwo im Lande Kanaan, er fahre auf dem See Genezareth oder halte sich in Tarsus auf. Von allen Wundern, die damals geschehen waren, gefiel uns die Begebenheit mit dem heiligen Paulus am besten. Es beeindruckte mich, daß ich, wenn ich einmal mit dem Fahrrad führe und aus dem Himmel ein Blitz niederführe und ich vom Fahrrad fiele, ich daraufhin ein ganz anderer sein würde, ein anderer Mensch. Wahrscheinlich sprach der Herr Dechant gern vom heiligen Paulus, weil er einmal in seinem Auto die Baronin z Cypřišů kutschiert hatte, dabei hatte er auf der Hauptstraße statt des Ganghebels das Knie der Baronin erwischt und war im Schaufenster des Herrn Milan Hendrych gelandet, der wundertätige Hemden verkaufte, weshalb weder dem Herrn Dechanten noch der Baronin etwas passierte, obwohl der Wagen bis zur Windschutzscheibe in der Auslage stand. Ich glaubte, der Herr Dechant sei wunderbarerweise davongekommen, denn alle Hemden, die Herr Milan Hendrych verkaufte, brachten Glück. Allwöchentlich prangte in seinem Schaufenster und im Bürger-Blatt eine Anzeige von ihm, die folgendermaßen lauten konnte: »Bei einer Rauferei in der Zigeuner-Au von Drahelice wurde der Zigeuner-Hausierer Lájoš Růžička mit dem Messer ins Herz gestochen, aber weil er ein Hemd von Milan Hendrych, Palackýstraße, trug, passierte ihm nichts.« Am nächsten Wochenende konnte ich im Bürger-Blatt von einem neuen Wunder lesen: »Unter ein eingestürztes Gerüst kam der Hilfsarbeiter Bandru zu liegen, aber weil er ein Hemd von Milan Hendrych, Palackýstraße, trug, passierte ihm nichts.« Dergestalt reihte sich Wunder an Wunder, einmal war einer vom Zug überfahren worden, ein andermal einer bei der Rebhuhnjagd angeschossen worden, aber weil sie alle ein Hemd von Milan Hendrych, Palackýstraße, getragen hatten, war ihnen nichts passiert. Wahrscheinlich hatte auch der Herr Dechant bei dem Unglücksgriff ans Knie der Baronin z Cypřišů ein Hemd von Milan Hendrych, Palackýstraße, getragen, als er ausgerechnet diesem in die Auslage gefahren war und ihm selbst trotzdem nichts passiert war. Zweimal in der Woche hatten wir Religionsunterricht, ich trug stets ein Hemd von Milan Hendrych, die anderen Jungen übrigens auch, denn das ganze Städtchen kaufte Hemden nur noch in der Palackýstraße. Der Herr Dechant ging durch die Bankreihen, er ging leise, und leise klang seine Stimme beim Ausblick in die Vergangenheit: »Da trat Jesus in das Schiff und fuhr wieder hinüber und kam in seine Stadt Kapernaum . . .« Der Zavázal ritzte mit dem Messer ein großes Herz in seine Bank, wir übrigen hörten der leisen Stimme, die mit Jesus zur Stadt Kapernaum fuhr, andächtig zu, da knallte Zavázals Kopf auf die Bank, er schrie auf, und seine Nase begann zu bluten, die ganze Klasse erschrak, doch der Herr Dechant ging leise weiter, Zavázal wischte sich die Nase ab, und Jesus sprach zu den Jüngern: »Erschrecket nicht, Kleingläubige.« Die leise Stimme des Herrn Dechanten schwebte wieder durchs Klassenzimmer, ich spielte mit abgeschnittenen Glasperlen von unserer alten Zuglampe, der Herr Dechant ließ den Blick aus dem Fenster schweifen, unvermittelt packte er meine Hand und nahm mir die Glasperlen weg, er ging weiter, niemand hatte etwas gemerkt, und der Herr Dechant fuhr weiter über den See Genezareth zur Stadt Kapernaum. Als stillste Stille herrschte und des Dechanten Stimme über den fernen Wassern schwebte, tat mir plötzlich mein kahlgeschorener Schädel furchtbar weh, ein Hagel hatte mich getroffen, ich schrie auf und hielt mir den Kopf, auf den mit scharfem Wurf meine Glasperlen niedergeprasselt waren. Alle sahen sich erschrocken nach mir um, aber der Herr Dechant war weitergegangen, die Glasperlen lagen verstreut auf dem Boden, und die Stimme des Herrn Dechanten fuhr mit den Jüngern über den See Genezareth zur Stadt Kapernaum. Solches geschah in jeder Religionsstunde, mindestens viermal, meist setzte es fürchterliche Ohrfeigen von oben herab, die einen unaufmerksamen Schüler aus der Bank schleudern konnten, aber keinem passierte etwas, weil jeder ein Hemd der Firma Milan Hendrych, Palackýstraße 156, trug. Der Herr Dechant pflegte überhaupt gern zu träumen. Im Sommer übersiedelte er aus der Pfarrei in einen Turm der Stadtmauer, wo die Kaplanei untergebracht war. Das Kaplanzimmer befand sich im obersten Stock, wohin man über eine schmale Wendeltreppe gelangte, öffnete man dann die Tür, trat man in einen weiten Raum mit altersgeschwärztem Gebälk und drei kleinen Fenstern, die, wenn die Sonne schien, gleich so grell erleuchtet waren, daß einem die Augen schmerzten, zumal der Raum selbst dämmrig war. Hier residierte der Herr Dechant im Sommer, hier hatte er Bett, Stuhl, Tisch und unter den Fenstern Sitzbänke. Und hierher lud er jeden Sommer auch seine Religionsschüler ein, damit sie ihm Treppe und Fußboden schrubbten. Er ließ uns dabei allein, wußte er doch, daß wir aus der Schule wußten, uns würde, falls wir etwas täten, was wir nicht tun durften, eine fürchterliche Ohrfeige von oben herab treffen, ein Schlag, der jeden von uns auf den Fußboden oder die Treppe niederwürfe, wobei allerdings keinem etwas passieren würde, weil jeder ein Hemd der Firma Milan Hendrych, Palackýstraße Nummer 156, trug. Also schleppten wir Eimer Wasser heran und schrubbten auf den Knien den Fußboden, nur ab und zu, aber eben doch aus den Fenstern blickend, weil die Aussicht auf den Fluß, auf das geteerte Dach der Pfarrei und auf die rote St.-Ägidius-Kirche so wunderschön war. Die hohen alten Bäume reichten fast bis an die Fenster des Kaplanzimmers. Wir sahen die Wipfel, die ständig in dem vom Fluß heraufkommenden Wind schwankten. Am liebsten mochte ich den Ausblick aus dem mittleren Fenster, von hier sah man über die Wipfel hinweg auf den Fluß, auf den Hafen und die Insel, auf Wege und Stege. Direkt unter uns, an der Stadtmauer, lag der große Pfarrgarten, den ein hoher Zaun einfriedete und unter dessen Sträuchern Ruhebänke standen. Ich wußte genau, und alle Jungen wußten es, daß der Herr Dechant jetzt im Hotel Fürstenhof saß und Wermut trank, dennoch wagte keiner etwas Aufmüpfiges, weil die unsichtbare Riesenhand unaufhörlich über uns schwebte, uns bedrohte, so daß wir lieber artig die Treppe und den Fußboden schrubbten und uns nur flüsternd unterhielten. Nachdem wir allmählich doch fester davon überzeugt waren, daß sich der Herr Dechant, seinen x-ten Wermut schlürfend, im Fürstenhof festgesessen hatte, schauten wir ausgiebiger hinaus, durch das eine Fenster auf die Dächer des Städtchens, durch das zweite auf den Fluß und durch das dritte in den Dekanatsgarten, dort auf eine bestimmte Bank unter einem Strauch am Zaun . . . Aber plötzlich erschien der Herr Dechant, er stand mitten unter uns, dick und bärenstark, stellte sich den Stuhl ans Fenster, nahm behäbig Platz und blickte versonnen auf den Fluß. Die Sonne schien hell, die Baumwipfel schwankten, und der Herr Dechant sagte: »So, meine Jungens, ihr könnt schon gehen, stellt die Eimer vor der Pfarrei ab.« Kaum hatte er es gesagt, hatte er uns auch schon vergessen, sinnierend betrachtete er das dahinfließende Wasser, die Bäume am anderen Ufer, ach, er schaute verträumter denn je und war schön. Wir trampelten die Treppe hinunter, drei Stockwerke, den Hof der Pfarrei überquerten wir trotz der Verträumtheit des Herrn Dechanten in gebückter Haltung, weil wir allesamt das Gefühl nicht loswurden, gleich werde einer von uns aufschreien und sich den Kopf halten, oder einem anderen von uns werde die Nase bluten vom Schlag einer gewaltigen Pranke, die von oben herniedergesaust kam, um den einen oder anderen von uns zu Boden zu schmettern. Im späten Frühjahr, im Sommer auch, vor allem an den Samstagen bei hereinbrechender Dämmerung, ging ich gern über die beleuchtete Brücke, bog zur Mühle ab und spazierte, an der Alten Fischerei vorbei, zum Pfarrgarten und an diesem entlang. Auf dem Uferkai flanierten im Halbdunkel des niedersinkenden Abends die Leute, manche ließen sich auf den Bänken der Grünanlagen nieder. Ich blieb stehen und blickte hinauf zu den drei Fenstern der Kaplanei, sah durch die Mauer hindurch den Herrn Dechanten sitzen, dort hoch oben, sah ihn auf den im Fluß sich spiegelnden Mond schauen, sah ihn Wermut trinken und sah ihn als stillen, zartbesaiteten Mann, auch wenn er Bärenkräfte hatte und seine beiden Köchinnen in einem verknoteten Leintuch mit den Zähnen zu tragen vermochte. Ich sah ihn, wie er allein dort oben saß, nur mit dem heiligen Paulus sprechend, wie er dabei am Übergang des Nachmittags in den Abend dem Untergang der Sonne und dem Aufgang des Mondes zusah. Ich stand an den Samstagen aber auch deshalb am Zaun des Pfarrgartens, weil ich Herrn Čopriš erwartete, den Lokomotivführer, der schon von weitem an seiner glänzenden Glatze zu erkennen war. An allen schönen Vorabenden des Sonntags kam er, nahm eine Bank, trug sie tiefer ins Gebüsch, setzte sich und zog, die Knie gespreizt, eine kleine Mundharmonika heraus, eine Piccolo, die nicht größer war als ein Kindertaschenmesser. Er spielte mit so viel Gefühl, so viel Hingabe, daß die Leute stehenblieben und zuhörten, als singe im Gesträuch eine Juninachtigall. Im Hafenwasser spiegelte sich der Mond, die Oberfläche des Flusses war gewellt wie der Rolladen am Schaufenster des Herrn Milan Hendrych, und je länger Herr Čopriš auf seiner Mundharmonika spielte, desto deutlicher sah ich den Herrn Dechanten oben am offenen Fenster sitzen und über die Wipfel der hohen Bäume in die Nacht hinein lauschen, ei!, in der Fensterscheibe blitzte kurz eine weiße Schürze auf, und die jüngere Köchin neigte sich aus dem Kaplaneiturm, um die im Gebüsch versteckte Mundharmonika besser zu hören, das traurige Lied, durch Blasen und Einatmen der Piccolo entlockt, die nicht größer war als ein Kindertaschenmesser. Herr Čopriš unterbrach sein Spiel, und man vernahm, wie er auf der Bank im Gebüsch am Pfarrgarten schneller atmete, er schöpfte Luft und Kraft für seine Humoreske. Sie war sein Paradestück, die Humoreske, er spielte sie so gefühlvoll, daß sich die Leute nicht mehr rührten, um das Lied auch nicht durch das geringste Knirschen des Sandes auf der Uferpromenade zu stören. Beendete Herr Čopriš, der Lokführer, seine Humoreske, trat die große Stille ein, man vermeinte nun jedes Wellchen im Fluß, jede Bewegung im Schilf zu hören. Dann tauchte aus dem Gebüsch der verschwitzte Herr Čopriš auf, im Mondschein wirkte sein Gesicht wie von Quecksilber überzogen, er hatte eine Nase wie Kinder im Kinderwagenalter, krumme Beine und ein Bäuchlein, er rang jetzt fast nach Luft, weil er die Piccolo immer mit seinem ganzen Körper spielte. Ich schaute wieder hinauf zur Kaplanei, im Fenster schimmerte noch immer die weiße Schürze der jüngeren Köchin, und der Herr Dechant saß auf dem Stuhl und betrachtete das Strömen des Mondflusses. Während meiner Ministrantenzeit mußte ich einmal mit dem Herrn Dechanten einen Versehgang zu einer Bäuerin in einem der umliegenden Dörfer machen, und obwohl hellichter Tag war, trug ich eine brennende Stangenlaterne, wir durchquerten einen Wald, gelangten in die Felder, wo Schnitter das Getreide mähten, und der Herr Dechant sagte: »Ich möchte ein Schnittchen riskieren!« Einer der Schnitter wischte sein Sensenblatt ab und reichte dem Herrn Dechanten das Werkzeug, die übrigen Schnitter traten beiseite und grinsten, sie taten es nachsichtig, doch auch dies verging ihnen schnell, schon als der Herr Dechant die Sense ergriff und sich breit hinstellte, merkten sie auf, vollends verging ihnen das Grinsen, als der Herr Dechant fachmännisch einen Schnitt nach dem anderen vorzuführen begann. Der Herr Dechant mähte weiter, das Getreide legte sich genauso richtig hin wie bei den Schnittern. Am Ende der Reihe drehte sich der Herr Dechant um, begutachtete sein Werk, wischte sich den Schweiß von der Stirn, gab die Sense zurück, und ich ging weiter mit der brennenden Stangenlaterne, gefolgt vom Herrn Dechanten, der wieder das Gefäß mit der heiligen Hostie trug, die er der Sterbenden reichen sollte. Ich erlebte den Herrn Dechanten auch, nein, mehrmals erlebte ich ihn beim Einfahren des Getreides, da legte er seine Jacke aus schwarzem Lüster ab, es war auf den Feldern hinter der Brauerei, der Herr Dechant packte die Aufbietgabel und spießte immer zwei Garben auf einmal auf, die ihm der Lader gar nicht schnell genug abnehmen konnte. Am liebsten arbeitete er auf den Feldern der beiden Fräulein Šafařík, die ältere spielte den Bauern, sie sah wie ein verkleideter Mann aus, trug Schaftstiefel, rauchte und konnte die Pferde lenken wie ein gelernter Kutscher. Die jüngere Schwester half ihr, sie war zwar hübsch wie die kleine Pfarrersköchin, beherrschte aber trotzdem alle Feld- und Stallarbeiten. Hatte der Herr Dechant mit den beiden Fräulein alles liegende Getreide aufgeladen, kehrte er, schwitzend und die Lüsterjacke unterm Arm, entlang des Flusses ins Städtchen zurück. Einmal freilich, als er auf dem Fuder die Garben abnahm, weil niemand sie so hoch und so gut schichten konnte wie er, rutschte er ab und fiel vom Wagen, doch wunderbarerweise passierte ihm nichts, weil er ein Hemd der Firma Milan Hendrych, Palackýstraße 156, trug.

Eines Tages ging ich nachmittags aus der Schule heim. Auf der steinernen Brücke stieg ich, wie ich mit Vorliebe tat, aufs Geländer und balancierte wie der Hochseilartist Herr Tříska auf die andere Seite. Als ich abgesprungen war, überlegte ich mir, daß ich in die Elbauen gehen könnte. Der Heimweg von dort führte über die Eisenbahnbrücke. Ich stieg die Böschung hoch und auf den genieteten Steg, der in halber Höhe der Geländerkonstruktion verlief. Wäre ein Zug gekommen, hätte ich fast den Schornstein der Lokomotive berühren können. Unter mir waren die Traversen kreuz und quer verbunden, auf der von drei Pfeilern gestützten Brücke glänzten die Schienenstränge, ein Stück hinter der Brücke bogen sie zur Brauerei ab, deren beigefarbene Gemäuer über unserem Obstgarten leuchteten. Ich lief weiter, versuchte schneller zu werden, breitete dabei leicht die Arme aus, doch in der Mitte der Eisenbahnbrücke blieb ich lieber stehen und blickte in den Fluß hinab. Am Mittelpfeiler schäumte das Wasser, es bildete Wirbel. Ich setzte mich nieder, ließ die Beine baumeln, als planschte ich mit den Füßen im Fluß, blickte den Flußlauf entlang in die Ferne, dorthin, wo jenseits der Wiesen und Weiden hohe Pappeln standen, ich blickte noch weiter, bis zur Komárenský-Insel, mein Blick schweifte zurück, er folgte dem Schienenstrang in Richtung der nahen Felder, dort entdeckte ich am Böschungsrand ein Gefährt, die Pferde zogen mit gesenkten Köpfen Büschel aus einem Kleehaufen, den man ihnen hingeworfen hatte, ich sah einen Mann in weißem Hemd Klee mähen, hinter ihm schwang eine Frau die Sense, und eine zweite Frau mit Kopftuch rechte den gemähten Klee zu Reihen und Häufchen. Nach einer Weile schloß ich die Augen, es war trotz des gleißenden Sonnenlichts nicht heiß. Ich hörte niemanden kommen. Als ich die Augen öffnete, fiel mein Blick auf einen Fischer, der mir in seinem Kahn den Rücken zuwendete . . . Plötzlich begann die Brücke zu vibrieren, sogleich erzitterte sie in allen ihren Teilen, ich hielt mich an einer Traverse fest, da donnerte schon die Lokomotive heran, die eiserne Konstruktion bog sich durch, drohte zu zerbrechen, auf meiner Höhe stieß die Lokomotive Dampf aus, ich war in feuchte Wolken gehüllt, verspürte nun auch den Rauchgeruch, beinahe im selben Augenblick war die Lok mit dem Tender auf der anderen Brückenseite, und als ich wieder sah, entfernte sich bereits auch der letzte Waggon, er nahm die hüpfende rote Laterne, die rotgestreifte weiße Tafel und das Rattern der Räder mit . . . Als mich die Dampf- und Rauchwolken der Lok eingehüllt hatten und die Brücke derart ins Beben geraten war, daß sie mich abzuwerfen drohte, hatte mich keine Angst erfaßt, denn wäre ich hinabgefallen in den Fluß, hätte mir nichts passieren können, weil ich ein Hemd von Milan Hendrych, Palackýstraße Nummer 156, trug. Ich sprang hoch, folgte weiter dem in halber Höhe der Geländerkonstruktion verlaufenden genieteten Steg, am anderen Flußufer wurde jetzt der Rotklee aufgeladen, und als ich am Brückenende innehielt, sah ich, daß der Mann im weißen Hemd kein anderer war als der Herr Dechant. Er stand nun auf dem Wagen, tief in den Klee eingesunken, und nahm die Kleehäufchen zum Aufschichten entgegen, wobei ihm das neben ihm hüfttief im Klee stehende jüngere, hübschere Fräulein vom Šafařík-Hof half, während die ältere Schwester in den Schaftstiefeln den Klee mit mächtigem Schwung aufbot. Von Zeit zu Zeit ergriff sie die Zügel des Handpferdes und fuhr ein Stück vor, um von neuem die Häufchen Rotklee aufzuspießen und auf die Fuhre zu reichen, wo der Herr Dechant den Klee vor allem in den Ecken und an den Rändern gut schichtete, er machte es so geschickt und schnell, daß ihm noch Zeit blieb, dem hübschen jüngeren Fräulein Šafařík Kleebüschel an den Kopf zu werfen, sie lachte, befreite sich von den Halmen und roten Blütenköpfchen, watete zum Herrn Dechanten und flocht ihm ein paar rote Blüten ins Haar. Der Herr Dechant, bis zum Gürtel im Rotklee, ließ es geschehen, die Fuhre war so hoch emporgewachsen, daß die Bäuerin von unten nicht mehr hinaufsah, sie hatte sich beim Aufbieten seit einiger Zeit schon auf die Zehenspitzen stellen müssen, und oben waren nur die Hände des Herrn Dechanten erschienen, um ihr die Last abzunehmen. Wieder ergriff die Bäuerin die Zügel und fuhr zu den letzten Häufchen, der Wagen holperte, ich konnte alles genau sehen, stand ich doch in halber Höhe der Geländerkonstruktion der Eisenbahnbrücke, ich sah, wie der Herr Dechant ins Schwanken geriet und auf das Fräulein fiel, er blieb auf ihr liegen, küßte sie, die halb vom Rotklee zugedeckt war, er küßte sie lange, das Fräulein schloß beide Hände über seinem Nacken, der Wagen rumpelte weiter, die Pferde mußten sich so ins Geschirr legen, daß ihre Haut auf den Hinterbacken Falten warf, und der Herr Dechant lag immer noch auf dem Fräulein und küßte immer noch, sie hatte die Beine gespreizt und den Blick zum Himmel gerichtet, die Bäuerin hielt die Pferde an, spießte ein Häufchen Klee auf und reichte es hoch, doch niemand nahm es von der Gabel, denn der Herr Dechant lag auf dem Fräulein vom Hof, seinen Mund auf ihren gepreßt, beide hatten das Haar voll roter Blüten und sahen plötzlich aus, als seien sie ohnmächtig geworden. Aber ich wußte ja, daß dem Herrn Dechanten nichts passieren konnte, weil er sein weißes Hemd bei der Firma Milan Hendrych, Palackýstraße 156, gekauft hatte.

In den wenigen Monaten, die vergangen waren, seit Onkel Pepin seinen großen Aufstand gemacht hatte, nicht mehr zu uns zum Mittagessen kam und nicht einmal mehr auf einen Gruß antwortete, war er so abgemagert, daß ihm sogar die Seemannsmütze locker auf dem Kopf saß. Pfiff der Wind, drehte sie sich, bis der Schild nach hinten stand, auch die Kleider schlotterten an ihm, und wenn er sonntags den Vatermörder mit der Fliege am Gummiband umlegte, ragte der steife Kragen so hoch aus dem Rock heraus, wie die Revers breit waren. Die Fliege hing schlaff bis zum ersten Hemdknopf herunter. Geriet der Onkel in die Zugluft an der Ecke der Mälzerei, flatterte die Hose an ihm wie eine Fahne, weil seine Beine dünn geworden waren wie Fahnenstangen. Im Gasthaus kam natürlich niemand auf die Idee, daß Onkel Pepin Hunger leiden könnte, und so servierte man ihm automatisch nur, wie früher, schwarzen Kaffee, Wermut oder Schnaps. Darum schlich Onkel Pepin, bevor er seine tägliche Tour zu den schönen Fräuleins antrat, an der Mälzerei entlang zu den Ställen, blickte prüfend zu den Remisentüren, ging weiter zum Geflügelschuppen, tat dort, als interessierten ihn die Hühner, und war die Luft rein, aß der Onkel dem Federvieh die gekochten Kartoffeln weg; fand er keine Kartoffeln, begnügte er sich mit den Schalen, auf die er Getreideschrot streute. Folgen konnten nicht ausbleiben. Eines Vormittags meldeten die Böttcher, Onkel Pepin sei am Morgen nicht aufzufinden gewesen, und erst jetzt habe man ihn in der Gesindestube unter seinem Bett aufgestöbert, er liege im Sterben oder sei bereits gestorben. Der Vater holte aus einem Wandschränkchen mit aufgemaltem rotem Kreuz ein Fläschchen Salmiak und begab sich in die Gesindestube, sämtliche Böttcher im Gefolge, die Leute schritten mit ernsten, bleichen Gesichtern als lebender Vorwurf hinter ihm drein, machten sichtbar, welches Ausmaß die Feindschaft zwischen dem Herrn Brauereiverwalter und dem Herrn Pepin, Arbeiter in Sudhaus und Mälzerei, erreicht hatte. Im Treppenhaus der Mälzerei schlossen sich dem Zug auch Mälzer an, alle, die abkömmlich waren. Selbst der Herr Brauführer gesellte sich dazu, weil er wußte, daß der Vater in eine peinliche Lage geraten werde. Als der Vater niedergekniet war, um unters Bett zu schauen, wo der Onkel noch immer lag, packten die Mälzer das eiserne Bettgestell, hoben es hoch und stellten es mitten in der Gesindestube ab. Dann traten sie in den Kreis der Männer, der sich um den daliegenden Onkel Pepin und um dessen Bruder gebildet hatte. Aus den hohen Gummistiefeln, die sich der Onkel unter den Kopf geschoben hatte, huschten Mäuse. Seine eingefallenen Wangen waren wie mit Emailfarben gerötet, und um die Augen hatte er emailblaue Ringe. Er lag da wie eine Schaufensterpuppe, wie eine Marionette, wie ein von Kindern mißhandelter Spielzeughampelmann. Eingerahmt war der Onkel von Lumpen, von schmutzigen Hemden, unter denen zwei Mäusenester aus Papierschnitzeln zum Vorschein kamen, und bekleidet war er mit einer nassen alten Kluft, an der sämtliche Knöpfe fehlten und die er in der Taille mit einem Strick gegürtet hatte. Aus seinen Schuhen sickerte Wasser, und niemand hätte die ursprüngliche Farbe seines Hemdes bestimmen können. Die ernsten, bösen Blicke der Arbeiter wanderten zwischen den ungleichen Brüdern hin und her, mein Vater trug seinen schönen grauen Anzug mit Vatermörder und einer Krawatte in der Form eines Kohlblattes, wogegen mein Onkel aussah, als habe man ihn aus einem Fluß gezogen, in dem er einen Monat gelegen hatte, benagt von Krebsen und Fischen. Die Männer weideten sich geradezu an dem Unterschied. Der Herr Brauführer aber lächelte zufrieden, höchst zufrieden, weil der Herr Brauereiverwalter endlich wieder einmal in Schwierigkeiten geraten war. Der Vater entkorkte das Salmiakfläschchen und hielt es dem Onkel unter die Nase. Doch der Onkel atmete durch den Mund. Also hielt ihm der Vater den Mund zu. Nachdem der Onkel einiges von dem Salmiakgeist eingeatmet hatte, begann er zu ächzen und zu stöhnen, er setzte sich auf, nieste und bekam ein Würgen. Tränen liefen ihm die Wangen herunter, sein tatsächlich mit Emailfarben bemaltes Gesicht bot einen jämmerlichen Anblick. Der Vater stand auf, trat zu Onkels Militärbett und hob den Kopfkeil auf, der von Onkels Gesicht und Haaren speckig war, als habe man ihn mit Schusterpech bestrichen, unter dem Keil lag ein Unterhemd, und unter diesem lagen Zwirn, Nähnadeln, Socken, Fußlappen und ein grüner Kamm. Aus dem ganzen Wust sprang eine junge, winzige Maus. Mit spitzen Fingern zog Vater ein Damenunterhemd hervor:

»Und du willst ein österreichischer Soldat sein?« Er schüttelte das Hemdchen vor den Augen des Onkels. »Was ist denn das?!«

»Das hat mir Fräulein Glancová gegeben, als Liebesbeweis und damit ich ihr versprach, einen Abendspaziergang mit ihr um die Insel zu machen, wo wir uns auf die Augen küssen wollten.«

Unter der Matratze zerrte der Vater zerdrückte Krawatten hervor: »Und was sollen die? In diesem Zustand? Schämst du dich nicht, mir solche Schande zu bereiten?«

Der Onkel versuchte sich aufzurappeln, kam zuerst nur auf

die Knie, sprang aber plötzlich hoch und entriß dem Vater die wertvollen Stücke. Unsicher stopfte er sie am Fußende des Bettes unter Matratze und Pferdedecke: »Das sind Geschenke von ersten Schönheiten unserer Stadt. Geschenke dafür, daß ich ihnen zeige, wo der Kaiser wohnt.«
Vater entdeckte etwas sehr Überraschendes. »Und das?« rief er entsetzt und schwenkte einen Büstenhalter vor dem Onkel.
»Den hat mir das Fräulein von Havrdas als schönstes Zeichen ihrer Liebe verehrt!« brüllte der Onkel beinahe, schnappte sich den Büstenhalter und steckte ihn sich unters Hemd.
Doch je mehr der Vater seinen Bruder vor den Brauereiarbeitern verunglimpfte, desto strenger sahen ihn die Leute an, desto vorwurfsvollere Gesichter machten sie, schließlich spuckte einer nach dem anderen aus und ging an seinen Arbeitsplatz zurück. Einzig der Herr Brauführer blieb, er stand breitbeinig da, stemmte die Hände in die Hüften und sagte mit einem bösen Lachen:
»Der Herr Josef meint halt immer, daß wenn sein Herr Bruder der Brauereiverwalter ist, er sich alles erlauben kann. Heute früh hat er die Arbeit gar nicht erst angetreten, wie denn auch, wenn er erst um halb fünf aus dem Städtchen gekommen ist . . . Hmm, was soll ich jetzt eintragen, unentschuldigtes Versäumen der Schicht, oder soll ich ihm einen Tag Urlaub abziehen?«
Umständlich öffnete er sein Notizbuch, jubelte innerlich und grinste äußerlich, weil er wußte, daß mein Vater jetzt wehrlos war und daß nun er, der Brauführer der Brauerei-Gesellschaft mit beschränkter Haftung, endlich einmal alle Trümpfe in der Hand hielt.
»Einen Tag Urlaub«, sagte Vater, setzte sich auf das Bett

und schloß die Augen. Er hatte seinen besten Anzug an, weil in einer Stunde der Verwaltungsrat zusammentreten und er, der Brauereiverwalter, Vorschläge unterbreiten sollte, wie sich der Bierabsatz steigern ließe. Ich beobachtete die drei von der Tür her, wo ich, die Daumen unter den Trageriemen meines Schulranzens, stand, weil ich gerade erst aus der Schule gekommen war, und ich schämte mich, nicht wegen des gebückt dasitzenden Vaters, nicht wegen Pepin, auch nicht wegen des Herrn Brauführers, sondern überhaupt, wegen der Wehrlosigkeit des Onkels und wegen der Schuldlosigkeit von Vater, denn beide waren noch kleinere Kinder, als ich eines war. Das schwächste Kind im ganzen Städtchen war wirklich Onkel Pepin, wegen seiner Hilflosigkeit. Stolzierte er abends in seiner Seemannsmütze zu den schönen Fräuleins, neigten sich die Leute aus den Fenstern, jeder Bürger wünschte, er könnte dem Onkel die Hand reichen, ein paar Worte mit ihm wechseln, aber im Grunde war Onkel Pepin verlassener als die alte und schwachsinnige Lašmanka, die in Lumpen unter der Brücke schlief und winters mit einem Sammeltöpfchen an der Kirche stand, eine Greisin, der Halbwüchsige gern Spottnamen zuriefen und die hämische Frage stellten: »Baba, wo hast du deine Millionen?« Und sie redete mit den Jungen über ihre Herrschaften, über ihre gräfliche Herkunft und über ihre Großgüter, die sie nicht wiederfinden könne . . . So sinnierte ich, während ich die drei beobachtete. Und plötzlich war mir Vater lieb. Lieb deshalb, weil er schwach und dadurch gleichzeitig stark war. Weil er sich uns gegenüber so nachsichtig und allverzeihend verhielt, erschien er mir als Jesus, der in Gestalt eines Brauereiverwalters auf Erden wandelte. Jeder andere hätte sich wegen der Schande, die ihm sein Bruder machte, von diesem getrennt, jeder andere Vater hätte seinen Sohn, wenn dieser sich eine nackte Meerjungfrau hätte auftätowieren lassen, in die Besserungsanstalt gesteckt, aber der meinige verzieh, er hatte mir in dem Glauben verziehen, ich würde mich einmal bessern, ich würde einmal zünden wie die Orion, deren Geheimnis er zu erforschen trachtete, deren Motorfehler er herauszufinden und zu beheben versuchte, mein Vater, der auf diese Weise Sieger werden wollte. Ich spürte, daß mir gleich schwarz vor den Augen werden würde, sprang zum Vater hin, küßte ihm den Handrücken und murmelte unter Tränen, ich wolle mich bessern, weil mir jetzt aufgegangen sei, was für einen Vater ich habe, meinen Papi! Der aber entkorkte, weiter wie niedergeschlagen auf dem Bett sitzend, erneut das Fläschchen und atmete nun selbst den Salmiakgeist ein, um seine Lebensgeister anzufachen, um die Fassung wiederzugewinnen.

»Alsdann, Josef«, sagte er nach einer Weile milde, »wie soll es nun weitergehen? Willst du zurück, nach Hause, nach Mähren?«

Onkel Pepin erschrak, er erschrak so sehr, daß er hinkniete und die Hände faltete, entsetzt von der Vorstellung, dorthin zurückkehren zu sollen, woher er vor zehn Jahren für vierzehn Tage zu uns auf Urlaub gekommen war. »Alles, bloß das nicht!«

»Also gut, aber wie denkst du dir das weitere?«

»Ich fange ein neues Leben an!«

»Und woher kommen die emaillierten Wangen?«

»Die haben mir die Fräuleins gemalt, im *Avion*, wo wir das herrliche Stück ›Im türkischen Bad‹ gespielt haben!« Der Onkel lächelte stolz.

»Und woher hast du die Wunde auf der Stirn?«

»Das ist mir im *Tunel* passiert, wo der Olánek wollte, daß ich

den König Faruk bei seinem feierlichen Einzug in Prag spiele, und als ich auf dem Esel saß, ließ ihn der Olánek an Pfeffer riechen, und das Mistvieh schlug aus und warf mich ab, ausgerechnet an die Billardkante! Bruder, das muß doch auch dich zum Lachen reizen!« Der Onkel lachte selber.
Dann brachte er sein Bett schlecht und recht in Ordnung und stellte es mit Vater zurück in die Zimmerecke.
»Abgemacht«, sagte der Vater im Hinausgehen, »heute hast du frei, komm abends wieder zum Essen, ich kaufe ein neues Notizheft und führe für dich Buch. Soll und Haben. Doch zum letztenmal! Noch so etwas, und du fährst unweigerlich zurück nach Mähren, nach Hause . . .«
Abends stellte sich Onkel Pepin ein, frisch rasiert, im Auftreten zurückhaltend, die Seemannsmütze bescheiden in einer Papiertüte verstaut. Er nahm in der Küche Platz und überlegte, wie er die Mutter versöhnen könnte, die zunächst vorgab, etwas aus der Vorratskammer holen zu müssen, dann mußte sie angeblich etwas auf dem Dachboden suchen. Wieder in der Küche, kniete sie vor der Kredenz nieder und zwängte sich zwischen die Kochtöpfe, weil sie den Onkel noch ein bißchen länger strafen wollte. Auch als sie endlich einige Töpfe und Tiegel auf der Herdplatte stehen hatte, rumorte sie erst einmal gewaltig damit.
»Schwägerin«, hob der Onkel schüchtern an, »haben Sie eine Zigarette für mich?«
»Nein«, erwiderte die Mutter.
»Dann nehmen Sie eine von mir, eine feine, Marke Dames.« Er suchte in allen Taschen und bot dann Mutter eine blaue Zigarette mit Goldmundstück an.
Die Mutter brachte einen tiefen Teller mit Knödeln und Krensoße und stellte ihn vor Pepin auf den Tisch. Er schloß die Augen, atmete tief, hielt sich aber zurück. Mutter, die

am Herd stand, musterte ihn, und als sie ihn zögern sah, trat sie an den Tisch und nahm den Teller wieder weg. »Wenn Sie es nicht mögen«, sagte sie und fügte hinzu, »wenn es für Sie ein chinesisches Essen ist . . .!?«

»Nicht mögen, ich? Knödel mit Krensoße? Das war die Leibspeise von Erzbischof Prečan! Der verschlang zwanzig Knödel und dazu einen ganzen Kübel Soße. Und dann hat er sich noch mal nachlegen lassen.«

»Also – Sie mögen es?«

»Und ob!«

»Dann essen Sie, solange es noch warm ist«, sagte die Mutter und stellte jetzt zwei Teller vor ihn hin, den zweiten mit Knödeln zum Nachfassen. Sie setzte sich dem Schwager gegenüber, stützte den Kopf in die Hände und schaute ihm beim Essen zu. Ein Knödel nach dem anderen rutschte in seinen hungrigen Schlund. Als er den zweiten Teller mit den trockenen Knödeln zu sich zog, stand Mutter auf, holte den Soßentiegel vom Herd und goß ihm einen ganzen Schöpflöffel Krensoße darüber. Der Onkel aß weiter, die Mutter schaute ihm weiter zu, und als sie merkte, daß die Krensoße den Appetit ihres Schwagers nur steigerte, stellte sie gebratene Schweinsschwänze mit Kraut auf den Herd. Der Onkel nahm Witterung auf und sagte: »Der selige Kaiser Franz aß am liebsten Schweinernes mit Sauerkraut und Bier!«

»Und Sie essen das auch am liebsten?« fragte die Mutter mit gespielter Verwunderung.

»Und ob!« antwortete Onkel Pepin und lachte, sein emailliertes Gesicht glänzte in roten und blauen Tönen. Genüßlich verdrehte er die Augen, sein Blick wanderte durch den Raum und blieb an der Kredenz hängen, auf der Kater Celestýn saß und schnurrte. »Na, du kleiner Bär, bist du

auch wieder mal da?« sagte er und streichelte den Kater, der ihm den Kopf in die Hand drückte. »Sakra, hat der einen Grind! Wir hatten daheim auch zwei solche Kater. Der eine hieß Gabryš und der andere Konduš. Die brachten jede Woche einen Hasen angeschleppt.« Er schaute zu, wie Mutter ihm die Knödel und die zwei Schweinsschwänze und zwei Schöpfkellen Kraut auf den Teller häufte. »Schwägerin«, brach es aus ihm heraus, »Sie sind derzeit die schönste Schöne unseres Städtchens. Von der gleichen Art wie die Schönen von Siebenbürgen, dort gibt es die herrlichsten Dirnchen sowohl Zisleithaniens als auch Transleithaniens.«
Mutter schob ihm den Teller hin und sagte: »Dankeschön!«
»Nichts zu danken«, sagte der Onkel und aß wieder, und wieder schaute ihm die Mutter zu, voll lebhafter Anteilnahme, als äße er für sie.
Der Vater trat ein, setzte sich neben Pepin, schlug das Notizheft auf, öffnete die Schublade des Küchentisches, holte Tintenglas und Federhalter hervor und schrieb auf die erste Seite: Soll – Haben.
»Also fangen wir das neue Leben an, du kriegst zehn Kronen täglich zum Ausgeben, zehn Kronen wöchentlich für Anschaffungen und fünf Kronen wöchentlich fürs Waschenlassen der Wäsche. Bist du damit einverstanden?«
»Hm«, knurrte Onkel Pepin, der mit beiden Händen den größeren der Schweinsschwänze hielt und den Saft auszuzelte. Er rang regelrecht mit dem Schwanz. Kraftvoll schlug er die Zähne in die Schwarte und versuchte sie von den Fasern und Sehnen zu reißen, die das verlängerte Rückgrat so fest zusammenhielten. Plötzlich gab die Schwarte nach, und der Onkel knallte mit dem Nacken an die Stuhllehne. Der Schmerz hielt ihn jedoch nicht davon ab, weiter mit hartnäckiger Inbrunst am Schweinsschwanz zu nagen.

Der Vater trug auf der Seitenhälfte mit der Aufschrift ›Haben‹ die Summe 130 Kčs ein, den Wochenlohn des Onkels, und auf der Hälfte mit der Aufschrift ›Soll‹ trug er 5 Kčs ein, für Mittag- und Abendessen. »Vor allem«, riet der Bruder dem Bruder, »steck dir, wenn du ins Gasthaus gehst, das Geld in die Schuhe unter die Brandsohle, damit es dir die Dämchen nicht klauen. Und lerne sparen, verstehst du?«

»Mhm«, brummte der Onkel, während er sich mit dem zweiten Schweinsschwanz beschäftigte, er hielt ihn wie einen Maiskolben und schielte darauf. Seine emaillierten Wangen glänzten von Fett bis zu den Ohren. Plötzlich begann Pepin auch mit dem zweiten Schwanz zu ringen, er biß fest hinein, zog wild daran und kämpfte wie ein österreichischer Soldat, seine Halsmuskeln und -sehnen spannten sich, bis das gleiche passierte wie vorher, der Vaterbruder knallte mit dem Nacken an die Stuhllehne und dann auch noch mit dem Kopf an die Kredenz.

»Du unterschreibst es mir, hier«, sagte der Vater und schob seinem Bruder Notizheft und Federhalter hin.

Kaum hatte Onkel Pepin den angenagten Schweinsschwanz auf den Teller gelegt, um die Feder zu ergreifen und mit fettigen Händen zu unterschreiben, machte Celestýn einen Satz, schnappte sich den Schweinsschwanz und verschwand unterm Küchensofa. Onkel Pepin, dies sehend, hechtete wie ein Fußballtormann hinterdrein, die Mutter erhob sich, der Vater sprang auf, beide machten große Augen, denn unterm Sofa brüllte der Onkel und fauchte der Kater, ein Kampf hob an, in dessen Verlauf der Onkel mit dem Kopf und der Kater mit dem Rücken in die Federung schlugen. Unvermittelt trat eine Kampfpause ein, dann erscholl erneutes Brüllen und Fauchen, es brach ab – und gleich darauf erschien der Onkel wieder, er bewegte sich ruckweise auf uns zu, als stiege er eine liegende Leiter herab. Völlig verstaubt, aber mit dem Schweinsschwanz sieghaft wedelnd, rief er:

»Der österreichische Soldat muß immer Sieger sein!«

Er nahm wieder seinen Tischplatz vor der Kredenz ein, biß wieder in den Schweinsschwanz, zuzelte wieder den Saft heraus, schluckte ihn samt Staub und schielte zum Küchensofa hin, unter dem sich raubtiermäßig Kater Celestýn hervorschob, allerdings nicht mit Sprungrichtung Pepin, sondern mit Sprungrichtung Wohnzimmer, wo ich meine Fleißaufgabe schrieb. Plötzlich war Celestýn bei mir und biß mich leicht in die Knöchel meiner gekreuzt unterm Tisch stehenden Füße.

Seit die Brauereiverwaltung einen Škoda angeschafft hatte, bekam der Vater Anwandlungen von Schwermut. Ein Vierteljahr schon besuchte er damit die Dorfwirte, dennoch kehrte sein Vierhundertdreißig jedesmal ohne jeden Schaden zurück, die Zündung spuckte nicht, der Vergaser ging nicht kaputt, der Motor lief nicht heiß, im Gegenteil, je öfter und weiter der Vater fuhr, desto präziser arbeitete der Motor. Der Vater erwartete ungeduldig den November, er freute sich auf dessen verdreckte Straßen und aufgeweichte Feldwege, auf denen der Motor mit Sicherheit ins Keuchen kommen würde. Doch nichts dergleichen geschah, der Škoda 430 fuhr auch im Morast nur immer besser, unerschütterlich wie der Brauereiochse Bubi. Als ein Bauer einmal seine Getreidefuhre nicht aus dem lehmigen Feld herauszuziehen vermochte und die Pferde sich trotz Peitsche nicht mehr stärker ins Zeug legten, lieh sich der Mann unseren Bubi aus. Bubi überhastete solche Sachen nicht. Als er eingespannt war, ging er erst einmal in die Knie, damit Zugstränge und Kummet gestrafft wurden, dann setzte er, nach einem Blick auf die verstörten Pferde, seine zwölf Doppelzentner ein, das heißt, er stemmte die Beine in die Erde, sich selbst hoch, sein Gewicht drückte von oben ins Kummet, es gab einen Ruck, nun rasch noch einige schnellere Schritte, na ja, und die schwere Weizenfuhre stand auf der Straße. Unser Bubi war jetzt doch schweißnaß, stellenweise schaumweiß, der Bauer rieb ihn mit Stroh ab, dabei schaute der Ochse wieder zu den Pferden, die, was nur natürlich war, zu Boden blickten. Gelassen ließ sich Bubi nach getaner Arbeit zur Brauerei zurückführen. Zum Škoda, der ihm, Bubi, zumindest hinsichtlich Unerschütterlichkeit nicht nachstand. Jagte der Vater mit der neuen Brauerei-Errungenschaft übers Land, kam er überall durch. In dieser Zeit saß Vater oft daheim am Tisch, vor sich ein aufgeschlagenes Büchlein, das einen gemalten Škoda zeigte und Skizzen des Motors sowie anderer Bestandteile enthielt. Vater studierte alles genauestens, wurde aber immer trauriger, weil er keinen Grund fand, den Motor zu zerlegen. Und wie gern hatte er samstags immer den Mechaniker gespielt! Nun seit Monaten nichts mehr . . . Als wieder ein unerfüllter Samstag drohte, entschloß sich Vater endlich doch, den ganzen Motor auseinanderzubauen, um herauszufinden, warum er so einwandfrei arbeitete. Und nachdem Onkel Pepin wieder bei uns aß, konnte er dem Vater seine Hilfe nicht versagen. In der langen, tiefen Garage, ganz am rückwärtigen Ende, stand immer noch das Motorrad der Marke Orion, welches der Vater nicht verkauft hatte, weil er es, wie er uns eröffnete, im Falle eines Unfalls als Gedenkstein auf seinem Grabe haben wollte. Die Orion war mit einer Plane sorgfältig zugedeckt. An diesem Samstag breitete also der Vater nachmittags Säcke vor die Garagentür, sein Bruder mußte sich rücklings darauflegen, und Vater fuhr den Škoda im Rückwärtsgang über Pepin. Der Unterboden war völlig verkrustet, eingetrockneter Mist und Ackerlehm hatten zusammen mit dem Rübenschaum aus der Zuckerfabrik eine Schicht gebildet, die an die Innenwand einer Tropfsteinhöhle erinnerte und mit dem schärfsten Wasserstrahl nicht wegzukriegen war. Der Vater legte sich neben den Onkel, beide nahmen Hammer und Meißel zur Hand und begannen auf jene bewährte Weise, in der Pepin geradezu kunstfertig die Kessel entsteinte, den Unterboden von der Schmutzschicht zu befreien. Die Brüder klopften einträchtig.

»Josef«, sprach der Vater, »verachte meine Hände nicht. Haben wir den Motor erst einmal zerlegt, wirst du etwas lernen können. Ich möchte meine Kenntnisse jemandem hinterlassen. Hast du nicht Lust, Chauffeur zu werden?«
»Habe ich nicht«, antwortete der Onkel, »denn der Mensch soll nicht zu viele Kenntnisse besitzen. Ein gewisser Jeníček Sachr fragte in der Haubitzenkaserne am Sonntagvormittag den Rittmeister, wie man denn so ein Geschütz in Aktion setzt, und der Rittmeister erklärte es ihm, er erklärte es ihm so gründlich, daß Jeníček Sachr am Nachmittag die Sicherung des Geschützes entfernte, auf dem abschüssigen Kasernengelände begann das schwere Ding zu rollen, es rollte zum Kasernentor hinaus und weiter auf die Straße, wo die Leute gerade noch hinter den Bäumen in Deckung gehen konnten. Am Ende landete das Geschütz im Lustgarten . . .«
So erzählte der Onkel, bis er sich, eine geraume Weile war vergangen, dessen erinnerte, daß ihn ja die Schönen des Städtchens erwarteten. Da begann er mit dem Hammer zuzuschlagen, daß von der Schmutzkruste die Brocken nur so flogen und Krümel ihm und dem Bruder in die Augen fielen.
»Josef, verdammt noch mal, du Saubär, was veranstaltest du da?« schimpfte der Vater, der nichts mehr sah und warten mußte, bis ihm die Tränen kamen und seine Augen wieder reinigten. »Josef«, sprach er dann weiter, »ist es nicht besser, hier einträchtig zu arbeiten und das tiefinnerste Geheimnis zu lüften, warum dieser Motor so gut läuft? Ist es nicht wirklich besser, als sich mit den Fräuleins in den Bars zu unterhalten? Diese Kabel hier zum Beispiel, die führen zu den Bremsen. Siehst du es? Und das hier, das ist die Bremstrommel.«

»Wenn es einem Spaß macht, mag es besser sein«, erwiderte der Onkel beim Abklopfen der harten Schmutzschicht, und er hämmerte noch rascher, so daß Staub und Sand um den ganzen Škoda herumwirbelten. Vater sah wieder nichts mehr und mußte sich mit Meißel und Hammer zum Kardangelenk hintasten. Er ging lieber zur Feinarbeit über, wollte mit der Drahtbürste das Chassis nachsäubern, fummelte aber nur blind herum in der Staubdunkelheit, die Onkel Pepin durch sein immer flinker werdendes Hämmern erzeugte. Er glaubte, desto früher zu den schönen Fräuleins im Avion und auf dem Žofín zu kommen, je schneller er fertig wäre. Dabei bafelte er:
»Das läßt sich nicht vergleichen, lieber Bruder, der Dreck hier und die Schönen. Die Vlasta bei Havrdas, das ist die europäische Renaissance. Der alte Švec, der beim Kümmelblättchen die Bank hält, gibt mir die Tausender zum Halten, und wenn er keinen Gewinn auszahlen muß, kriege ich etwas Haltegeld. Die Vlasta hat mich gestern attackiert, damit ich mich mit ihr unterhalte, damit ich ihr den Hof mache. Wortwörtlich hat sie zu mir gesagt: ›Widme dich mir ein bißchen, du Stier!‹«
Der Onkel hämmerte jetzt begeistert, begeistert von der eigenen Rede, er sah selbst nichts mehr, die Krustenbrösel rieselten den Brüdern auf die Gesichter, der Vater mußte mehrmals niesen und schlug zweimal mit der Stirn ans Chassis. Schließlich robbte er rücklings unterm Auto hervor, drehte sich um und schnappte, auf die Ellbogen gestützt, nach Luft. Beim Hervorrobben hatte er einen ganzen Haufen Dreck vor sich hergeschoben. Der Onkel, obwohl richtiggehend mit Rieseldreck verpackt, hämmerte munter weiter den Unterboden des Škoda frei und pries dabei weiter seine Vlasta, die Schönste bei Havrdas.

»Pfui, pfui«, prustete der Vater, »daß der alte Havrda so etwas duldet? – Komm auch heraus!«
Der Onkel versuchte es, und als es nicht ging, rief er zurück: »Ich schaff's nicht, nichts zu machen!«
»Dann bleib liegen und rühr dich nicht!«
Der Vater stieg in den Wagen, ließ den Motor an und fuhr in die Garage, wo er neben der Werkbank hielt, direkt unter der drahtgeschützten Deckenlampe. Dann stieg er aus, ging hinaus zu Pepin, der noch immer auf dem Rücken lag, bedeckt von Dreck und Sand, als hätte er mit dem Feldspaten ein Schützenloch ausgehoben.
»Josef, steh auf«, sagte der Vater, bückte sich nach Hammer und Meißel und lotste den fast blinden Bruder zum Wagen. Er öffnete die Motorhaube und erläuterte: »Jetzt paß auf, wenn wir den Motor zerlegen, denn diese Maschine muß irgendeinen schrecklichen Fehler haben, weil sie ständig so einwandfrei läuft.«
Onkel Pepin blinzelte aus dem dreckverkrusteten Gesicht, das aussah, als sei es mit braunem Blätterteig beklebt, gottergeben schaute er zu, während sein Bruder ein Teil nach dem anderen ausbaute, indem er alle Halteschrauben erst einmal lockerte und sie dann nacheinander löste, um die einzelnen Teile dann auf der Werkbank nach einem bestimmten System zu ordnen. Pepin begriff überhaupt nichts, denn ihm war auf dieser Welt nichts gleichgültiger als das, worüber sich sein Bruder so begeistert und kenntnisreich ausließ. Doch Onkel Pepin wußte, wenn er davonliefe, wie es ihn gelüstete, wäre der Bruder überaus traurig, und vielleicht bekäme er, Pepin, kein Mittag- und Abendessen mehr bei ihm. Also schaute er zu und sagte gelegentlich etwas wie: »Im Ernst? Nicht möglich! Wer hätte das gedacht? Kaum zu glauben! Wie das?«

Der Vater drang in die Eingeweide des Motors vor und benannte präzise alle Teile. Als er beim Bruder Interesse feststellte, fragte er seinerseits interessiert:
»Bevor wir den Zylinderblock herausnehmen und noch tiefer in die Innereien des Maschinchens eindringen – diese Vlasta, was war denn die früher?«
»Friseuse! Perückenmacherin in einem Prager Theater, und sie hat uns erzählt, daß sie dort mit höchstem Lob bedacht wurde. Einmal waren sie auf Tournee in Louny, wo ein Stück aus dem spanischen Leben gegeben werden sollte, eine wahre Pracht, ›Cid‹ hat das Stück geheißen. Als die Darsteller schon in ihren bunten Kostümen steckten, prächtig wie die drei Musketiere, da suchten sie den Schminkkasten mit den anklebbaren Bärtchen, aber gerade die waren daheim vergessen worden. Stell dir vor, Spanier ohne Bärtchen!«
»Josef, jetzt lang richtig hin, wir heben den Zylinderblock heraus, so, ja, so ist's gut . . .« Als der Zylinderblock auf der Werkbank ruhte, der Vater in den Motorraum hineinleuchtete und Zylinder und Kolben blitzten oder vom Öl schimmerten, jubelte er: »Siehst du's? Siehst du die Pracht und Herrlichkeit, Josef? – Und jetzt kriechen wir wieder drunter und führen die gefährlichste Arbeit durch, wir bauen die Ölwanne aus.«
Der Vater kniete nieder und schob Schraubenschlüssel, Hammer und Meißel unters Chassis. Dann zwängte er sich als erster unter den Motor, Öl tropfte ihm ins Gesicht, doch er nahm es nicht wahr, gab sich ganz der Suche nach dem Geheimnis hin, warum der Motor des Škoda 430 so hoffnungslos zuverlässig lief. Onkel Pepin kroch ihm bäuchlings nach, drehte sich mühsam um und zog mit dem Fuß die Handlampe in Reichweite. Im Schein der Lampe

lockerten sie einträchtig die Schrauben der Ölwanne.
»Und wie war das, Josef, mit der Vlasta, damals auf der Tournee?«
»Ausgezeichnet hat sie sich«, brüllte Onkel Pepin begeistert, und ein Strählchen Öl lief ihm auf die Stirn. »Vlasta rief eine Kollegin herbei, und dann schnitten sie einander gegenseitig Haare ab, so lange, bis sie genug für sämtliche Bärtchen der spanischen Edlen hatten. Die Haare klebten sie auf Heftpflaster, beschnitten die Pflaster und klebten sie den Männern unter die Nasen, ei, schon konnte gespielt werden, und es wurde gespielt wie selten, die Herren Schauspieler meinten gar, überhaupt noch nie so gut gespielt zu haben.«
»Pfui, pfui Teufel«, prustete der ölverschmierte Vater, spuckte aus und fuhr fort, »jetzt lockern wir die Wanne – aber, sakra, die Darsteller hätten davon doch Lepra oder Cholera bekommen können! Achtung, Josef, ich lasse mir jetzt die Wanne auf die Brust herunter, und du zieh bitte das Gurkenglas her, das ich hergerichtet habe, damit wir das Öl hineinfüllen können!«
»Weiß schon«, sagte Pepin und schob das Gurkenglas in Stellung, »ich bin im Bilde, du meinst das Öl aus dieser Birne da.«
»Keine Birne da«, keuchte der Vater, »die Birne, die du meinst, ist im Getriebe. Ich meine das Öl aus der Wanne hier, das ist die Pumpe, die das Öl wieder hochtreibt, mußt du wissen!«
»Weiß ich auch«, meinte Pepin, »in den Verteiler hinein. Stimmt's?«
»In die Schmierkanäle, der Verteiler ist oben!« erklärte der Vater, und ein Ölstrahl schoß ihm auf die Brust.
»Die Vlasta«, erzählte Onkel Pepin weiter, während er

seinem Bruder auf die Brust leuchtete, »die Vlasta ist ausgezeichnet worden, weil der Cid persönlich, derjenige, welcher die Hauptrolle spielte, ihr gratuliert hat, er hatte nämlich schon geglaubt, den Geruch verloren zu haben.«
»Was? Welchen Geruch?« fragte der Vater, löste die letzte Schraube, und die Wanne sank ihm auf die Brust.
»Den Geruch. Na, die Nase für die weibliche Haut. Das hatte halt der Cid aus irgendeinem Grund befürchtet, weißt du!«
»Pfui, pfui«, stöhnte der Vater, »äh, Josef, kriech raus und hol schnell zwei Ziegel oder zwei Klötze oder zwei Balken, die Wanne ist gräßlich schwer, sie drückt mir die Luft ab . . . Josef, hast du gehört? Und erzähl mir was anderes! Sakra, es geht mich nichts an, ob jemand den Geruch für so was verloren hat.«
Onkel Pepin hängte die Handlampe an ein Bremskabel und wälzte sich unterm Auto vor, dieweil Vater die Ölwanne wegzustemmen versuchte, was aber nur zur Folge hatte, daß ihm Öl in die Augenhöhlen troff. Weil er die Wanne nicht loslassen konnte, konnte er sich die Augen nicht auswischen. Onkel Pepin hatte zwei Holzscheite gebracht, er kniete neben dem Auto nieder und hielt sie dem Vater hin, der den Kopf zur Seite drehte, das Öl aus den Augenhöhlen zwinkerte und, als er wieder etwas sah, verzweifelt rief:
»Josef, um Himmels willen, etwas Größeres, zwei Klötze!«
Pepin rannte hin und her, fand jedoch nichts, womit der Vater etwas hätte anfangen können. Er tröstete den Bruder und fügte hinzu:
»Versuche zu singen, Bruderherz! So hat es Caruso gemacht, der Welt größter Sänger, der hat es gemacht wie ich, bei meinen Gesangsübungen lasse ich mir von den Bött-

chern Bücher auf die Brust legen, ganze Stapel, und dann singe ich das hohe C, Bruderherz, versuche rasch zu singen, versuche das hohe C zu singen, Jára Pospíšil, wenn der seine Stimme trainierte, nahm er keine Bücher, ihm mußte sich eine Schöne rittlings auf die Brust setzen, und darum wurde Jára Pospíšil der größte Tenor nördlich der Alpen.«
»Josef, du Saubär, bring endlich die Klötze, ich hab die Wanne schon am Kinn sitzen, und das Öl läuft mir in den Hals!«
»Was läuft dir wohin?« wollte Onkel Pepin wissen und horchte unter den Wagen.
»Das Öl!«
»Und wohin?«
»In die Kehle, in die Augen. Um Himmels willen, zwei Klötze!«
Der Onkel rannte wieder los, sah sich in Remisen um, lief bis zur Böttcherei, fand aber keine zwei passenden Klötze. Als der Vater es nicht länger aushielt, stemmte er mit letzter Kraft die Ölwanne wieder ein Stück hoch, ein ganzer Schwall Öl landete auf seinem Haar, aber es gelang ihm, die Wanne neben sich zu schieben, sie krachte auf den ölgetränkten Boden. Dann kroch er langsam unter dem Škoda hervor, und als sein Oberkörper im Freien war, brachte Onkel Pepin endlich zwei geeignete Klötze. Wütend zog der Vater auch die Ölwanne hervor, nahm sie auf die Arme und stellte sie auf zwei umgestülpte Kisten, dann aber bettete er sie doch lieber in eine der beiden Kisten, die er zuvor noch einmal umstülpen mußte. Erst jetzt wischte er sich das Öl vom Gesicht, schlenkerte es von den Händen an die Wand, säuberte sein Gesicht mit Putzwolle, schüttete aus einem Kanister Benzin auf seine Hände, und als auch diese gereinigt waren, lächelte er beinahe selig.

»Josef, nun kriegst du etwas zu sehen, was dir den Atem verschlagen wird.«
Er deutete unter das Auto, kroch als erster wieder dorthin, Onkel Pepin folgte ihm, die beiden wälzten sich auf den Rücken, und der Vater leuchtete mit der Handlampe nach oben. Über ihnen befanden sich die auf Bolzen gelagerte Nockenwelle, die Kurbelwelle, die Pleuelstangen, alle die glänzenden, schimmernden Bestandteile eines Verbrennungsmotors. Der Vater langte in das Gestänge, betastete alles, streichelte alles, auch die Schrauben, die er unter die Finger bekam. Schließlich sprach er enttäuscht:
»Ach woher, alles ist in Ordnung, in bester Ordnung, auseinander- und wieder zusammengebaut wird nichts mehr, Josef, nie mehr und nichts, die schönen goldenen Jahre, als wir noch jeden Samstag etwas zu montieren hatten, sind zu Ende. Wohin ist die Zeit, als an der Orion dauernd etwas klapperte, schepperte oder heißlief, Josef, was soll ich künftig bloß tun? Bei dem Pech, das ich habe, hält diese Maschine vier volle Jahre ohne den kleinsten Defekt durch. Mit der Orion bin ich zwar wenig gefahren, aber sie hat mich angenehm beschäftigt. Mit dem Škoda wird es umgekehrt sein. Ich werde nur noch fahren, einfach nur fahren. Wie gesagt, Josef, das Ende der goldenen Jahre ist da! – Woran denkst du, warum grinst du so albern?«
Onkel Pepin erschrak, er fühlte sich ertappt, denn er hatte in dem Gefühl geschwelgt, künftig und für immer jeden Abend und vor allem jedes Wochenende mit den Schönen bis in den frühen Morgen hinein singen und tanzen und sich vergnügen zu können. Aber um den Bruder nicht zu kränken, sagte er:
»Ich habe mich erinnert, daß der Herr Lokführer Narvátil bei Havrdas eine Schrift für die Akademie verfaßt hat . . .«

». . . doch nicht gar über die Geschlechtsheilkunde?« unterbrach ihn der Vater entsetzt.
»Nein, nein! Eine Schrift darüber, wie er fünf Jahre lang, nämlich als Lokomotivführer, beobachtet hat, daß sich in Prag auf dem Güterbahnhof die Spatzen in einen Güterzug setzen und über die Grenze nach Wien fahren lassen, wo sie durch die Stadt bummeln, nach Schönbrunn zur Kaiserwohnung fliegen, auf dem Stephansdom landen, das Riesenrad und die Weinberge in Grinzing besichtigen, und wenn sie Unterhaltung genug hatten, fliegen sie zurück zum Wiener Güterbahnhof, diese Spatzen aus Vršovice, sie nehmen Platz in den Waggons, am liebsten in leeren gedeckten Wagen, und wieder hat er die braungraue Schar in seinem Zug, und sie läßt sich über die Grenze fahren, ohne Paß und Kontrolle gelangt sie heim in den Güterbahnhof von Žižkov . . .«
Onkel Pepin schwadronierte, während der Vater, ölverschmiert bis zu den Ellbogen, die letzten Bestandteile des Motors abtastete, wobei ihn immer wieder eine schwere Ölträne traf . . . Je weiter er seine Untersuchung führte, desto genauer wußte er, daß keine zweite Zerlegung mehr notwendig sein würde, wenn der Motor erst wieder einmal zusammengebaut, die letzte Schraube angezogen und die Motorhaube geschlossen war. Eine solche Arbeit nur zu leisten, um festzustellen, daß die Maschine einwandfrei funktionierte, machte keinen Spaß, hatte keinen Sinn, vermittelte dem Menschen nicht das Lustgefühl des Herausfindens, warum etwas nicht lief. Der Škoda 430 barg in seinem Innern kein Geheimnis wie die Orion.
Der Garage näherten sich weiße Hosenbeine und senffarbene durchbrochene Halbschuhe. Ein Gast. Er breitete eine frische Zeitung vor dem Škoda aus, kniete darauf nieder,

und im erdverhafteten Blickwinkel der Brüder erschien das rundliche Gesicht des Herrn Majer, Metzger seines Zeichens.
»Herr Brauereiverwalter, ich hätte eine Bitte, und zwar bezüglich des dreimaligen Auseinander- und Zusammenbauens Ihrer Orion – eine Hand wäscht die andere – Sie verstehen – soll ich warten?«
Der Vater sagte unterm Auto hervor: »Nehmen Sie irgendwo Platz.«
Die Abenddämmerung hatte sich bereits verdichtet, Herr Majer hielt, kurzsichtig blinzelnd, Ausschau nach einer Sitzgelegenheit, und als er eine gefunden hatte, setzte er sich so schnell, daß jeder Warnruf zu spät gekommen wäre. Er saß in der Ölwanne. Und er machte es sich darin auch noch bequem wie in einem Sessel, schlug die strammen Beine übereinander und drehte den schlanken Spazierstock zwischen den Fingern. Der Vater kroch unter dem Škoda hervor, ich stand in einer Garagenecke und verdrehte entsetzt die Augen, doch es war nichts mehr zu machen, Herr Majer wiegte sich leicht in der Ölwanne, und das Braun des Öls kroch an seinem Hosenboden hoch, während er weiter sein Stöckchen drehte und sonderbar vor sich hin lächelte ... Ich hatte gerade über der Fleißaufgabe gesessen, als er an der Wohnungstür nach Vater fragte, ich hatte ihn zur Garage geführt, den nach Rum riechenden Metzger Herrn Majer, aber nicht verhüten können, daß er plötzlich in einem Ölsessel landete. Was mir nun doch Freude bereitete. Ich mochte Herrn Majer nämlich nicht sehr, einmal deshalb, weil er Kälbchen umbrachte, hauptsächlich aber deshalb, weil er oft mit einer Sau rang, bevor er sie abstach, ihm reichte es nicht, dem Tier mit Keule und Messer das Leben zu nehmen, nein, Herr Majer wünschte, daß die Sau

mit ihm kämpfte, und hatte er ihr sein Messer endlich in den Leib gerammt, horchte er, ob das Tier auch gebührend röchelte. An Ferkelschlachttagen wandte Metzger Majer ein rationalisiertes Verfahren an: Rannten die Ferkel aus dem Waggon, erwartete sie Herr Majer mit dem langen Messer, das er einem jeden der Tierchen in den Hals stieß, worauf die kleinen Dinger im Kreis herumliefen, immerfort, bis sie ausgeblutet waren. Wegen alldem mochte ich Herrn Majer nicht, darum freute es mich, daß er in der Ölwanne saß und daß der ölverschmierte Vater nicht wußte, wie er Herrn Majer beibringen sollte, daß er die Wanne gleich zum Einbauen brauchte.
»Herr Brauereiverwalter«, hob der Metzger an, »ich bin nach Bad Sadská unterwegs, zu einer Abendveranstaltung in den dortigen Kolonnaden, komme vorher aber auf einen Sprung zu Ihnen, denn Sie sollen, Sie müssen erfahren, daß meine Frau trinkt und unser Geschäft in Gefahr bringt . . .«
»Ja?! Und was soll ich dabei . . .?« wollte der Vater wissen.
»Sehen Sie, Sie sind ein ruhiger, besonnener Mann, ich bitte Sie, gehen Sie zu ihr und reden Sie ihr ins Gewissen . . .«
Die Dämmerung ging in Dunkelheit über, und nur das Weiß in den Augen Herrn Majers zeigte an, daß der Metzger den Vater unverwandt ansah, verständnisheischend und erwartungsvoll. Unterm Auto begann plötzlich Onkel Pepin zu schnarchen. Die Handlampe war ihm aus der Hand gefallen, sie beleuchtete Vaters staubige Schuhe und die weißen Beinkleider des Herrn Majer. Der Metzger, noch immer stärker nach Rum als nach Öl riechend, reichte dem Vater unvermittelt die Hand und sprach eindringlich:
»Jawohl, Herr Verwalter, es sollte Ihnen gelingen, ihr das Trinken auszureden, und ich will mich dann auch erkenntlich zeigen. Sie sind nämlich mit daran schuld! Als ich Ihnen

zum erstenmal bei der Orion geholfen habe, hatten Sie vorher gesagt, es sei nur für ein oder zwei Stunden. Aber ich bin erst Sonntag vormittag nach Hause gekommen, bleich und unausgeschlafen, so daß meine Frau in Tränen ausbrach, weil sie glaubte, ich sei mit Frauenzimmern unterwegs gewesen. Sie glaubte es trotz Ihrer schriftlichen Erklärung. Danach begann sie zu trinken. Ich bitte Sie, reden Sie ihr ins Gewissen. Ich danke Ihnen . . .«

Der elegant gekleidete Metzger entfernte sich, er duftete jetzt nach Rumpralinen, tatsächlich, man hätte meinen können, er habe sich statt in die Ölwanne in eine Riesenschachtel Rumpralinen oder Weinbrandkirschen gesetzt. Der dunkle Fleck auf seiner Kehrseite verschmolz mit der Dunkelheit des Abends, so daß sich nur die Beine der weißen Flanellhose entfernten, und auch diese nur von den Knien abwärts.

Der Vater kniete nieder und rief: »Josef! Josef!«

Dann ging er ums Auto herum und rief den Onkel von der anderen Seite.

Pepin jedoch schnarchte weiter. Da packte der Vater seinen Bruder bei den Schuhen, die unter dem Auto hervorlugten, er zog den dreck- und ölverschmierten Schläfer heraus, Onkel Pepin schnarchte nur noch lauter, er sah aus, als hätte ihn der Škoda 430 überfahren, zuvor allerdings mehrere Male herumgewälzt. Es war die Folge des löblichen Umstandes, daß er zusammen mit dem Vater versucht hatte, dem Geheimnis auf die Spur zu kommen, warum der Škodamotor so leise, so tadellos lief . . .

Vater wollte mir eine Anweisung geben, aber ich sagte schnell: »Ich muß meine Fleißaufgabe fertigschreiben.«

Niemand in unserem Städtchen hatte je Onkel Pepin und den Brauereiverwalter miteinander irgendwohin gehen sehen. Jetzt geschah es. Ich ging gleichfalls mit, trug das Köfferchen mit dem Elektrisierapparat, mit dem Fulgurationsgerät, weil Mutter gesagt hatte, es werde besser sein, wenn ich dabei sei, weil die Frau Metzgerin, Frau Majerová, schönes Haar habe. Ja, sie hatte ähnliches Haar wie einst Mutter, die es allerdings längst hatte abschneiden lassen. Zu dritt schritten wir am frühen Abend durch die Straßen, die Leute schauten aus den Fenstern, bemerkten uns erstaunt, sie beugten sich weit hinaus, hinter ihnen bauschten sich die Vorhänge, man sah den Bürgern das Erstaunen über den gemeinsamen Ausflug der Brüder an. Freundschaftlich hätten sie Onkel Pepin grüßen und die eine oder andere Albernheit fragen wollen, doch der Vater schreckte sie ab, die Leute hielten den brüderlichen Ausgang nur für eine List des Herrn Brauereiverwalters und meinten, er würde sie plötzlich fragen, was sie am Samstag nachmittag täten, um sie dann, bevor sie recht zur Besinnung kamen, schlicht aufzufordern, für ein Stündchen, höchstens für zwei zu ihm zu kommen und die Gegenmuttern zu halten. Darum wählten sie, bevor wir herangekommen waren, rasch den goldenen Mittelweg, sie traten von den Fenstern zurück und warteten, bis wir vorbei waren, um uns dann hinterherzuschauen.

Wir erreichten die Treppe zur Metzgerei des Herrn Majer. Im Laden brannte die Zuglampe, deren Schirm durch Zeitungspapier verlängert war, an Haken hingen Kotelettstücke vom Schwein, Rückenstücke vom Rind, Kränze verschiedener Wurstsorten, und auf dem Hackstock blitz-

ten Messer. Frau Majerová, ein weißes Tuch turbanartig um den Kopf gewickelt, saß auf einem Stuhl und blickte wie stumpfsinnig auf ihre Füße. Sie nahm einen Schluck aus einer Tasse und befreite ein Hustenbonbon aus seinem Papier, doch dann warf sie das Bonbon weg und wollte das Papier in den Mund stecken. Wir standen verblüfft auf der Treppe, traten nicht ein. Frau Majerová langte nach einer Ansichtskarte, rieb sie mit der Schürze gründlich blank, zog die Brille heraus, wollte dann aber statt dieser die Ansichtskarte aufsetzen. In dem Bemühen, durch die Ansichtskarte etwas von der Brille abzulesen, fuchtelte sie mit den Händen, schließlich gab sie auf, legte Karte und Brille weg. Auf ein Zeichen des Vaters traten wir ein. Onkel Pepins Seemannsmütze schien die Metzgerin zu erfreuen. Zögernd lenkte sie den Blick zum Vater – und wußte sofort, weshalb er gekommen war.
»Oho, Meister«, sagte sie unsicher, »kommen Sie auf ein Tänzchen?«
»Wir sollten ein Tänzchen wagen«, erwiderte der Vater, »aber vorher, Frau Majerová, sollten wir lieber den Rolladen herunterziehen und abschließen.«
Die Metzgerin erhob sich mühsam, nippte an der blauen Tasse mit der Aufschrift ›Gruß aus Hlinsko‹, schwankte in die Küche, machte dort Licht und kehrte mit einem Grammophon zurück, das sie hart auf den Hackstock setzte. Empört flog ein ganzer Schwarm Schmeißfliegen auf, sie schossen hin und her, ließen sich dann aber wieder auf den freien Flächen des Hackstocks nieder und machten sich von neuem über die Reste gestockten Blutes und die kleinen Fleischfetzchen her. Inzwischen hatte Frau Majerová drei zusätzliche Stühle geholt. Sie ergriff die Hakenstange zum Herunterziehen des Rolladens, ging hinaus, verrechnete

sich aber in der Stufenzahl, trat ins Leere, kippte um, ihr weißer Turban verschwand, tauchte aber bald wieder auf, schaukelte zum Schaufenster, wo die Frau Metzgerin lange suchte, ehe sie den Stangenhaken in die Öse brachte. Der Vater roch an der Tasse mit der Aufschrift ›Gruß aus Hlinsko‹ und verzog das Gesicht. Endlich gelang es der Metzgersfrau, den Rolladen herunterzuziehen, das Wellblech schepperte schaurig, überraschend schnell kam Frau Majerová die Treppe hoch, sie schloß die Tür hinter sich ab und zog auch noch das Innenrollo herab. Als sie an den aufgehängten Fleischstücken vorbeiging, versetzte sie einige mit der Schulter ins Schwingen, worauf kleinere, metallisch blaue Fliegen aufschwirrten, hell summend aus dem Halbdunkel zur Zuglampe flogen, der ganze Laden war von bösem Gesumm erfüllt, die aufgebrachten Insekten stießen gegen Frau Majerovás Wangen und gegen die gefliesten Wände, schließlich aber kehrten sie doch wieder zu Fleisch und Wurst zurück.
»Sie halten hier Meditationsstündchen ab, Frau Meisterin?« sagte der Onkel.
»Was soll ich anderes machen, wenn mein Mann zu fremden Frauen geht?« erwiderte die Metzgerin und ließ sich schwer auf ihren Stuhl fallen. Ihr weißer Turban leuchtete im Lichtkegel der Zuglampe auf, als sie den Kopf senkte und wieder wie stumpfsinnig auf ihre Füße blickte.
»Zur Klarstellung, Frau Majerová«, begann der Vater, »Ihr Herr Gemahl ist in den fraglichen drei Nächten vom Samstag zum Sonntag bei mir gewesen und hat mit mir den Orionmotor aus- und wieder eingebaut.«
»Das behaupten Sie, aber ich weiß es besser«, entgegnete die Frau, neigte sich zum Grammophon, hielt sich am Hackstock fest, zog das Gerät mühsam auf, setzte nicht

weniger mühsam die Nadel auf die Platte, und im Laden erscholl getragene Musik, zu der ein Chor sang: »Der Engel der heiligen Liebe schwebt lodernd im nächtlichen Blau. Mit goldenen Sternen . . .« Frau Majerová richtete den Oberkörper auf, wollte die Ellbogen auf den Hackstock und den Kopf in die Hände stützen, doch da rutschte ihr Turban herunter, und ich erschrak. Langes Goldhaar entrollte sich, fiel bis zum Boden hinab, glänzte im Lampenlicht und verbreitete selbst rötlichen Schein. Schlagartig begriff ich, warum Mutter mich mitgeschickt hatte, denn Vaters Augen hatten sich beim Anblick des Goldhaars unnatürlich geweitet. Von solchem Goldhaar war er einst behext gewesen.

»Irgendwie langsam, diese Musik«, bemerkte Onkel Pepin. Die schöne Metzgerin erhob sich, sie zog ihr Haar mit, es flammte im Licht der Glühbirne wie eine Fackel auf, teilte sich, glitt vom Stuhl, umfloß sie weich, sie strich es über der Stirn nach rechts und links, dann streckte sie die Hand aus, stellte den Geschwindigkeitsregler des Grammophons auf schnell, und der Chor sang schlagartig in jenem Tempo und mit jener Ruckartigkeit, die im Stummfilm die Leute bei schnellem Gehen zeigen. Frau Majerová setzte sich wieder hin, ihr Haar leuchtete unvermindert, erhellte den ganzen Laden, ließ sogar den Fleischgeruch vergessen, und auch die blauen Fliegen summten leiser. Man konnte also vor dem Schönen erschrecken. Am erschrockensten von uns dreien war der Vater. Obwohl Onkel Pepin sichtlich weniger erschrocken war, rutschte er doch auf seinem Stuhl hin und her, seine Seemannsmütze glich einem milchweißen Lampenschirm, seine Finger strickten wieder einmal.

»Also, Frau Majerová«, ließ sich Vater vernehmen, aber mit derart zitternder Stimme, daß ich sie kaum erkannte, »wissen Sie, der Herr Dechant schickt mich, damit ich Sie vom Trinken abbringe.«

»Der?« fragte sie und schüttelte traurig den Kopf. »Der soll Sie schicken?! Unser Herr Dechant trinkt doch selber zehn Gläser Wermut nacheinander weg.«

»Ab Mitternacht aber trinkt er keinen Tropfen mehr, liest am Morgen die Messe und gefährdet mit seinem Trinken niemand. Die Bibel verbietet Völlerei!«

Die Metzgerin schaute auf, ich konnte sehen, daß ihr Blick klar wurde, er senkte sich in Vaters Augen, kein Zweifel, sie war plötzlich nicht mehr unzurechnungsfähig vor Betrunkensein, Vaters Worte hatten sie zu sich gebracht.

»Völlerei, ja, das steht dort. Aber was ist Völlerei? Das hier!« rief sie und deutete mit weit ausholender Geste auf das Schweinerne und das Rindfleisch und die Würste. »Ich trinke lediglich, und Trinken wird in der Bibel nirgendwo verboten!«

Frau Majerová machte eine heftige Bewegung, ihr Haar kam auf den Hackstock zu liegen, die Fliegen empörten sich, sirrten, umkreisten den Kopf der Metzgerin, als wollten sie die Kraftlinien ihres starken Gefühls sichtbar machen. Der Vater sprang besorgt auf, nahm das Haar vom Hackstock, damit es nicht blutig würde, er hielt es mit zitternden Händen in der Waagrechten, dieses rotschimmernde Goldhaar, das voll und dicht war wie zwei Pferdeschweife.

»Ich habe das Lyzeum absolviert«, erklärte Frau Majerová, schaute Vater dabei mit leiser Ironie in die Augen, und er schaute ihr in die Augen, ohne Ironie, ja, ich merkte, daß zwischen den Augen der beiden Funken übersprangen, der Vater ließ ihr Haar nicht los, sie löste den Blick nicht von ihm, die Platte ging zu Ende, und die Nadel begann in der

Schlußrille zu kratzen. Ich bekam Angst, weil Mutter mir aufgetragen hatte, auf den Vater achtzugeben. Schnell ergriff ich das schwarze Köfferchen und öffnete es, aber der Vater hielt weiter das Rotgold des langen Haars der schönen Metzgerin, deren Augen ihn jetzt nicht mehr nur ansahen, sondern anstrahlten. Ich stellte das Köfferchen offen auf den Hackstock, im Lampenlicht erglühte der rote Plüsch, mit dem das Köfferchen ausgeschlagen war, es glänzten die Glasapparaturen in der Halterung des Deckels, die, wenn man sie an die elektrische Leitung anschloß, Fulgurationsströme abgaben.

»Vater, wollen Sie nicht mit der Heilung beginnen?« fragte ich.

Neugierig trat Onkel Pepin herzu, beäugte den roten Plüsch und die verschieden geformten Glasröhren, in der ersten befand sich eine winzige Rolle, die zweite hatte eine kleine Stahlbürste am Ende, die dritte war geteilt, damit man sie in die Nase stecken konnte, die vierte war ein Neonkamm und hatte die Größe eines Pferdestriegels, die fünfte lief in einen Zylinder aus, der eine Stahlspirale enthielt . . . Onkel Pepin lächelte die heilenden Glashülsen verliebt an, nahm eine heraus und sagte:

»Sakra, Francin, das Ding mußt du mir leihen, ich nehme es zu Havrdas mit.«

Der Vater fuhr zusammen, ließ das Haar fallen, entriß dem Bruder die Glasröhre und rief:

»Von wegen! – Für Sie, Frau Majerová, ganz allein für Sie habe ich das mitgebracht!«

Er entnahm dem Köfferchen die elektrische Schnur, steckte sie in eine Steckdose an der Wand, in den Bakelitgriff steckte er den Neonkamm, drehte an einem Knopf, der Kamm begann blaues Licht zu sprühen, Vater hielt ihn in

das Halbdunkel zwischen Lampe und Decke, und das blaue Licht fiel auf das Haar der Metzgerin. Wie durch ein Wunder begann auch dieses Licht zu sprühen. Dazu sprach der Vater:
»Ich will nicht, daß Sie aufhören zu trinken, ich will, daß Sie beim Trinken das rechte Maß finden, Sie sollen nicht aus Gram trinken, sondern aus Freude. Und dazu werden Ihnen die Fulgurationsströme und deren Strahlung verhelfen ...«
Die Metzgerin hob die Augen zu ihm, sie strahlte ihn an, und ich wußte jetzt ganz sicher, daß die Mutter nicht umsonst besorgt gewesen war, als sich der Vater entschlossen hatte, Frau Majerová mit Hilfe der Fulgurationsströme zu heilen.
»Im Dunkeln wäre es noch hübscher, Meister«, hauchte die Metzgerin, »der Lichtschalter ist dort drüben.«
Onkel Pepin löschte die Ladenbeleuchtung, und uns bot sich ein Bild, wie ich es daheim noch nicht gesehen hatte. Pepin streckte die Hände aus und betrachtete seine blauen Handrücken, als gehörten sie nicht ihm.
»Sakra, das mußt du mir leihen«, stieß der Vaterbruder hervor, »ich nehme es zu den intelligenteren Schönen im *Avion* mit!«
»Von wegen!« wiederholte der Vater.
Ich spürte, daß er auf gefährlich dünnes Eis geriet, daß er einzubrechen drohte, der Kamm in seiner Hand bebte, nicht vor Aufregung, sondern von etwas anderem, es war ein Beben, wie es mich überkommen hatte, als ich mit dem Mädchen aus der vierten Bürgerschulklasse auf den Dachboden des gemeinsamen Gebäudes für die getrennten Schulen der Jungen und Mädchen gestiegen war, sie hatte sich vor mich hingestellt und mich nicht angesehen, sondern in

mich hineingesehen, ich hatte mein Herz schlagen hören, und jetzt pulsierte der Neonkamm im Rhythmus von Vaters Herz. Vater rückte seinen Stuhl nahe hinter jenen der Metzgerin, setzte sich, und das Kammlicht sprühte über ihr Goldhaar, der Vater führte immer von neuem den Kamm vom Haaransatz bis zum Boden, die elektrische Kraft strömte wie das Wasser über das Wehr und durch den Rechen an der Stadtmühle, die Luft im Laden nahm Ozongeruch an wie die Luft im Freien nach einem reinigenden Gewitter. Der Vater roch bei jedem Kammstrich am Haar der Metzgerin, nur so, wie zufällig. Ich schaute nicht mehr auf den Kamm, schaute vielmehr auf den Vater und dann auf Frau Majerová, die ihre Augen geschlossen hielt, sie schien selig und zufrieden zu sein, bestimmt war es in diesem Augenblick ihr sehnlichster Wunsch, das Haar immer so lang zu haben und einzig durch meinen Vater vom Trinken geheilt zu werden.

»Beginnen wir ein neues Leben?« flüsterte der Vater, die Lippen dort auf das Goldhaar der Metzgerin gelegt, wo er ihr Ohr vermutete.

Sie nickte.

»Wo haben Sie denn die Schnäpschen? Die stärkenden Likörchen?«

»Meister, machen Sie in der Küche Licht, der Schalter ist rechts neben der Tür.«

Onkel Pepin erhob sich, er ging mit ausgestreckten Händen durch das violette Dämmerlicht, fand den Schalter, und in der Küche flammte das harte Deckenlicht auf.

Die Metzgerin streckte den Arm aus, gab mit dem Finger die ungefähre Richtung an und sagte leise, wie im Traum: »Im Kästchen.«

Der Onkel öffnete alle großen und kleinen Kästen, aber erst

als er das Hängeschränkchen über der Spüle aufmachte, fand er eine viereckige Flasche mit hellem Likör, die er anbrachte und auf den Hackstock stellte:
»Sakra, das ist Sagavir, den trinken bei den Dragonern die Leutnants und höheren Offiziere mit ihren schönen Frauen!«
»Bitte, bedienen Sie sich, trinken Sie«, wisperte die Metzgerin und umfaßte mit den Händen ihre Unterarme.
Der Vater drohte ihr mit dem Neonkamm, violette Striche und Zacken entstanden in der Luft, während seine Stimme dröhnte:
»Nie und nimmer! Und Sie trinken auch nicht! Nie mehr!«
Der Onkel schenkte die Tasse mit dem blauen ›Gruß aus Hlinsko‹ voll, nahm einen gehörigen Schluck, nickte kennerisch, reichte dann mir die Tasse, ich trank ebenfalls und fand den Likör ausgezeichnet. Der Onkel füllte die Tasse wieder und streckte sie Vater hin.
Vater nahm den ›Gruß aus Hlinsko‹ zögernd und sah die Metzgerin an. »Nur um zu wissen, warum es Ihnen so schmeckt, Frau Majerová, nur ein Schlückchen«, beteuerte er, trank, überlegte, trank noch einmal und gleich noch einmal. Er behielt die Tasse in der Hand, und während er voll Genugtuung der schönen Metzgerin eine Art Beichte abnahm, nippte er immer wieder.
»Ich gelobe, Herr Verwalter, wenn Sie mich jede Woche einmal vom Trinken heilen, wenn Sie mir alle acht Tage einen Abend widmen, einen einzigen Abend, dann lasse ich von allem, denn dann habe ich Grund, auf etwas Edles zu hoffen, ich werde wieder Freude am Leben haben ... Aber, Meister, in dem Kästchen dort muß noch ein Nuntius stehen, dieser herrlich verführerische Likör, verführerisch wie eine Mönchskutte!«

Onkel Pepin ging wieder in die Küche, schob die Hand tiefer in das Wandschränkchen und brachte eine bauchige Flasche mit dunklem Likör zum Vorschein. Sie hatte die Form eines großen Stempels. Pepin hielt die Flasche nahe an die Augen, las das Etikett, drehte sich um, schwenkte den Likör und rief:
»Nicht zu glauben, das war das Lieblingsgetränk von Erzbischof Khon!«
Vater, die blaue Tasse mit dem ›Gruß aus Hlinsko‹ in der Hand, beachtete den Bruder nicht, er saß hinter der Metzgerin und flüsterte ihr ins Haar:
»Jede Woche werde ich kommen und Ihr Haar kämmen, diesen letzten Gruß des alten Österreichs . . .«
Und wieder nahm er einen Schluck Sagavir und tauchte die Nase in das Goldhaar, wo er sie diesmal ließ. Den Neonkamm hatte er auf den Schoß gelegt, das blaue Sprühen beleuchtete von unten die Haarmähne sowie das halb darin steckende Kinn des Vaters. Vater hatte meine Anwesenheit vergessen, Pepin schenkte ihm Sagavir nach, auf dem Boden lag das weiße Kopftuch der Metzgerin, ihr Turban, der bei unserer Ankunft das widerspenstige Haar zusammengehalten hatte, dieses Goldhaar, dem Vater sofort erlegen war, dem er immer mehr verfiel, je glänzender und schöner und duftiger es vor seinen Augen wurde. Frau Majerová öffnete die Augen, ihr Blick wanderte flink umher, verweilte auf mir, verweilte auf Onkel Pepin, der sofort zu ihr hin salutierte, dann stand sie wegen des Vaters vorsichtig auf, der rührte sich nicht, hielt die Augen geschlossen, das Lächeln auf seinem Gesicht blieb, die Metzgerin ging festen Schrittes in die Küche, sie hatte plötzlich etwas Damenhaftes, mit Sicherheit hatten die Fulgurationsströme sie wieder auf die Beine gestellt, wieder aufgerichtet, und sie wußte es.

In der Küche langte nun sie ins Hängeschränkchen, entnahm ihm eine rote Flasche mit Kirschlikör, entkorkte diese, roch daran, indem sie ein Nasenloch kennerisch auf den Flaschenhals setzte und tief einatmete, einmal, zweimal. Dann nickte sie zufrieden:
»Hier, probieren Sie den Griotte, Wantochs berühmten Griotte mit dem Bittermandelaroma!«
»Bittermandelaroma . . .«, wiederholte der Vater im Halbschlaf.
»Und mit dem klaren, unverfälschten Duft reifender Weichselkirschen, dazu dem Duft blühenden Phloxes«, fügte die Metzgerin hinzu, den Blick innig auf Vater gerichtet.
Vater döste im Sitzen, auf seinem Hosenschlitz lag der sprühende Neonkamm und verbreitete den Geruch von Blitzen. Wieder echote er, selig lächelnd:
»Duft blühenden Phloxes . . .«
Frau Majerová brachte Gläschen und schenkte den roten Likör ein.
Ich rüttelte Vater am Ellbogen: »Vater, es gibt Griotte!«
Vater fuhr auf, der Neonkamm rutschte ihm zwischen die Beine, zum Glück erwischte er ihn gerade noch, bevor er zersplitterte. Folgsam nahm mein Vater dann der Metzgerin, die zu ihm getreten war, das Gläschen ab.
»Auf meine Heilung!« sagte sie.
»Sie trinken nicht mit uns?« fragte der Vater. »Auch nicht ein einziges Gläschen?«
»Kein einziges mehr«, antwortete die schöne Metzgerin, »ich habe schwerere Liköre genossen als diesen!«
Der Vater trank ein Schlückchen und brummelte: »Damit wäre die Rettungsaktion recht eigentlich abgeschlossen.«
Er leerte sein Glas, zog den Stecker heraus, wickelte die Schnur zusammen, verstaute sie im Köfferchen und legte

den Neonkamm in die vorgesehene Vertiefung im roten Plüsch. Ich schloß das schwarze Köfferchen – und reichte es Onkel Pepin. Der Vaterbruder salutierte zu Frau Majerová hin . . .

Am nächsten Morgen ging ich nicht in die Schule, und der Vater ging nicht in die Kanzlei. Die Mutter bewegte sich im Tanzschritt und mit leisen Jubelrufen zwischen meiner Schlafstatt und Vaters Bett hin und her, um mir und dem Vater die kalten Umschläge zu wechseln. Vater hatte sich ein nasses Handtuch über die Augen gezogen, weil er die Welt nicht mehr sehen mochte. Obwohl Freidenker, bat er Gott, ihn zu sich zu nehmen. Mit mir drehte sich nicht nur die Liege, es drehte sich auch die Zimmerdecke über mir. Der Mutter mußte ich berichten, woran ich mich erinnerte, jedes Erinnerungsfetzchen mußte ich wiedergeben. Jedoch von dem Augenblick an, da Onkel Pepin die Hacken zusammengeknallt und zur Frau Majerová hin salutiert hatte, wußte ich rein gar nichts mehr. Mutter war trotzdem zufrieden, sie fuhr mit dem Fahrrad ins Städtchen, und als sie zurückkehrte, hatte sie zwei in Seidenpapier gewickelte Flaschen bei sich. Mir war Mutter vorher nie so fröhlich vorgekommen, so voller Lachen. Sie erzählte mir, daß um Mitternacht jemand ans Fenster geklopft, daß sie geöffnet und daß draußen der Gemeindegendarm Herr Holoubek gestanden habe, hinter sich einen schräg gekippten zweirädrigen Karren, auf dem zwei Rollen Linoleum lagen. Mutter fragte den Gendarmen, wer das Linoleum denn bestellt habe, doch Herr Holoubek schilderte erst einmal, wie ihm vor Mitternacht im Gasthaus in der Zigeunerau die Tandler den Kopf zwischen Türflügel und Türstock geklemmt und ihm dann mit einem Knüppel den Helm so angepaßt hatten, daß in seinen Augen grelle Blitze aufgezuckt waren. Als er anschließend in einer Straße jemanden bat, ihm beim Abziehen des Helmes behilflich zu sein, war der Angesprochene unser Onkel Pepin, der ihm meldete, unter der Treppe zum Metzgerladen des Herrn Majer lägen zwei Betrunkene. Dort angekommen, erkannte er, Gendarm Holoubek, daß es sich um den Herrn Brauereiverwalter und sein Söhnchen handelte und daß beide besinnungslos waren. Da lieh er sich den Karren mitsamt dem Linoleum und schaffte die beiden zur Brauerei. Mutter war darob so erfreut, daß sie Herrn Holoubek zwanzig Kronen gab und ihn aufforderte, sich irgendwann einen Kasten Bier zu holen. Darob wiederum war Herr Holoubek so erfreut, daß sein Kopf zusammenschrumpfte, jedenfalls konnte er den Helm abnehmen und sich den Schweiß von der Stirn wischen. Mutter hatte jeden Satz ihres Berichts mit herzlichem Lachen untermalt. Als Vater plötzlich zu würgen begann, wickelte sie eine der beiden Flaschen aus dem Seidenpapier und hielt sie ihm vor die Augen, es war der Sagavir, worauf der Vater noch heftiger würgte. In raschem Tänzelschritt holte Mutter zwei Gläschen, schenkte sie voll, hielt ein Gläschen dem Vater hin, der halb aus dem Bett hing, und erreichte bei ihm, was sie hatte erreichen wollen – ein grünlicher Strahl schoß aus Vaters Mund. Danach leerte Mutter ihr Gläschen allein.

Erst gegen Abend kehrte Onkel Pepin heim, das Köfferchen mit den Elektrisier-Apparaturen hatte er bei sich. Vater stürzte sich sofort darauf, öffnete es und war beruhigt, weil das ganze schöne Heilinstrumentarium ordentlich auf dem roten Plüsch lag. Dennoch nahm er prüfend ein Stück nach dem anderen in die Hand. Dann fragte er: »Was habt ihr damit gemacht, daß die Dinger so stark riechen, wie parfümiert?«

Mutter wickelte die zweite mitgebrachte Flasche aus dem Seidenpapier und hielt sie dem Vater vor die Augen, es war der Griotte. Sogleich begann der Vater zu würgen, er konnte gerade noch das offene Köfferchen beiseite schieben, das Würgen wurde stärker, er machte einen Satz zum Eimer neben dem Bett, und wieder schoß ein grünlicher Strahl aus seinem Mund. Sodann schenkte Mutter ihrem Schwager ein Gläschen ein, vom offenen Sagavir. Onkel Pepin trank zunächst auf die Gesundheit der ganzen Familie, anschließend antwortete er dem Vater:

»Was wir damit gemacht haben? – Das war ein Hallo auf dem Žofín! Die Schönen legten sich aufs Billard, und ich leitete Fulgurationsströme in ihre Haare, weil nach der Schrift des Herrn Battista ein gesunder Körper die beste Garantie für das Eheglück ist.«

Sie begannen gewöhnlich gleich bei uns in der Brauerei zu spielen, die Šumaři, wie sie genannt wurden, weil sie aus dem rauschenden Böhmerwald kamen, der tschechisch Šumava heißt. Die Frauen des Städtchens liefen herbei, sie ließen in ihren Wohnungen alles stehen und liegen, um nichts zu versäumen . . . Diese Musiker aus dem Bergland spielten überaus eigenartig, sie musizierten, als seien sie müde, als brächten sie ihre Polkas und Walzer im Gasthaus in den frühen Morgenstunden dar, als kämen sie aus einer langsameren Welt. Es war nichts Besonderes an ihnen, im Gegenteil, sie trugen schäbige lange Röcke, die um die Knöpfe herum ganz abgewetzt waren, weil diese Männer ihre Blasinstrumente vor der Brust hängen ließen, wenn sie nicht spielten. Sie trugen Mützen wie im Winter die Männer beim Eiseinfahren, Mützen mit Ohrenklappen, die man herunterschlagen und unterm Kinn binden konnte, damit der Wind die Kopfbedeckungen nicht davonwehte und den Trägern nicht in die Ohren blies. Solche Ohrenklappenmützen heißen in Rußland Uschankas. Einmal hatten die Musiker aus dem Böhmerwald am anderen Ende des Städtchens zu spielen begonnen und dann, als sie sich zu uns durchgespielt hatten, in unserem Stall geschlafen. Der Kutscher hatte sie mit Decken und Stroh versorgt, und mir war aufgegangen, daß die Uschankas noch einem weiteren Zweck dienten. Nachdem die Männer ihre Instrumente an die Brust geschnürt hatten, wie es Frauen mit ihren Kindern tun, hatten sie die Mützenklappen über Nacken und Ohren gezogen, um im Schlaf nicht gestört zu werden. Ihre Lippen waren stark gerötet, nur ein dünnes Häutchen verhinderte noch, daß sie bluteten, es war die Folge ihres

ganztägigen Spielens der Blasinstrumente. Sprechen taten sie nie, man hätte sie geradezu für stumm halten können. Das war eine Folge ihres ständigen Umherwanderns, sie schritten den ganzen Tag wie Postboten aus, nur mittags machten sie auf einer Wiese Rast, zogen die Uschankas über die Ohren und schliefen ein Stündchen, die Instrumente auf der Brust und die Finger auf den Instrumenten.
Als sie diesmal bei uns musizierten, von den Frauen umringt, die sich an ihnen nicht sattsehen konnten, bewiesen sie einmal mehr, wie zart sie spielen konnten, es klang wie von jenseits des Flusses. Sogar jene Frauen, die sonst den ganzen Tag über etwas zu kichern fanden, wurden ernst, sie verstummten und wirkten gleich viel hübscher von der traurig machenden Musik, der trauriglichen Stimmung, welche die Musiker erzeugten. Damals, als die Musiker aus dem Böhmerwald in unserem Stall übernachtet hatten und mir aufgetragen worden war, die leeren Biergläser und den leeren Schmalztopf zu holen, hatte ich beobachten können, daß die Šumaři im Schlaf brabbelten, aber man hörte keine Wortfetzen heraus, sondern Melodienfetzen der Lieder, die sie tagsüber gespielt hatten, vielleicht schon ihr ganzes bisheriges Leben lang. Darin gründete vermutlich ihre Traurigkeit, darum sprachen sie mit niemandem, denn wer hätte ihnen schon geglaubt, daß sie bis ans Lebensende von Blasmusik ausgefüllt sein würden, daß diese Musik in ihnen war und zu ihnen gehörte wie die Nudeln zur Nudelsuppe. Schweigend nahmen sie Geld und Essen entgegen, was allerdings immer nur einem von ihnen oblag, immer nur einer hatte die Münzen und die bestrichenen Brote einzustecken, letztere gab er in einen Sack, nicht in einen Rucksack oder Tornister, sondern in einen gewöhnlichen Rupfensack, an dessen Zipfel Stricke geknotet waren, so daß

man ihn über dem Rücken tragen konnte. Die Rocktasche des Mannes, der die Münzen einzustecken hatte, war ausgebeult und an den Kanten abgewetzt bis auf den Nähfaden durch.
Von Gasse zu Gasse zogen diese Musiker, gemächlichen Schrittes, als trügen sie lockere Fesseln an den Füßen, die Frauen und Kinder konnten ihnen leicht folgen, niemand klatschte Beifall, da dies ebensowenig angebracht gewesen wäre wie auf einem Begräbnis, weil auch lustige Lieder bei ihnen traurig klangen; die ihnen folgenden Frauen schauten sie denn auch nicht an, ihre Blicke schweiften in die Ferne, ging es ihnen doch nicht um das einzelne Lied, sondern um das, was das Lied beschwor, etwelche schöne oder traurige Bilder, die sich von den Frauen entfernt hatten, um nie mehr wiederzukehren. Verklang ein Lied, blieben alle Zuhörerinnen still, die eine oder andere wischte sich mit dem Schürzenzipfel eine Träne aus dem Augenwinkel, und wenn zwei sich dabei ertappten, lachten sie verhalten oder fielen einander um den Hals, und jede verbarg das Gesicht im Haar der anderen. Ähnlich machen es die Pferde, wenn sie müde sind, sie legen die Hälse übereinander. Mensch sowie Tier geben einander auf diese Weise ihre Zuneigung und ihre Betrübnis angesichts des traurigen Erdendaseins zu verstehen. In den Gassen und Gäßchen hatten die Šumaři das größte Gefolge, auf Plätzen und in Hauptstraßen das kleinste. In den Gassen und Gäßchen, wo die ärmeren Leute wohnen, fühlten sie sich sicher, sie spürten, daß sie hier vor Menschen spielten, die gleich ihnen für die Musik ihr Leben geben würden. Hier spielten sie mit geschlossenen Augen, und klang ein Lied aus, erwachten sie aus ihrem Hingegebensein, die Musik war tief in ihnen, den Musikern aus dem Böhmerwald, durchströmte sie wie der unterirdi-

sche Fluß Punkva, zu dem wir einen Schulausflug gemacht hatten, die mährische Erde durchströmte. War ein Lied zu Ende, legten sie eine kurze Pause ein, dann gaben sie einander mit den Augen ein Zeichen, tauchten wieder in sich ein, und ihren Instrumenten und schmutzigen Fingern entsprangen die alten Lieder. Es gab keines darunter, das den Zuhörenden nicht leicht ins Ohr gegangen und aus dem Ohr in die Seele gedrungen wäre. Das ganztägige Musizieren nahm die Šumaři so in Anspruch, daß sie nicht einmal Zeit zum Rasieren fanden. Wahrscheinlich rasierten sie sich erst wieder, wenn sie nach Hause kamen. Die Stoppelbärte standen ihnen freilich gut, vielleicht gehörten sie zu ihnen wie ihre Röcke und Schuhe. Letztere waren stets Schnürschuhe, solche katholischen Schuhe, wie die Dorfpfarrer sie trugen, Schuhe, die man nicht kaufen kann, sondern die maßgefertigt werden. Immer waren sie alt, verschrumpelt und verstaubt, und immer waren sie bei den Šumaři sehr locker geschnürt, weil des Menschen Füße von langer Wanderung durch die Welt anschwellen. Ich folgte gleich den Frauen unseren musizierenden Böhmerwäldlern, wenngleich nicht wegen ihres Musizierens. Ich sah sie meist gar nicht an, drehte ihnen vielmehr den Rücken zu und beobachtete, was ihre Musik mit den Menschen, vor allem mit den Frauen anstellte. Und ich erkannte, welch große Macht die Musik über das weibliche Geschlecht ausübt. Während die Frauen mit durchs Städtchen zogen, überkam sie zwar von Zeit zu Zeit das Entsetzen darüber, daß sie am Morgen ihre Wohnungen schlichtweg im Stich gelassen hatten, aber sie waren an die Musiker gefesselt, gingen an einem langen Strick, einem unsichtbaren, den ich jedoch sah. So schritten die Frauen unverdrossen Stunde um Stunde, die Schürzen noch umgebunden, sie aßen nichts und zehrten nur von den Melodien. Um die Mittagszeit hatten die Musiker bereits die Elisen-, Burg- und Reiterstraße sowie den Großen und Kleinen Wall hinter sich, sie hatten auch schon auf dem Kirchplatz gespielt, sie zogen nun noch bis zum sogenannten Ziegenplätzchen, dort setzten sie sich ins Gras, schnürten ihren Rupfensack auf und begannen zu essen, die Frauen holten ihnen schnell Bier, die Musiker kauten und tranken, nuckelten eigentlich nur, und waren sie fertig, ließen sie sich auf den Rücken fallen, schauten eine Weile in die Wolken, legten sich dann die abgewinkelten Arme über Stirn und Augen und pflegten der Ruhe. Die Frauen verscheuchten lästige Fliegen und hielten die Zeigefinger an die Lippen, wenn die Kinder zu laut wurden. Auf den Bäuchen der ruhenden Musiker aus dem Böhmerwald glänzten Horn, Flügelhorn und Baßflügelhorn, die Instrumente glichen ihren Besitzern, sie waren völlig verbeult und sahen aus, als wären sie schon sehr lange auf der Welt, als würden sie ununterbrochen gespielt. Beim Anblick dieser messingnen Hörner mußte man an die abgerackerten Pferde von der Müll- und Schuttabfuhr denken. Der Klarinettist hielt sein Instrument wie der heilige Aloisius seine weiße Lilie, ihn beschwerten zudem die Geldtasche und der Rupfensack. Wie umgeworfene Musikerstatuen ruhten die Männer auf dem Ziegenplätzchen, die katholischen Schuhe von sich gestreckt, und unter den hochgerutschten Hosenbeinen lugten die einst weißen, jetzt völlig verschmutzten Unterhosen hervor, die an den Knöcheln von einst weißen, jetzt völlig schmuddeligen Leinenbändern zusammengehalten wurden. Auch wenn es warm war, trugen die Musiker ihre einst weißen Unterhosen, und noch in der Erntezeit trugen sie ihre langen Röcke und dicken Ohrenmützen, unter denen sie schwitzten. Ich rechnete mir aus, daß diese Musiker aus dem Böhmerwald pro Tag mehr verdienten, als die Leute in die Opferstöcke der Kirchen warfen, die Šumaři hätten sich ein Essen im Hotel Fürstenhof leisten können, sie hätten sich ein halbes Pfund Schinken kaufen können, doch sie waren und blieben bescheiden und sparsam, wohl wissend, daß es mit ihrem Verdienst vorbei war, wenn der erste Schnee fiel und sie nur noch eine Zeitlang spielen konnten, die Ohrenklappen heruntergeschlagen und an den Händen Wollhandschuhe ohne Fingerlinge, um überhaupt musizieren zu können. Bald dann mußten sie nach Hause, wo sie sich von der langen Wanderung erholten, erschöpft weniger von den Märschen als vom Musikmachen . . .

Erwachten die Šumaři auf dem Ziegenplätzchen, erblickten sie über sich einen Kreis von lächelnden Frauen- und Kindergesichtern, aus dem sich ihnen Hände entgegenstreckten, um sie hochzuziehen. Doch sie zuckten zurück, vermeinend, sie seien tot und aus einem Kreis von Seligen würden ihnen Hände gereicht, um sie in den Himmel zu ziehen. Nur allmählich erkannten sie, daß lediglich ihre Bewunderinnen über ihnen standen. Sie erhoben sich, strichen ihre Gewänder glatt und brachen auf ins nächste Gäßchen. Einige Frauen liefen voraus, die frohe Botschaft zu verkünden, daß die Musiker aus dem Böhmerwald nahten, daß sie allesamt schön waren, dichtes Lockenhaar und bezaubernde Augen wie die griechischen Götter hätten. Gingen daraufhin Frauen, die noch keine Šumaři gesehen hatten, den Angekündigten erwartungsvoll entgegen und gewahrten sie deren unrasierte Gesichter, deren schäbige Gewänder und deren langsamen, wie von lockeren Fußfesseln gehemmten Gang, schauten sie vorwurfsvoll auf die ihres Erachtens zu Unrecht begeisterten Frauen, die seit dem Morgen mit den Musikern zogen. Doch blieben die Bläser erst einmal stehen, gaben sie sich mit den Augen ein Zeichen, senkten sie die Lider und begannen sie zu spielen: »Es fließt ein gluckerndes Bächlein . . .«, gerieten auch diese Frauen in Begeisterung. Wenn die Musiker wie aus weiter Ferne bliesen, über die Wälder hinweg, wenn sie die Melodie mehr anklingen als erklingen ließen, fast ersterben ließen, wenn sie darauf verzichteten, kräftig in die Hörner und in die Klarinette zu blasen wie beim musikalischen Wettstreit, wenn sie im Gegenteil darin wetteiferten, ihre Melodie möglichst zart in die Ohren ihrer Zuhörerinnen zu hauchen, erschien auch auf den Gesichern jener Frauen, die vom Aussehen der Šumaři enttäuscht waren, ein Lächeln, und auch sie gerieten in den Bann der Böhmerwälder Musik, auch sie fühlten sich geehrt durch die Innigkeit des musikalischen Vortrags.

Bei Regen spielten die Musiker nicht. Sie kehrten in ein Gasthaus ein, wo sie saßen und auch dann nicht spielten, wenn die anderen Gäste sie darum baten, denn sie musizierten grundsätzlich nur im Freien, im Stehen, im Straßenmilieu. Schweigend saßen sie da, nippten an ihrem Bier, verloren zunehmend die Sorge um ihren Verdienst, tranken immer sorgloser, ruhten sich aus, zufrieden mit dem, was sie im Gasthaus sahen und hörten. Die Frauen warteten unterdessen auf dem Gang, so eng gedrängt, daß sie sich kaum umdrehen konnten. Durch die Haustür blickten sie zum Himmel, der seine Schleusen geöffnet hatte, dennoch glaubten die Verehrerinnen der Böhmerwälder Musiker, es würden bald die letzten Tropfen fallen, sie hatten Gesichte, sahen über dem Gasthaus schon aufbrechende Wolken und blauen Himmel. Immer wieder trat eine ins Lokal und meldete den Bläsern die Wetterbesserung. Aber die Šumaři blieben sitzen, beseelt nur von dem einen Wunsch, bis abends hier verweilen, das Geschehen und die Menschen rundum beobachten zu können, nein, sie hatten keine Lust mehr, die angenehm dumpfe Trägheit aufzugeben, in die feuchten Straßen und Gassen aufzubrechen und ihr Spiel neu aufzunehmen. Kamen die Wetterbotinnen aus dem Lokal, verkündeten sie den Wartenden, daß die Böhmerwälder Bläser es nicht erwarten könnten, wieder zu spielen, daß sie bereits ihre Instrumente stimmten. Wenn daraufhin Frauen aus dem Torgang des Gasthauses auf die Straße traten, um erneut nach dem Wetter zu sehen, waren sie von den niederprasselnden Tropfen sofort durchnäßt, sie schwammen in den Schuhen, trotzdem vermeldeten sie im Gang, draußen verzögen sich die letzten Wolken.

Als in diesem Jahr die Musiker aus dem Böhmerwald eintrafen, verhielt sich Mutter so, daß ich mich in sie hätte verlieben können. Vom Schweinefüttern noch in der groben Schürze, folgte sie dem Quartett und dessen Anhang, sie ließ sich in eine schönere Welt entführen, als es unsere Brauerei war, sie bemerkte nicht, daß es Mittag wurde, sie zog mit durch Straßen und Gassen, bis zum Habeš, bis zum Gaswerk, bis zum Fußballplatz, wo sie endlich gewahrte, daß die Sonne sich dem Horizont näherte. Nicht nur Mutter erging es so, mit ihr eilten viele Frauen nach Hause, die erst jetzt zur Besinnung gekommen waren und sich erinnert hatten, daß zu Hause Mann und Kinder ein Abendessen erwarteten, sie verfielen in Laufschritt, doch die unbarmherzige Sonne verschwand hinterm Horizont. Der Vater hatte den Tisch gedeckt, obwohl er abends gewöhnlich nur Milchkaffee trank und trockenes Brot dazu aß, heute aber wollte er Fleisch und Soße haben, er saß vor dem Gedeck, hielt den Löffel in der Hand, klapperte damit und schaute bleichen Gesichts zum Fenster hinaus, irgend etwas am Brauereischornstein interessierte ihn schrecklich, er stand auf, hielt sich an der Tischplatte fest und starrte weiter den Schornstein an, der dunkel in den Abendhimmel ragte, umschwirrt von schreienden Turmschwalben. Immer ungeduldiger wurde er, trommelte auf dem Tellerrand, da kam Mutter, schuldbewußt, machte rasch Feuer im Herd und wärmte das Essen auf, als sie es dann auftrug, sprang Vater, der seit einer Weile wieder saß, hoch und warf den Löffel hin, er schenkte sich lauen Kaffee ein, schnitt eine Scheibe Brot ab, aß langsam und starrte weiter auf den Brauereischornstein.

Bei Sonnenuntergang, als ich vom Fluß zum Abendessen heimgegangen war, hatte ich Frau Vošoustová am Ufer entlangrennen sehen, gefolgt von ihrem wütenden Gemahl, Herrn Vošoust. Er wollte sie an den Haaren packen, doch sie beschleunigte das Tempo, und ihr Herr Gemahl griff daneben, die beiden rannten weiter, und Herr Vošoust rief: »Ich werde dir die Šumaři austreiben!« Beim Verlassen der Elbau, die Sonne war inzwischen untergegangen, hatte ich Frau Záveská am Ufer entlangrennen sehen, gefolgt von ihrem wütenden Gemahl, dem Herrn Maschinisten Záveský. Er wollte sie in den Hintern treten, doch sie beschleunigte das Tempo, ihrem Herrn Gemahl ging der Schritt nicht aus, die beiden rannten weiter, rannten unter der Eisenbahnbrücke durch, und weil Herr Záveský der Schritt immer noch nicht ausging, brüllte er: »Ich werde dir den Spaß an den Šumaři gehörig versalzen!« Das Ehepaar war hinter der Eisenbahnbrücke dem nächsten Dorf zugestrebt, wo Frau Záveská vielleicht die Kraft verlassen und Herr Záveský vielleicht die Schrittkombination für den Tritt in den Hintern seiner Frau Gemahlin gefunden hatte.

*Die Sextanerin**

Die größten Kindsköpfe in unserem Städtchen waren die Erwachsenen, die allergrößten aber waren jene Bürger, die Theater spielten. Ich kannte sie alle, denn sie versammelten sich regelmäßig bei uns in der Brauerei, wenn ein Schwein geschlachtet wurde, wenn die Rebhühner und Hasen eintrafen und wenn die Zeit der Proben anbrach. Alle zwei Monate nahm sich unsere Laienspielgesellschaft ein neues Stück vor, was zunächst einige Leseprobenabende bei uns notwendig machte, man trank Bier, bestrich die Brote dick mit Schmalz und las dazwischen mit verteilten Rollen. Dann wurde eine Fahrt nach Prag fällig, weil man sehen wollte, wie sie dort das Stück auffaßten. Schließlich brach die schönste Zeit an, es kamen die Abende der Bühnenproben. Mutter gab frühzeitig den Ziegen zu trinken und den Schweinen zu fressen, zog lange vor Probenbeginn das blaue Kostüm an, klemmte das Rollenbuch unter den Arm und begab sich zu Fuß oder per Fahrrad ins Städtchen. Ab diesem Zeitpunkt war sie nicht mehr meine Mutter, sondern jene Frau, die sie in dem Stück verkörpern sollte. Als *Peripherie* von František Langer geprobt wurde, redete Mutter so pragerisch und so ordinär, daß Vater Einblick in ihre Rolle nahm, um zu prüfen, ob sie das aus dem Buch hatte. Als sie die vornehme Dame aus *Die Frau vom Meer* spielte, entfremdete sie sich uns so sehr, daß sie mit Vater nur noch in gereiztem Ton sprach. Und als man ihr die Nora übertrug, war sie zum Vater zunächst überaus freundlich, beinahe unterwürfig, später jedoch, nachdem Nora sich im Stück verändert hatte, drohte sie dem Vater mit Scheidung,

* In der ersten Tschechoslowakei (1918-1938) war die Sexta die sechste Klasse der Mittelschule (Oberschule), eine Sextanerin war somit ungefähr siebzehn Jahre alt.

sie wollte ihn verlassen, und er beruhigte sich erst, nachdem er dem Rollenbuch entnommen hatte, daß Mutters Verhalten jenem der Nora im letzten Akt entsprach. Trotzdem war Vater bei jedem Stück von neuem verunsichert, weil Mutter ihre Bühnenrollen höchst überzeugend ins häusliche Leben übertrug. Vater genoß es darum, daß Mutter auch die Desdemona spielte. Den letzten Akt durchlebte er wie Othello, und er bedauerte nur, daß er nicht selbst die Hauptrolle spielen konnte. Also probte er wenigstens die letzten Szenen mit Mutter, und wie ich beobachten konnte, steigerte er sich dermaßen in die Rolle hinein, daß seine Eifersuchtsszenen echt wirkten, er schleuderte die Mutter einmal zu Boden und schrie sie an, in der einen Hand das Buch und mit der anderen Hand Mutter so fest umklammernd, daß sie vor Schmerz aufschrie und dem Vater vorwarf, ein Rohling zu sein. Vater jedoch wehrte sich damit, daß es so geschrieben stehe, daß er nur gemäß dem Rollenbuch handle. Er wünschte sich, mit Mutter auch gleich noch das Ende zu proben, aber sie sah auf die Uhr und sagte, daß sie nun ins Theater müsse, zur Bühnenprobe; in Wirklichkeit freilich fürchtete sie, vom Vater erwürgt zu werden wie Desdemona von Othello. Vor jeder Abendprobe spazierte Mutter im blauen Kostüm, das Rollenbuch unterm Arm, über den Marktplatz, die Leute grüßten sie, verwickelten sie in ein Gespräch, bildeten einen Kreis um sie, und Mutter erläuterte lächelnd und ausführlich ihre nächste Rolle. Ich stand unter den Arkaden, im Rücken die offene Tür zum Laden des Herrn Rehr, An- und Verkauf von Häuten und Fellen, die solchen Gestank verbreiteten, daß nur herkam, wer wirklich herkommen mußte. Verstärkt wurde der Gestank noch durch einen Berg fauliger Knochen hinter dem Arkadenhaus, diese Knochen karrte dem Herrn Rehr der Schlachthof an, sie waren behaftet mit Fleischresten und Flachsen, die von der Sonne zersetzt und von Ratten abgenagt wurden, beides geschah so gründlich, daß die Tiergebeine in der Dunkelheit phosphoreszierten wie die Zeiger der Kirchturmuhr . . . Ich lehnte also an einer Arkadensäule, auf der gegenüberliegenden Seite des Marktplatzes flanierten junge Leute, die Mädchen spazierten, zu viert eingehängt, in die eine Richtung, die Jungen spazierten, ebenfalls zu viert eingehängt, in die Gegenrichtung, man lachte einander an, rief einander etwas zu, und waren die Viererreihen aneinander vorbei, kam Ungeduld in sie, denn jeder Junge wollte sein Mädchen, jedes Mädchen ihren Jungen möglichst schnell wieder zu Gesicht bekommen, es war ein Treiben, das sich bis zum Finsterwerden fortsetzte. An der Mariensäule ergingen sich die Erwachsenen, die Hände auf dem Rücken verschränkt oder Spazierstöcke zwischen den Fingern, sie schauten jede Weile auf die Uhr, als müßten sie bald zum Zug, meine Mutter hielt sich eine Zeitlang unter den Erwachsenen auf, dann mischte sie sich unter die Jugendlichen, und überall tat sie, als suchte sie jemanden. Ich sah Mutter trotz der beträchtlichen Entfernung an, daß sie niemanden suchte, daß sie nur so tat, daß es ihr einzig und allein darum ging, ihr Rollenbuch zur Schau zu stellen. Sie wollte ihr Anderssein hervorkehren, ihre besondere Auserwähltheit, die sie dem Theaterspielen verdankte, außerdem sollten die Leute reichlich Zeit haben, sie in natura zu betrachten, damit ihnen ein Vergleich möglich war, wenn Mutter auf der Bühne eine ganz andere darstellte. Ähnlich wie Mutter machten es die übrigen Schauspieler, ich kannte sie genau, hatte ich ihnen doch oft genug Schmalzbrote streichen und Bierflaschen bringen müssen, auch sie erschienen in ihren hübschesten Kleidern, wandelten auf und ab, die Rollenbücher unterm Arm, und wurde es dunkel, sah man zehn weiße Rollenbücher umherstolzieren. Gleich Mutter blieben, zeigte jemand nur ein bißchen Interesse, die übrigen Auserwählten der Bühne gern stehen, sie setzten dann ihr freundlichstes Lächeln auf, schwenkten gelegentlich das Rollenbuch oder drehten es gar zu einem Fernrohr zusammen und blickten hindurch. So spielten sich die allergrößten Kindsköpfe auf, ich lehnte reglos an der Arkadensäule, im Rücken den noch immer erleuchteten Laden des Herrn Rehr, noch immer auch eingehüllt von dem schrecklichen Gestank, hier kam niemand vorbei, ich blieb weiterhin ungestört, niemand gewahrte, daß ich mich schämte für die Gesellschaft, die in unserer Brauerei zusammentraf und in Schauspielerei machte und die sich jetzt hier in dieser kindischen Art auf die Proben vorbereitete. In der letzten Probenwoche gingen die theatralischen Damen und Herren vor der Bühnenprobe nicht mehr auf den Marktplatz, sondern direkt ins Theater, erst vor der Generalprobe flanierten sie wieder auf dem Korso, jetzt aber gingen sie zunächst ins Theater, zogen dort die Kostüme an, in denen sie auftreten sollten, und begaben sich dann auf den Marktplatz, wo sie sich ausgiebig vorführten. Danach schritten sie würdig ins Hotel Fürstenhof, um sich mit einem Gläschen zu stärken. Der Herr Apotheker, der den Othello darstellte und das Gesicht bereits geschwärzt hatte, schritt längere Zeit über den Marktplatz, um der Allgemeinheit sein silbernes Gewand und seinen goldenen Gürtel vorzuführen, bevor er sich in den Fürstenhof begab. Mutter jedoch machte es wieder einmal anders als die anderen Theatergeweihten, sie nahm sich ihr Bühnenkostüm nach Hause mit, versorgte in der Woche vor der Generalprobe ihre Ziegen und Schweine im langen Atlaskleid als Desdemona, und begegnete ihr einer unserer Männer, fragte sie freundlich: »Rodrigo, aus Venedig?«, wobei sie sich abwechselnd liebevoll oder unglücklich gab, je nachdem an welche Szene sie gerade dachte. Wegen ihres anderen Verhaltens in der letzten Probenwoche brauchte Mutter vor der Generalprobe somit nicht zuerst ins Theater zu radeln, sie radelte sofort in der langen Robe mitten ins Herz unseres Städtchens, sprang vor der Trafik ab, lehnte das Fahrrad an die nächste Hauswand, hob leicht den Rock, um nicht zu stolpern oder gar zu stürzen, schritt den abendlichen Korso ab und wunderte sich darüber, Othello nicht vorzufinden, den Herrn Apotheker. Dieser freilich stand schon am Tresen des Hotels Fürstenhof und erklärte, ein Gläschen schwenkend, den Umstehenden ausführlich, daß Othello eigentlich ein edler Barbar sei, den ausgerechnet er zu spielen habe. Auf dem Korso traf Mutter nur noch den Herrn Schuldirektor an, Darsteller eines venezianischen Edelmannes, der hier noch einmal übte, was er schon die ganze Woche geübt hatte, nämlich Kehrtwendungen mit dem Rapier, das Schreiten in hochhackigen Stiefeln und Grußbezeigungen mit dem venezianischen Hut, der von Straußenfedern schwer war. Neben *Othello* mit dem eifersüchtigen Mohren schätzte Vater am meisten ein Theaterstück mit dem Titel *Der Schatten.* Mutter hatte sich für ihre Rolle in dem Stück einen Rollstuhl geliehen, denn sie spielte die Heldin, eine Kranke, die vom Anfang bis fast zum Ende des Stückes an einen Rädersessel gefesselt war. Also fuhr Mutter eine Zeitlang zu Hause im Rollstuhl herum. Als ich sie darin zum erstenmal gesehen hatte, war ich gewaltig erschrocken, denn sie versuchte gerade, aus dem fahrbaren Untersatz aufzustehen, und scheiterte kläglich. Vater jedoch schob sie voll Lust aus einem Zimmer ins andere, wobei Mutter große Reden mit sich selbst führte, denen zu entnehmen war, daß ihr Mann ein berühmter Maler sei und in seinem Atelier herrliche Bilder schaffe, daß Mutter aber nicht zu gehen vermöge und sich sehnlich wünsche, bald zu genesen, um das Atelier, das am anderen Ende von Paris lag, besuchen zu können. Der Vater lebte in den Tagen dieser häuslichen Theaterproben auf, er schob Mutter und hörte geduldig ihre Rolle ab, so daß ich bald die Überzeugung gewann, Vater hätte es gern gesehen, wenn Mutter nicht mehr gehen könnte, wenn sie ein Leben lang im Rollstuhl sitzen müßte wie in dem Stück mit dem Titel *Der Schatten.* Es kam zu einer Szene, die so recht veranschaulichte, daß Mutter eine echte Schauspielerin war. Ihre Rolle verlangte, daß sie sich im dritten Akt unter Aufbietung aller ihrer Willenskräfte aus dem Rollstuhl erhob, und sie machte es mit einer Meisterschaft, die mich vergessen ließ, daß es sich nicht um Wirklichkeit handelte. Sogar Vater wünschte der Mutter auf einmal, sie könnte gehen, Schritt für Schritt zum Taxi gelangen und die Treppe zum Atelier hinauf bewältigen, obwohl sie dann erfahren würde, daß ihr Mann dort mit einer fremden Frau zusammenlebte . . . Als die Mutter ihren Mann mit einer anderen sah, wenn auch nur im Geiste, brach in ihr etwas, erschüttert schlich sie hinaus, Fuß vor Fuß setzend durchquerte sie den Hausgang, stieg die Eingangsstufen hinunter und erreichte den Brauereihof, wo sie sich an eine Wand lehnte, so daß die Brauereileute meinten, sie habe einen Hexenschuß. Als sie wieder zurückkam, noch immer gebrochen, ließ sie sich in den Rollstuhl sinken, den Vater ihr hingeschoben hatte, sie breitete die gewürfelte Decke über ihre Knie, der Vater freute sich wieder, schob sie aus einem Zimmer ins andere, und die Mutter sagte immer wieder probend: So werde ich bis an mein Lebensende fahren müssen. Auf diese Weise kam Vater wenigstens eine Woche lang in den Genuß, Mutter so zu haben, wie er sie immer hätte haben wollen. Im Lauf der Jahre lernte ich auf solche Art etliche Theaterstücke kennen, aber ich schaute mir keine einzige Aufführung an. Ich wußte, wenn ich im Theater, an einer Balkonsäule lehnend, meine Mutter auf der Bühne sähe, würde ich rot anlaufen, es könnte ja etwas Beschämendes passieren. Mir jagte allein schon der Gedanke, daß der Vorhang aufgehen und Mutter als eine ganz andere auf der Bühne erscheinen würde, einen nicht gelinden Schrecken ein, denn ich hätte sie nicht nur anders sehen müssen, als sie wirklich war, sondern auch noch anders, als ich sie mir wünschte. Ich mochte füllige Mütter, die immer daheim waren und sich Sorgen um die Familie machten, ähnlich dem Vater hätte ich sie lieber im Rollstuhl gesehen als in ständiger Tanzbewegung. Mir war es schon zuviel, wenn die Leute im Städtchen zu mir traten und mir anerkennend auf die Schultern klopften, einzig dafür, daß ich der Sohn jener Frau war, die so großartig Theater spielte. Mitunter behandelten sie mich sogar, als würde ich selbst Theater spielen. Ging ich vor oder nach der Schule auf den Korso, verließ mich auch da ein gewisses Schamgefühl nicht, ich konnte nie für mich sein, viele Leute grüßten mich, winkten mir freundschaftlich zu, obwohl ich sie entweder nur vom Sehen oder gar nicht kannte. Darum begab ich mich oftmals auf Schleichwegen ins Städtchen, darum stand ich gern unter den Arkaden, im Rücken die Häute-, Felle- und Knochenhandlung als engelhaften Schutz, ja, der Herr Rehr war mein Schutzengel, sein Knochenberg hinterm Haus und der Gestank seiner Häute und Felle im Haus gaben mir die Garantie, gemieden zu werden, allein und nur für mich sein zu können ...

Unsere Theatergesellschaft spielte um des Spielens willen, sie gab sich ihrer Leidenschaft also auch dann hin, wenn das Darzustellende die örtlichen und zeitlichen Möglichkeiten überstieg. Im Winter begannen die Proben zur *Sextanerin*. Wieder kamen die Damen und Herren, die uns sonst wegen des Schweinernen, der Rebhühner und der Schmalzschnitten zu besuchen pflegten. Ich mischte mich seltener denn je unter die Leseprobenden, saß vielmehr wie angewurzelt in der Küche, glaubte ich doch, nicht mehr recht zu sehen und zu hören. Mutter würde die Sextanerin spielen! Was mir zwar, wenn ich das Vorgelesene bedachte, als durchaus möglich erschien, aber ihr Alter stimmte doch nicht! Und ihre Mitschülerinnen im Stück erst, die würden von ausgewachsenen dicklichen Frauen verkörpert werden! Anfangs hatte ich gedacht, unsere Theaterbegeisterten spielten dieses Stück aus Jux, jedoch schon bei der zweiten Leseprobe hatte ich feststellen müssen, daß zumal die Damen es ernst meinten, daß sie überzeugt waren, flotte Sextanerinnen könnte niemand spielen außer ihnen, den dicken Frauenzimmern. Alle waren sehr bemüht, sie hopsten im Zimmer umher, und als Mutter nach Beendigung der Leseproben ins Theater zu den Bühnenproben ging, tat sie es als Táňa, die unsterblich in den Professor Sychrava verliebt war. Probte die Mutter für sich zu Hause, bot sich Vater als Partner an, er band sich eine Augenbinde um und verliebte sich theatralisch in die Mutter. Er stöhnte selig, wenn er Mutter Antwort zu geben hatte, in seiner Stimme lag dann ein Beben, das nachzuhallen schien, und die Schlußszene des ersten Aktes, wo Táňa aus der Klasse rannte und dabei ein Taschentuch fallen ließ, führte er mit Mutter in allen

Einzelheiten auf, unter dem Vorwand, daß Mutter sie noch besser beherrschen lernen müsse. Das Taschentuch auf dem Boden hob Vater niederkniend auf, er küßte es, streckte es zur Zimmertür hin, hinter der Mutter verschwunden war, und flüsterte: »Táňa!« In der Zeit der Bühnenproben stellte Mutter die Nähmaschine zurecht, und zu uns kam eine Schneiderin, die nach Maß Schülerinnenkleider anfertigen mußte für die Mittelschülerin Sovová und die Mittelschülerin Mráčková und die Mittelschülerin Valášková, genannt Benjamin, sowie meine Mutter, jede bekam einen marineblauen Faltenrock, der über den Knien endete, außerdem erhielt jede eine Matrosenbluse und ins Haar eine große weiße Schleife. An jenem Abend, an dem die Kostüme fertig wurden, stellten sich die Frau Apothekerin und die Frau Gerichtsrätin und die Frau Lehrerin vorzeitig bei uns ein; strahlend begannen sie mit der Einkleidung, die im hinteren Zimmer stattfand; es wurde gelacht und gekichert, denn die Damen lebten schon in ihren Rollen. Der umfängliche weibliche Benjamin rief: »Mädchen, wir kriegen einen neuen Professor, er ist ein schöner Mann und hat nur ein Auge.« Die Mráčková rief: »Das eine reicht, denn könnte er uns mit beiden Augen sehen, würde er gleich in der ersten Stunde davonlaufen.« Darauf die Valášková: »Dann werden wir ihn den einäugigen Žižka nennen!« – »Und der soll uns etwas beibringen?« – »Schade, daß er nicht im Fach Liebe unterrichtet! Ich würde Nachhilfestunden nehmen!« Mir kamen sonderbare Gefühle, Endzeitgefühle. Ich saß in der Küche, lehnte an der Wand, kalter Schweiß trat mir auf die Stirn, Röte überzog mein Gesicht. Ich schämte mich. Daß mit dem Theaterstück über die Sextanerin ein Ende gekommen war, wurde mir so recht klar, als die Tür aufflog und die ausgelassenen, übermütigen Mittelschülerinnen ins hellere Licht des Wohnzimmers stürzten, das ich von meinem Küchenplatz aus gut einsehen konnte. O weh!, die Faltenröcke, die Matrosenblusen, die Riesenschleifen auf den Köpfen, die Art, untergehakt zu hopsen und dabei in die hohle Hand zu kichern, die Art auch, auf den hohen Absätzen zu stöckeln, kein Zweifel, das war das Letzte, das Allerletzte. Erst nach den drei anderen sprang Mutter ins Wohnzimmer, auch mit dem unnatürlichen Sextanerinnenlachen, es war quälend, diese vier Frauen wußten sehr wohl, daß sie taten, als sei nicht wahr, was nach ihrer Meinung nicht wahr sein durfte, nämlich daß sie schlichtweg untauglich waren, Sextanerinnen zu spielen. Dagegen half auch nicht, daß sie einander bei den Händen hielten und eine der anderen die Kraft zu dem Glauben gab, Unmögliches werde unter Umständen möglich. Sie alberten weiter herum, quiekten, pfiffen, kicherten, knickten immer wieder auf den Absätzen um, zogen schließlich ihre Pelzmäntel an und staksten ins Städtchen, wo sie sich auf dem Korso zeigten, wo sie im Hotel Fürstenhof einen Tee schlürften, wo sie alles taten, um sich den Leuten als lebende Reklame vorzuführen und ihnen zu verdeutlichen, was demnächst im kleinstädtischen Theater gespielt werden würde. An jenem Abend dämmerte mir, daß Onkel Pepin mit seiner Seemannsmütze eigentlich ein ganz normaler Mensch war.

Ich saß auf dem Hocker, mit dem Rücken an die Wand gelehnt, und dachte an das hübsche Mädchen aus der vierten Bürgerschulklasse – die Tür zu unserem Klassenzimmer öffnete sich, sie trat ein und richtete dem Herrn Schuldirektor aus, daß der Herr Dechant darum bitte, mich der Mädchenschule auszuleihen, man werde mich nach einer Weile wieder zurückgeben. Ich durfte mitgehen, das Mädchen trug eine Matrosenbluse wie ich, sie führte mich zum Dachboden der Knabenschule vor eine blechverkleidete Tür, diese schloß sie auf, wir betraten den Dachraum, der in schummriges Licht getaucht war, sie schloß hinter uns ab und führte mich unter dem Gebälk weiter. Auf halbem Weg drehte sie sich um, ließ mich beinahe auflaufen, wir standen knapp voreinander, berührten uns fast, ihre Bluse hob und senkte sich, so atemlos war sie, ach, wir konnten einander spüren, sie duftete nach Rosen und Traubenkirschen, ihr Blick senkte sich in meinen, ich begann ebenfalls schwer zu atmen, schlug die Augen nieder, sie tippte mit dem Zeigefinger auf meine Brust und fragte flüsternd: »Ist es wahr?« Obwohl ich wußte, was sie meinte, fragte ich zurück: »Was?« Sie sagte, ich hätte doch eine nackte Meerjungfrau auf die Brust tätowiert. Als ich nickte, wisperte sie: »Kann ich sie mir ansehen, darf ich?« Ich nickte wieder, war aber auf einmal zu schwach, den blauweißen Latz von meiner Matrosenbluse zu knöpfen. Sie tat es selber, nestelte mit zitternden Fingern an den Verschlüssen, schaute mich unsicher an, als sie meine Bluse auseinanderzog, und weil sie einen Moment lang reglos verharrte, hob ich den Blick, da hauchte sie mit staunenden Augen: »Ist die schön!« Sie zog mit dem Finger die Tätowierung nach, plötzlich aber knallte irgendwo eine Tür, rasch schloß sie, die hübsche Ältere, meine Bluse, knöpfte den Latz an, streckte mir die Hand hin, ich ergriff sie, spürte, daß sie zart war, weich wie die Ochsen am Hals, das Mädchen führte mich weiter, ich wünschte mir, immer so von ihr geführt zu werden, denn ich führte mich selbst durch sie, wohin es auch gehen mochte, immer und ewig hätte ich diese Mädchenhand in meiner Knabenhand halten wollen. Aber schon war es aus, das Mädchen öffnete eine zweite blechverkleidete Tür, wir befanden uns in der anderen Gebäudehälfte, der Mädchenschule, meine Führerin schloß ab, ging mir voraus, ein Stockwerk tiefer öffnete sie eine Klassenzimmertür, und ich sah auf dem Hintergrund des hellen Fensters den hochgewachsenen Herrn Dechanten. Der hob mich sogleich aufs Podium und sagte: »Söhnchen, die Mädchen der vierten Bürgerschulklasse hier wissen nicht, wie das mit der Verwandlung des Saulus in den heiligen Paulus war. Setze sie ins Bild.« Mein Blick schweifte durchs Klassenzimmer, die Hälfte der Mädchen trug Matrosenblusen, alle sahen mich groß an, meine Führerin aber hob lächelnd den Schlüssel, als geheimes Zeichen. Ich schlug im Geist die betreffende Seite im Bibelkundebuch auf, vergegenwärtigte mir auch die dazugehörige Abbildung, die ich mit Buntstiften angemalt hatte, und trug vor, was ich so oft abends im Bett gelesen hatte, die Geschichte, wie Saulus auf dem Pferd ritt und vom Blitz auf den Erdboden geschleudert wurde . . . Nachdem ich die Geschichte, wie sie im Buch stand, im Geist ziemlich genau abgelesen hatte, musterte ich die Mädchen, sie wirkten jetzt bedrückt, der Herr Dechant aber rief mit freudiger Genugtuung: »Mädchen, schämt euch, der Junge aus der fünften Volksschulklasse weiß es besser als ihr! – Ich danke dir!« Das Mädchen mit dem Schlüssel erhob sich, wir stiegen zur Blechtür hinauf, sie, die hübsche Ältere, schloß auf und hinter uns ab, wir waren wieder allein auf dem Dachboden zwischen den beiden Schulhälften, doch diesmal blieb sie nicht stehen, wollte nichts von mir wissen, nahm mich nicht mehr bei der Hand, sie ging mir nur voraus, schloß die andere Tür auf und hinter uns ab, ein Stockwerk tiefer öffnete sie die Tür zu meiner Klasse und richtete den Dank des Herrn Dechanten aus. Ich setzte mich, völlig verwirrt, starrte vor mich hin – wie jetzt in der Küche, nachdem Mutter mit den anderen Sextanerinnen zur Bühnenprobe ins Städtchen gegangen war.

Die Sextanerin wurde ein Riesenerfolg, bei der Premiere klatschten die Zuschauer unsere Mutter gleich nach dem ersten Akt heraus, aber auch die übrigen Schauspieler wurden herausgeklatscht, geradezu stürmischen Beifall erhielten Táňas Mitschülerinnen. Der zweite Akt jedoch sollte trotz noch größeren Erfolges ein ganz anderes Ende nehmen. Der Herr Schuldirektor hob als Professor Sychrava das Taschentuch auf, das Mutter hatte fallen lassen, er preßte es an die Lippen und küßte es, streckte die Arme nach der entschwundenen Táňa aus und rief: »Táňa . . .«, der Vorhang senkte sich langsam, der Farbscheinwerfer zauberte auf Professor Sychrava und seine schwarze Augenbinde das Rot-Blau-Weiß der Staatsflagge, der Vorhang erreichte den Boden, die Zuschauer sprangen auf und riefen: »Bravo! Bravo!«, der Vorhang hob sich wieder, hervor aber trat der Regisseur, Herr Druckereibesitzer Minář, und verkündete mit belegter Stimme, die Vorstellung müsse leider abgebrochen werden, weil die Hitlerischen Reichstruppen, die in den Morgenstunden die Staatsgrenze überschritten und mittags Prag erreicht hätten, eben in unser Städtchen eingezogen seien. Die Einwohnerschaft werde aufgerufen, Ruhe und Ordnung zu bewahren . . . Das Publikum, das seit dem Morgen schon Bescheid wußte, blieb sitzen, doch als vom Marktplatz die Nachricht kam, es schneie und an der Mariensäule stehe eine Kolonne bewaffneter und behelmter Kradfahrer, da standen die Leute auf und gingen gereizt aus dem vorzeitig beendeten Abend in die Nacht hinaus, wo im Schein der Gaslaternen Angehörige der fremden Armee zu sehen waren, Männer in Gummimänteln, Gummistatuen, naß vom schmelzenden Schnee. Die Sextanerinnen, ihre Pelzmäntel um die Schultern, liefen ebenfalls in die Nacht, ihre weißen Schleifen leuchteten, ins Hotel Fürstenhof rannten sie, um dort den heißen Tee zu trinken, den sie im dritten Akt als Sextanerinnen hätten trinken sollen, wie sie ihn einst als Mittelschülerinnen oft nach dem Eislaufen mit den Studenten auf dem Žofín getrunken hatten.

Wir hätten Sprachlehre haben sollen, doch der Herr Schuldirektor gebot uns Schülern, im Schulhof Aufstellung zu nehmen. Dann führte er uns zum Marktplatz. Anfangs dachten wir, er führe uns unter die Arkaden, zu jenem Haus, in dem Friedrich der Große nach der verlorenen Schlacht von Kolín Rast gemacht hatte. Aber der Herr Schuldirektor führte uns weiter, in die Mitte des Marktplatzes. Da dachte ich, er wolle uns den nicht mehr vorhandenen Brunnen zeigen, in den einst vom Türkischen Turm, der städtischen Wasserreserve, das Wasser durch Holzröhren geleitet worden war, auf denen der große Friedrich vor dem Schlafengehen gesessen und die Gründe für seine Niederlage durchdacht hatte. Aber der Herr Schuldirektor führte uns noch ein Stück weiter, zur Mariensäule, die einst vor der Pest hatte schützen sollen. Hier hieß er uns halten, und wir meinten, er werde uns erläutern, daß die Ankunft der deutschen Okkupationstruppen etwas ebenso Schlimmes sei wie vor langen Zeiten die Pest. Aber auch dies erfüllte sich nicht. Der Herr Schuldirektor lenkte unsere Aufmerksamkeit auf eine Tafel, an der eine in deutscher und tschechischer Sprache abgefaßte Bekanntmachung an die Bevölkerung hing. Auf der tschechischsprachigen Seite stand zu lesen, daß die deutsche Armee gekommen sei, um das tschechische Volk vor Feinden zu schützen, und wer sich dagegen auflehne, werde vor ein Kriegsgericht gebracht. Unterzeichnet hatte der Kommandant der Okkupationstruppen Blaskewitz. Der Herr Schuldirektor zog den Rotstift heraus und strich zehn grobe Fehler an, dann noch zehn Verstöße gegen den Geist der tschechischen Sprache. Danach schrieb er unter Blaskewitz: Aufbau 3, Rechtschreibung 5. Und zu uns sagte er, dies sei ein Beispiel dafür, wie man nicht schreiben dürfe, denn wer derart grobe Fehler mache, könne sich nicht als Repräsentant einer Kulturnation ausgeben, und beim Kommandeur einer Reichsarmee, der so schreibe, könne man von vornherein annehmen, daß er verlieren werde, weil nur derjenige besser sei, welcher sich besser auszudrücken vermöge. Wir kehrten in die Schule zurück.

Noch heftiger erregte die Ankunft der deutschen Okkupationsarmee einen Metzger, der Ausschlachter im städtischen Schlachthof war, Herrn Vašíček. Zwei Jahre zuvor hatte er begonnen, auf dem Fahrrad durch die umliegenden Dörfer zu fahren und zu verkünden, die letzte Schlacht werde anbrechen, und die Menschen sollten Buße tun, um auf diese letzte Schlacht vorbereitet zu sein, die von der Engelsschar unter Lenkung des Erzengels Gabriel persönlich geführt werden würde. Die Leute hatten ihn ausgelacht, Herr Vašíček jedoch kündigte weiterhin die letzte Schlacht an, die er Armageddon nannte. Auf das Lachen der Leute reagierte er, indem er sie Armageddon schimpfte. Dies wiederum trug ihm den Spitznamen Armageddon ein. Seither verkündete der Metzger Herr Armageddon seine Botschaft, und weil er nicht redebegabt war und ein bißchen stotterte, kaufte er sich ein Koffergrammophon, verstärkte den Gepäckträger an seinem Fahrrad und ließ, statt selbst zu reden und zu predigen, eine Schallplatte laufen, die über einen Verstärker nun Armageddon ankündigte. Als die Deutschen mit ihren Truppen kamen, jubelte Herr Armageddon. Er dachte und vermeldete es auch im Städtchen sowie auf den Dörfern, die Reichsarmee sei jenes Heer, gegen welches die himmlische Armee der Engel unter der Führung des Erzengels Gabriel in die letzte

Schlacht ziehen werde, und danach werde endlich ewiger Weltfriede herrschen. Dessen war sich Herr Armageddon so sicher, daß er noch eine zweite Schallplatte kaufte, und wenn die erste Armageddon-Platte abgelaufen war, ließ er die zweite laufen, auf der eine Blaskapelle spielte und ein Chor sang: »Die letzte Schlacht ist angebrochen . . .« Unserem Herrn Bürgermeister kamen schwere Bedenken, vor allem wegen der zweiten Platte, und nicht anders erging es den übrigen Bewohnern unseres Städtchens. Blieb Herr Armageddon, Metzger und Ausschlachter im städtischen Schlachthof, mit seinem Fahrrad irgendwo stehen, flohen die Leute, sie wollten nichts hören, verstopften sich die Ohren und beteuerten, weder etwas gehört noch etwas gesehen zu haben, ja, sie vermöchten sich an nichts, rein gar nichts zu erinnern. Alle flohen vor dem Metzger mit den Schallplatten, wie sie früher vor dem Vater geflohen waren, um nicht von Samstag bis Sonntag für kurze zwei Stunden die Gegenmuttern halten zu müssen. Bald verbreitete sich die Nachricht, die Deutschen hätten wegen Aufwiegelei bereits einige Leute eingesperrt. Darum leerten sich fortan bei der Ankunft des Metzgers Herr Armageddon überall Lokale, Märkte und Korsos, die Leute liefen auseinander, denn es wußte wohl ein jeder, daß Herr Armageddon recht hatte, doch es fürchtete ein jeder die Wahrheit, will sagen: Herr Jedermann wollte lieber lebendig wie ein Hündchen als so tot sein, wie es ein Löwe im Zoo ist. Als sich Soldaten in dem großen Haus gegenüber dem Gerichtsgebäude einquartierten, fuhr der Metzger mit seinem Fahrrad hin. Es war Nachmittag, er lehnte sein Fahrrad an die Mauer, hob den Deckel seines Koffergrammophons, baute sich breitbeinig vor dem dreistöckigen Haus auf, an dem in Höhe des zweiten Stockwerks die Aufschrift prangte: ›Durch die

Fenster trete frische Luft ein, guter Wille durch die Tür‹, er stemmte die Hände in die Seiten und rief in die offenstehenden Fenster: »Söldner, die letzte Schlacht ist entflammt, wo seid ihr? Kommt heraus!« Doch aus den Fenstern antwortete ihm nur Schreibmaschinengeklapper. »Büttel, ihr habt wohl Angst vor der letzten Schlacht? Armageddon!« rief der Metzger zu den Fenstern hinauf, verharrte in seiner breitbeinigen Stellung und warf haßerfüllte Blicke auf das Haus. Dieses blieb still, nur eine Schreibmaschine klapperte weiter und klingelte am Ende jeder Zeile.

Herr Armageddon zog sein Grammophon auf und ließ die zweite Platte spielen, die Platte mit der Blasmusik und dem Chor: »Die letzte Schlacht ist angebrochen, wir setzen uns in Marsch . . .« In einem Fenster erschien der Kopf eines Reichssoldaten, im zweiten Fenster ebenfalls, aus dem dritten Fenster fuhr der Kopf des Kommandanten, gleich darauf erklangen im Inneren des Hauses Befehle und das Stampfen von Stiefeln, aus der Tür stürzten drei Soldaten, einer schlug mit dem Gewehrkolben den Metzger nieder, ein anderer holte mit seiner Waffe hoch aus, das Bajonett blitzte, das Gewehr sauste nieder und zerschmetterte die Schallplatte samt dem Grammophon. Plattenscherben und Grammophonteile lagen auf dem Pflaster in der Sonne, sirrend hüpfte die herausgesprungene Feder über das Pflaster bis zum Gerichtsgebäude, an dessen Mauer sie wie warnend nachwippte. Ein Militärauto kam angebraust, die Soldaten hoben den blutenden Herrn Armageddon auf, er lachte jedoch nur und rief, als er schon unter der Plane lag: »Armageddon, Armageddon!«

Rundum rührte sich nichts, lediglich aus dem Gerichtsgebäude trat ein bleicher Beamter, er trug einen schwarzen Anzug mit grünem Besatz am Kragen, sorgfältig sammelte

er die Scherben der Schallplatte auf und tat sie in einen großen Briefumschlag.
Ich stand unter den Arkaden, hatte die offenen Türflügel am Laden von Herrn Rehr wie die zwei Flügel eines Schutzengels hinter mir und schaute in die Gerichtsgasse, zu dem Haus, wohin man den Metzger Herrn Vašíček abtransportierte. Und ich erkannte, daß die Deutschen fortfuhren, grobe Fehler zu begehen, wie es die Rechtschreibung auf der von General Blaskewitz unterzeichneten Bekanntmachung an die Bevölkerung war, und später las ich in der Zeitung, daß die Deutschen gleiche Rechtschreibfehler in Polen und dann in Frankreich und Belgien machten, es waren lauter grobe Fehler, welche die Deutschen an den Menschen und Völkern begingen, Fehler, die sie gar nicht unterlassen konnten.
Als ich unter den Arkaden Zeuge des Abtransports von Metzger Vašíček wurde, ordnete hinter mir Herr Rehr in seinem Laden zum letztenmal seine Waren, er schloß auch seine Bücher ab, weil von einem Juden niemand für gelieferte Knochen, Häute und Felle mehr Geld entgegennehmen durfte, ich hatte auch gehört, Herr Rehr würde irgendwohin nach Polen fahren müssen, nach Galizien, woher er stammte.
Der traurige Tag kam. Ich stand wieder unter den Arkaden, hatte diesmal die geschlossene Tür des Ladens von Herrn Rehr hinter mir und schaute zur Mariensäule, ich schaute zu der Bank dort, auf der Herr Rehr mit seiner Frau und seinem Sohn Egon saß, umgeben von Koffern und Paketen. Frau Rehr blickte mit bleichem, starrem Gesicht zu Boden, ihre Hand ruhte auf dem schmächtigen Egon, der in die zweite Klasse ging. Niemand bewachte die Familie Rehr, doch mir war klar, daß sie aus der Ferne bewacht

wurde. Man hatte den Rehrs nur gesagt, sie sollten auf dem Marktplatz warten, ein Armeelaster werde die Juden in den umliegenden Ortschaften und anderen Kleinstädten einsammeln, und dann würden auch sie abgeholt. Alle zusammen würden schließlich nach Galizien gebracht. Ich wunderte mich, daß man gerade Herrn Rehr für den Transport ausgewählt hatte, denn es gab niemanden, der so begeistert und gut wie er den Handel mit Knochen, Häuten und Fellen zu betreiben wußte. Herr Rehr hatte sein Lächeln auch dann nicht verloren, wenn im Sommer der Knochengestank direkt in seine Wohnungsfenster gezogen war. Ich stand noch vor dem geschlossenen Laden, als aus der Brückengasse der irrsinnig gewordene Bruder des Herrn Rehr auftauchte, Oskar mit Vornamen. Oskar Rehr hatte, angetan mit Kaftan und Schaftstiefeln, die Knochen bewacht, wenn sie zum Eisenbahngleis an der Elbe geschafft worden waren, von wo sie in Güterwaggons weiterbefördert wurden. Dabei hatte er immer solchen Durst bekommen, daß wir ihm gar nicht genug Biergläser voll Wasser bringen konnten, er trank manchmal zehn, manchmal sogar fünfzehn Halbe. Nicht selten zog er die Stiefel aus und hing die Füße in das an dieser Stelle träge fließende Elbwasser. Er pfiff vor sich hin und sinnierte, man behauptete von ihm, daß er früher fünf Sprachen beherrscht habe, weltgewandt gewesen sei, außerdem ein Meister in der Philosophie, der alles habe zu Ende denken können und darum verrückt werden mußte. Da er nun alles vergessen hatte, war ihm die Bewachung der hohen und langen Knochenhalden übertragen worden, die so fürchterlich stanken, weil die an den Knochen haftenden Fleischreste und Flachsen von der Sonne zersetzt wurden. Oskar sagte zu jedem, der ihn ansprach, dasselbe: »Fünf Minuten weise sein.« Beim

Gehen schleppte er den Kaftan nach, sein schwarzer Hut rutschte ihm immer weiter in den Nacken, und er schlenzte gern die Hand auf den Rücken, bis zur anderen Hüfte. So auch strebte er jetzt der Mariensäule zu. Seinen Koffer trug der Křesálek, mein ehemaliger Mitschüler, der kaum schreiben und lesen konnte, er hatte in der fünften Klasse die Schule verlassen und seither bei Herrn Rehr als Häute-, Felle- und Knochenlader gearbeitet, zweimal in der Woche war er als Beifahrer im Lastwagen nach Prag gefahren und bis zum Kriegsausbruch mitunter sogar nach München. Křesálek trug den Koffer mit heiterem Gesicht, stellte ihn neben die Koffer des Herrn Rehr und grüßte fröhlich: »Guten Tag, Herr Chef!«
Oskar stand da, die Hand auf dem Rücken, bis zur anderen Hüfte, den großen schwarzen Hut in die Stirn gezogen, er zupfte an seinen Schläfenlocken, die er mit Zuckerwasser geringelt hatte. Křesálek setzte sich auf den Sockel der Mariensäule, er begann seinen neuen Anzug abzusuchen, schon in der Schule hatte er es nicht lassen können, an jedem heraussstehenden Faden zu ziehen und so nach und nach eine Hose oder Jacke aufzutrennen. Auch an dem neuen Anzug, den ihm Herr Rehr vor einer Woche gekauft hatte, entdeckte er nun einen Faden, und während er auf die Abreise seines Chefs wartete, zogen seine Finger flink einen Faden nach dem anderen heraus, an einem Hosenbein hatte er die Nähte schon bis übers Knie aufgetrennt. Herr Rehr hielt nicht mehr Ausschau nach dem Lastwagen der Reichsarmee, sondern schaute erbost drein, wie er es immer getan hatte, wenn er Křesálek hinter einem Knochenhaufen mit dieser Unart beschäftigt wußte. Unsicher, ob er eingreifen sollte, blickte er auf die flinken Finger, dann wanderte sein Blick zu Oskar, der reglos dastand, den Saum des Kaftans

auf dem Pflaster, den Kopf im Nacken und den Blick in den Himmel gerichtet, gegen den sein schwarzer Hut wie ein Heiligenschein wirkte. Herr Rehr wollte schon aufspringen, da fragte sein Sohn Egon:
»Papa, können wir nicht heimgehen?«
Dies trieb Herrn Rehr vollends die Zornröte ins Gesicht, mit wenigen Sätzen war er bei Křesálek und gab ihm eine Ohrfeige, von oben herab, wie wir sie in der Schule vom Herrn Dechanten einfingen, wenn wir es am wenigsten erwarteten, Křesáleks Kopf flog nach vorn, sein Kinn schlug auf seine Knie, er hob den Kopf langsam wieder, es war wie immer ein jähes Erwachen, überrascht betrachtete er sein bis zum halben Oberschenkel nacktes Bein. Herr Rehr stand über ihm und brüllte ihn an, darum bemerkte er nicht, daß sich aus der Brückengasse ein Militärlaster näherte. Als der Laster vor der Bank an der Mariensäule hielt, konnte man unter der Plane bleiche Gesichter und verängstigte Augen sehen. Ein deutscher Soldat sprang aus der Fahrerkabine, schlug an der rückwärtigen Bordwand den Riegel auf, die Bordwand fiel rasselnd herunter, dann gab der deutsche Soldat mit einem kurzen Wink seines Gewehrs zu verstehen, daß die Familie des Herrn Rehr hinaufsteigen solle. Die heruntergeklappte Bordwand wies eine Vertiefung auf, aber Frau Rehr war so erregt, daß sie mit ihrer Schuhspitze nicht hineintraf, sie trat immer wieder daneben und rutschte ab. Der Soldat half mit dem Gewehrkolben nach, und die Plane schloß sich hinter Frau Rehr. Egon zupfte seinen Vater am Ärmel, doch dieser brüllte weiter auf Křesálek ein, warf ihm vor, den schönen Anzug, den er, Herr Rehr, ihm zur Repräsentation der Firma gekauft habe, kaputtgemacht zu haben. Der erschütterte Herr Rehr mußte einsteigen, drehte sich aber noch auf dem Lastwagen

um, schlug die Plane auseinander und drohte zu Křesálek hin. Als Egon auf den Wagen bugsiert wurde, weinte er los und schrie:
»Papa, ich will nach Hause!«
Seine Stimme hallte über den Marktplatz, schwebte zur Statue der Jungfrau Maria auf der Pestsäule empor, aber niemand hatte etwas gehört, niemand konnte sich später erinnern, niemand wollte etwas wissen. Bevor Oskar auf das Militärfahrzeug gehievt wurde, zuckte er mit den Schultern und sagte:
»Fünf Minuten weise sein.«
Křesálek, der geholfen hatte, die Koffer aufzuladen, rief dem abfahrenden Laster nach:
»Auf Wiedersehn, Herr Chef!«
Er setzte sich wieder auf den Sockel der Mariensäule, betrachtete einige Augenblicke lang das aufgetrennte Hosenbein, trennte es dann weiter auf, immer sorgloser und lustvoller zog er einen Faden nach dem anderen heraus. Als ich am Nachmittag auf dem Marktplatz nach ihm schaute, saß er noch immer da. So hatte ich es erwartet. Seine Hose hätte jetzt bestenfalls als Shorts dienen können, und die Jackenteile hielt lediglich der Kragen zusammen. Armageddon.

Auf dem Marktplatz unter den Arkaden, dort, wo der Schulweg vorbeiführte, betrieb Herr Fuchs eine Buch- und Papierwarenhandlung. Er verkaufte ein Buch nicht ohne weiteres. Zuerst wollte er wissen, wofür es dienen solle, auch für wen es gedacht sei, dann hielt er einen Vortrag über das Buch, und danach erst verkaufte er es. Er war keineswegs erfreut, wenn jemand ein Buch erwerben wollte, das ihm kostbar war, und mußte er sich einmal von einem trennen, ließ er sich sogleich aus Prag ein neues Exemplar kommen, um es im Regal stehen zu haben. Seit Herr Fuchs in Indien gewesen war, hatte er schöne Augen. Beim Verkaufen eines Buches im Dämmerlicht des Gewölbes leuchteten sie, es waren große braune Augen, ein bißchen verschoben, genau wie wenn der Vater an seinem Škoda 430 die Scheinwerfer nicht richtig eingestellt hatte. Mit dem einen schaute er dann in den Straßengraben, mit dem anderen in den Himmel. Wen Herr Fuchs schätzte, dem teilte er weihevoll mit: »Es bessert sich in den Bereichen des Geistes.« Dabei richtete sich das eine seiner schlecht eingestellten Augen in die Ewigkeit, das andere blieb auf der Erde haften, als sollte es ihn erden.

Herr Fuchs war Vegetarier und kaufte nur Gemüse, das man nicht mit Fäkalien gedüngt hatte, er glaubte es beim Einkaufen auf dem Markt an der Ringelung der Stiele und Strünke zu erkennen. Mir begann Herr Fuchs erst im Krieg zu gefallen, als er seinen Lancia, ein Kabriolett, dieses langgezogene Auto, mit dem sonst nur Könige fuhren, wegen Benzinmangels auf Holzgas umrüsten ließ. Hinter dem Rücksitz waren zwei röhrenförmige Kessel angebracht, groß wie Öfen der Marke Musgraves Nr. 14. Jeden

Samstag kamen zwei Maschinisten, machten Feuer in den Öfen des Wagens, den sie unter die Toreinfahrt neben dem Laden geschoben hatten, sie füllten Buchenklötzchen ein, und hatte sich genug Gas gebildet, zog Herr Fuchs seine weiße Fahrerkluft an, schwang sich in den Lancia und machte seine Rundfahrt durchs Städtchen. Welch ein Anblick, wenn er auf den Marktplatz fuhr! Die beiden Maschinisten standen, lange Schürhaken in den Händen, neben den Öfen, man hätte meinen können, der Fürst Thurn und Taxis fahre mit der Prunkkutsche aus, zwei livrierte Diener mit verschränkten Armen auf deren Hochsitzen. So kutschierte Herr Fuchs durch die Gassen und Gäßchen, er fuhr langsam, um jedem, der seinetwegen stehenblieb, freundlich zu versichern, daß es sich in den Bereichen des Geistes bessere. Auf dem Marktplatz drehte er stets zwei Ehrenrunden, die Maschinisten schürten mit ihren Haken das Feuer in den Kesseln, aus denen es rauchte und qualmte, der Herr Buchhändler hielt den Kopf hoch und blickte mit dem einen Auge mitten ins Herz des Unendlichen, mit dem anderen auf die Pflasterung. Kehrte er mit seinem königlichen Gefährt nach Hause zurück, bekam er jedesmal Schwierigkeiten in der Toreinfahrt, die so eng war, daß er hineinfahren mußte wie der Kolben in den Zylinder, doch er traf sie meistens nicht richtig, weswegen ihn die Maschinisten gewöhnlich mit dem Hebezeug in die richtige Richtung bringen mußten. Erst dann gelangte Herr Fuchs in den Hof. Der Lancia war so lang, daß er nicht ganz in die Garage ging, nur die Vorderpartie des Automobils stand unter Dach, die ganze hintere Hälfte ragte ins Freie.

Auch unser Brauereilaster wurde auf Holzgas umgerüstet. Weil bei unserem Chauffeur niemand als Beifahrer mitfahren mochte, bestimmte der Herr Brauführer den Onkel

Pepin für diesen Posten. Früh morgens schon mußte Pepin die Kessel säubern, die vom Vortag noch voller Asche waren, dann machte er Feuer, schüttete aus Säcken Holzstückchen hinein, wartete, bis alles ordentlich brannte und das Holzgas sich bildete. Nun erst luden die Brauereiarbeiter Bierkästen, Fässer und einen Bottich mit Eis auf. Während der Fahrt stand Onkel Pepin, bewaffnet mit zwei langen Schürhaken wie mit Speeren, hinter der Fahrerkabine und schürte noch eine Weile weiter, bevor er auf das Trittbrett turnte und sich neben den Fahrer setzte. Die Umrüster mußten beim Montieren der Kessel freilich einen Fehler gemacht haben, jedenfalls verlor der Laster jeweils nach fünfhundert Metern an Tempo, so daß Onkel Pepin wieder zu den Kesseln zurückturnen und nachschüren mußte, was er, um eine Weile Ruhe zu haben, so ausgiebig tat, daß er an den Händen und im Gesicht schwarz war von Ruß und Rauch. Der Chauffeur hatte ein heiteres Gemüt, er lachte gern und liebte Späße, ihm machte die ungleichmäßige, ruckige Fahrweise seines Praga nichts aus, im Gegenteil, er nutzte sie auf seine Weise. Standen auf dem Marktplatz zufällig einmal viele Leute, hielt er an und sagte zum Onkel:

»Herr Josef, da oben gefällt mir etwas nicht, gehen Sie schüren.«

Während Onkel Pepin auf dem Laster wie wild seines Amtes waltete, bemerkte der Chauffeur trocken:

»Im Krieg haben Sie sowieso bloß immer die Aschenkästen der Kanonen geleert.«

»Was? Sie Ochse!« brüllte Onkel Pepin und schürte so wütend, daß die Funken stoben, aus dem Kessel stiegen Qualm und Gas, das Gas zündete, eine ohrenbetäubende Explosion erfolgte, der Onkel fiel um, und die neugierigen

Zuschauer wurden mit Rauch und Ruß eingedeckt. Der Onkel, dem es die Augenbrauen weggesengt hatte, sprang auf, hielt seinen Schürhaken wie der heilige Georg seine Lanze und schrie:
»Sie Ochse, eine Kanone hat keinen Aschenkasten! Wenn Sie das zum längerdienenden Unteroffizier Brčula gesagt hätten, der hätte Ihnen eine gescheuert und Sie dann ungespitzt in den Boden gerammt! Sie Ochse! Sie Kuh, männliche!«
Hatte der Onkel neu geschürt, nachgelegt, die Deckel geschlossen und die Schrauben festgezogen, stieg er in die Fahrerkabine und rief durchs offene Fenster den Neugierigen, die vorsichtig hinter den Arkadensäulen hervorlugten, lässig zu:
»Und wieder hat der österreichische Soldat gesiegt!«
Unsere Brauereimaschinisten, die den Praga auf Holzgas umgerüstet hatten, bauten und bosselten weiter an der Anlage herum, aber sie bekamen sie nicht richtig hin. Auf jeder Lieferfahrt bockte und ruckte der Laster, als leide er an Schluckauf, ich aber dachte, daß diese Fahrweise von den Lachanfällen des Chauffeurs herrührte, daß er, wenn ihm die Lachtränen kamen, am Lenkrad riß. Unser Chauffeur lachte nicht nur gern, sondern verstand es auch, durch Ein- und Ausschalten des Motors Fehlzündungen zu verursachen, die im Auspuff dermaßen knallten, daß die Leute in Deckung gingen, die ängstlichsten am liebsten gleich in einem Laden hinter der nächsten Ecke.
Der Křesálek und ich, wir waren Klassenkameraden geworden, weil ihn das Lernen nicht mehr gefreut hatte. Er war in der fünften Klasse sitzengeblieben, und hier sollte er bis zum vierzehnten Lebensjahr sitzen bleiben, ohne Aussicht, je richtig schreiben und lesen zu lernen. Standen

Begräbnisse an, gingen wir, der Křesálek und ich, in den städtischen Bauhof, denn dort wohnte Poupa, der gleich Křesálek nicht mehr über die fünfte Klasse hinauskommen und mit ihm bis zum vierzehnten Lebensjahr dieselbe Schulbank drücken sollte. Bie beiden, die in der Klasse ganz hinten saßen, mußten sich schon rasieren, sie spielten im Unterricht oft Karten und tranken Bier. Der Herr Schuldirektor tat gewöhnlich, als sehe er sie nicht. War ein Leichenzug unterwegs, schlüpften wir in den Keller des Bauhofgebäudes, und Poupa, der dort ein Luftgewehr versteckt hatte, jagte dem Leichenwagengaul eine Kugel in die Hinterbacke. Danach brauchten wir nur noch zuzuschauen. Der Gaul, ein Wallach, bäumte sich auf, und der Kutscher drohte von dem hohen Bock zu fallen, der Wallach machte ein paar wilde Sätze, und die Hahnenfeder auf dem Hut des Kutschers wippte komisch. Der Leichenwagen mit dem Sarg drohte den Herrn Dechanten mitsamt seinem Ministranten umzufahren, und der Herr Dechant und die Ministranten rannten um die Wette, wobei es der Ministrant mit dem Tragkreuz am schwierigsten hatte. Es rannte auch der Sängerchor, hinter dem sich der Leichenwagen jetzt befand, der Kutscher versuchte seinen Wallach zu bändigen, es gelang ihm halb, immerhin fiel das Tier in Trab, trotzdem schwankte der Wagen weiter, und der Kutscher merkte nicht, daß hinter ihm einige Kränze vom Sarg rutschten. Die Hinterbliebenen und Trauergäste setzten sich ebenfalls in Trab, um den früheren Abstand zum Leichenwagen wiederherzustellen, einige hoben die Kränze auf und versuchten trotzdem Schritt zu halten, den gemessenen Trauerschritt. Erst beim Kleinen Bahnhof beruhigte sich der Wallach endgültig, und der Leichenzug bekam wieder Ordnung und Würde. Begleitete den Leichenzug eine Kapelle, mußten auch die Musikanten rennen, und weil einem nach dem anderen vom Laufen der Atem ausging, klang das Spiel bald, als drehte sich eine Schallplatte auf einem zuwenig aufgezogenen Grammophon.

Wir drei, ich, Křesálek und Poupa, hockten im Keller und lachten wie im Kino während eines Chaplin-Films. Uns kamen die Tränen wie dem Chauffeur des Brauereilasters, wenn er sich den Jux machte, seinen Holzvergaser vor den Ministranten mit dem Tragekreuz zu fahren und den Motor abzuwürgen.

»Herr Josef«, pflegte er dann zu sagen, »die Kessel ziehen nicht richtig!«

Onkel Pepin sprang wie der Leibhaftige aus der Fahrerkabine, schraubte die Kesseldeckel ab, schürte wie wahnsinnig das Feuer, und wenn der Leichenzug, dem Brauereilaster ausweichend, mit seiner Musikkapelle gerade auf Höhe der Fahrerkabine war, verursachte der Chauffeur, was er ja meisterhaft verstand, eine gewaltige Fehlzündung. Einmal brachte Onkel Pepin im selben Augenblick seine übliche Kesselexplosion zustande, der rote Rauch schoß hoch, verwandelte sich in Qualm und Ruß, sogar der Chauffeur erschrak damals, weil der Praga hinten hochging und die Fässer auf Pepin zurollten, der sich in letzter Sekunde aufs Dach der Fahrerkabine rettete, gleich darauf schlugen die Hinterräder hart auf, der Praga hob vorn von der Straße ab, so ging es noch zwei-, dreimal, bis der Brauereilaster wieder auf allen vieren stand und nur noch im Chassis ausschwang wie ein Schaukelpferd.

Uns wurde im Keller unheimlich, was hatte die kleine Kugel aus Poupas Luftgewehr doch angerichtet, das durchgehende Pferd, der rennende Leichenzug, die ersterbende Musik – Poupa vergrub vor Angst sein Luftgewehr unter

den Kohlen. Als alles vorbei war, rief Onkel Pepin, der bis auf eine angekohlte Jacke und einen versengten Mützenschirm keinen Schaden gelitten hatte, vom Dach der Fahrerkabine:
»Und wieder hat der österreichische Soldat gesiegt!«
Am Fronleichnamsmorgen rief der Wirt des *Katholischen Hauses* in der Brauerei an und meldete, daß ihm das Bier ausgegangen sei. Die Lieferung wurde aufgeladen, und der Chauffeur fuhr mit dem Onkel zum Marktplatz. Dort waren in den vier Himmelsrichtungen vier kleine Altäre aufgebaut, von frisch gefällten jungen Birken eingerahmt und laubenartig überwölbt. Damit die Prozession nicht gestört werde, bedeutete der Wirt winkend dem Chauffeur, auf den Gehsteig zu fahren. Schon näherte sich die Prozession, an ihrer Spitze gingen kleine Jungen und Mädchen, die aus kreppumwickelten Körbchen Blumen streuten, Blütenblätter von Rosen und Pfingstrosen, die Musikkapelle spielte feierlich, vier dicke Herren mit Schärpen trugen im Rhythmus der Musik den Baldachin, darunter schritt der Herr Dechant, die Monstranz mit beiden Händen haltend, hinter dem Baldachin folgten die Gläubigen, alle im Sonntagsstaat oder in neuen Kleidern und jeder mit einem Blumensträußchen. Nach der Andacht am zweiten Altar stürzten sich, wie es einem sonderbaren Brauch entsprach, Gläubige der hinteren Reihen auf die Birken, rissen ihnen die Reiser ab, die Laube sank in sich zusammen, und die Gläubigen versuchten, die bereits weiterziehenden Blumenkinder und den Herrn Dechanten einzuholen, wobei sie ihre Reiser zu kleinen Sträußen zusammenfügten. Die Bäumchen hinter ihnen sahen aus wie ein Birkenhain nach Hagelsturm. Im Zug konnte ich sehen, wie Onkel Pepin die Fässer direkt über die mitgeführte Rollvorrichtung in den Keller des *Katholi-*

schen Hauses beförderte, der lustige Chauffeur stellte ihm das letzte Faß bereit. Bald langte die Prozession am dritten Altar an, der vor dem *Katholischen Haus* errichtet war, die Blumenkinder bildeten ein Spalier für den Herrn Dechanten, der die Monstranz auf dem Altar abstellte, sich tief verneigte und dann die Andacht abhielt. Als sich die Prozession zum letzten Altar in Bewegung setzte, der Herr Dechant erneut unter dem Baldachin dahinschritt und die Gläubigen der hinteren Reihen sich auf die Birkenbäumchen des dritten Altars stürzten, gewahrte ich, daß der Chauffeur, der mit Pepin schon wieder in der Fahrerkabine saß, seinem Beifahrer etwas zuflüsterte. Onkel Pepin turnte auf die Ladefläche, schraubte die Deckel ab und begann zu schüren. Es dauerte nicht lange, da hatte sich das Gas verdichtet, eine rote Wolke stieg auf, und eine Explosion erschütterte den Marktplatz. Die gewaltige Luftbewegung legte die Birkenlaube um, hüllte den Altar ein, die Blumenkinder mit ihren Körbchen wurden umgeweht, der Baldachin hob sich von den Stangen und flog zuerst wie ein Ballon, dann wie ein fliegender Teppich, segelte hin und her, landete schließlich auf Onkel Pepin und bedeckte ihn mitsamt den Kesseln. Einzig der schwergewichtige Herr Dechant blieb stehen, er hielt sich an der Monstranz fest und wartete, bis Rauch und Qualm verflogen waren und der Ruß sich gesetzt hatte. Der Chauffeur löste eine Fehlzündung aus, im Auspuff knallte es zweimal schaurig – womit die feierliche Fronleichnamsprozession beendet war. Die Musikanten, die bei der Explosion vom Luftdruck in die Knie gezwungen worden waren, erhoben sich, Onkel Pepin befreite sich aus dem Baldachin, baute sich mit erhobenen Schürhaken neben den rauchenden Kesseln auf und rief:

»Und wieder hat der österreichische, der kaiserliche Soldat gesiegt!«

Am Nachmittag mußte das Gasthaus *Bei Vejvoda* mit Bier beliefert werden. Herr Vejvoda, der Wirt, bot dem Chauffeur und Onkel Pepin nach dem Abladen je eine Portion Ziegengulasch an, die beiden aßen und schwangen sich dann wieder in die Fahrerkabine des Brauereilasters. Der Chauffeur, müde von der Arbeit und ausnahmsweise einmal mißgestimmt, fand plötzlich sein Lachen wieder, denn in einiger Entfernung wurde der Gesang von Reichssoldaten laut, einer Ausbildungseinheit hannoverischer Offiziersschüler, die nach einer Feldübung in die Kaserne zurückmarschierten. Als man schon ihren Marschtritt hörte, versuchte der Chauffeur den Laster zu starten, doch der Motor sprang nicht an.

»Herr Josef«, sagte der Chauffeur, »wir werden Holz nachlegen müssen. Und wir werden ordentlich schüren müssen.«

Die Ausbildungseinheit der hannoverischen Offiziersschule bog beim Bäcker Kulich um die Ecke, als Onkel Pepin die Deckel abschraubte und mit dem Schüren begann. Die Soldaten schmetterten: »Die Fahne hoch, die Reihen fest geschlossen, SA marschiert . . .«, und sie marschierten an dem Praga vorbei, und Onkel Pepin rumorte in der Kesselfeuerung, wie es ihm der Chauffeur aufgetragen hatte, und wieder erfolgte die Explosion, die Soldaten warfen sich aufs Pflaster, sprangen wieder auf und stoben durch den Qualm und den niederrieselnden Ruß in alle Richtungen auseinander, auch die Bürger in den Nebengassen flohen, rannten in Hauseingänge und Läden hinein. Als sich der Qualm ganz verzogen hatte, stieg der befehlshabende Offizier mit gezogenem Revolver aufs Trittbrett und riß die

Tür zur Kabine auf, der Chauffeur, beide Hände auf dem Lenkrad, schaute ihn an und brachte es fertig, mit dem Fuß die Fehlzündung auszulösen, es knallte zweimal fürchterlich, der Offizier ging zu Boden, rappelte sich aber gleich wieder auf und robbte zu den paar Soldaten, die hinter den Rädern Deckung gesucht hatten. Doch plötzlich sprangen die Soldaten vor, richteten ihre Gewehre auf Onkel Pepin, der schon wieder neben seinen Kesseln stand, Holz nachlegte, die Deckel schloß, die Schrauben zuzog und die Hacken zusammenschlug:

»Melde gehorsamst, fertig!«*

Die hannoverischen Offiziersschüler stellten sich wieder in Reih und Glied auf, der befehlshabende Offizier gab das Kommando zum Abmarsch, die Einheit setzte sich in Bewegung und sang, unter der feldmarschmäßigen Ausrüstung schwer atmend: ». . . denn wir fahren, denn wir fahren, denn wir fahren gegen Engeland.«

Onkel Pepin stieg vorne ein und rief den Bürgern, die zögernd aus ihren Unterschlupfen kamen, durchs Fenster zu:

»Und wie immer, der österreichische Soldat ist Sieger!«

* Deutsch im Original

Auf der Innenseite der Mauer um die Brauerei standen Eschen und Ahorne im Wechsel, in einer Ecke wuchs eine schlanke Pappel. Innerhalb des Brauereigeländes gab es kleinere Obstgärten mit Äpfeln, Birnen und Kirschen, ein großer Kirschgarten zog sich außerhalb der Brauerei bis zum Fluß hin. Vor der Kanzlei stand eine Fichtengruppe. In allen diesen Bäumen nisteten Vögel, überall hörte man Gezwitscher, an schönen Tagen waren manche Bäume mit Vögeln geschmückt wie mit Christbaumkugeln. Zu Beginn des Sommers kamen die Rauch- und Mehlschwalben, zum Winterbeginn aus Norwegen die Gimpel und über die Maurischen Seen die Lapplandmeisen. Senkte sich im Sommer die Abenddämmerung nieder, zeichneten die Mauersegler ihre Flugkurven in den Himmel, und waren sie schlafen gegangen, starteten Eulen und Fledermäuse in die zunehmende Dunkelheit. Die Eulen flogen geisterhaft lautlos, der Flügelschlag der Fledermäuse war nicht lauter als menschliches Atmen. Wegen der Fledermäuse schloß Mutter die Fenster, weil sich einmal eine in ihren Kleiderschrank verirrt hatte. Als sie am Morgen beim Anziehen in eine Bluse geschlüpft war, hatte sie die Fledermaus mit angezogen, das Tier war zu sich gekommen, hatte wegfliegen wollen und sich verheddert, Mutter hatte einen kuriosen Tanz vollführt und aufgeschrien, dann hatte ihr das Entsetzen die Stimme geraubt, weil sie nicht wußte, was sie kratzte, was unter ihrer Bluse rumorte, in ihrer Verzweiflung hatte sie zugeschlagen und das Tier zerdrückt, und als sie gesehen hatte, daß es eine Fledermaus war, war sie in Ohnmacht gefallen, Vater und ich hatten aufgehört zu lachen, weil uns aufgegangen war, daß Mutter uns nicht ihre nächste Theaterrolle vorführte. Die Kohl- und Blaumeisen, die Goldammern, Sperlinge, Finken und Rotkehlchen versammelten sich für die Nacht vor der Kanzlei und schliefen im Geäst der Fichten. Nahm ich die Taschenlampe und leuchtete in die Fichten hinauf, sah ich diese Vögel in ganzen Reihen dort sitzen, eng aneinandergedrängt, ich hätte sie greifen können. Die Fichtengruppe war ein einziger Vogelladen, ich mußte an die bunten Seiten im Vogelkundebuch denken. Bei fortgeschrittener Nacht begannen die Käuze und Uhus zu rufen. Manchmal war es, als hätten sich die Nachtvögel ein Stelldichein gegeben, aus allen Himmelsrichtungen und von allen Dächern und Simsen der Brauereigebäude hob dann wie auf ein Zeichen hin lautes Gellen und Pfeifen, Heulen und Kreischen, Klagen und Knarren an, wir Inwohner der Brauerei wurden dann traurig, dachten an die letzten Dinge des Menschen, weil die geisterhaften Stimmen uns Wehmut ins Herz senkten.

In Sommernächten rollte unser Nachtwächter Herr Vaňátko unter der Linde vor dem Waaghaus seinen Militärmantel auseinander, legte ihn ins Gras, streckte sich darauf aus, sein treues Hündchen Tričko lag ihm zu Füßen, er verschränkte die Hände unter dem Kopf und blickte in den nächtlichen Himmel, vom Firmament fielen ihm die Sterne in die Augen. Sowenig Herr Vaňátko die Uhus und Käuze liebte, so sehr liebte er die Eulen, die zwischen den Bäumen umherflogen, knapp über ihn hinweg; derart leise flogen sie, daß man sie nur sehen, aber nicht hören konnte. Ich jedoch konnte sie hören, wenngleich nicht auf die übliche Weise, sondern so, wie ich es einmal erlebt hatte, als ich in meiner Ministrantenzeit mit dem Herrn Dechanten auf dem Versehgang gewesen war, die Stangenlaterne tragend. Wir waren zu spät gekommen, der Herr Dechant hatte das

Fenster geöffnet, da war die Seele zum Fenster hinausgeflogen und hatte dabei einen Ton von sich gegeben wie eine fliegende Eule. Wenn in einer Nacht die Uhus und Käuze wie auf ein Zeichen hin ihre schrecklichen Stimmen erhoben, rannte der Nachtwächter zur Mälzerei, zum Sudhaus, zur Eiskammer und brüllte zu den Dächern empor, sie, die bösen Nachtvögel, sollten ihr Geistergeschrei beenden, er beschimpfte sie und drohte ihnen mit dem Stock, als wären sie böse Buben, die in seinen Kirschbäumen saßen und die süßen Früchte raubten. Allerdings regte sich der Nachtwächter gern auf, er brüllte und schimpfte gern, vor allem jedoch wollte er zeigen, daß er nicht schlief und seiner Wachpflicht gewissenhaft nachkam. In mancher solcher Stunde, wenn wir beisammen saßen und dem schaurigen Begräbnischor der Nachtvögel lauschten, wies uns Herr Vaňátko nachdrücklich, als unterstriche er Fehler mit roter Tinte, auf das hin, was wir nicht hören wollten, er tat es, indem er die Uhus und Käuze zuerst flehentlich, dann zornig aufforderte, wegzufliegen und nicht länger Tod und Unglück auf die Brauerei und ihre Inwohner herabzubeschwören. Lange nach Mitternacht erst konnte der Nachtwächter erleichtert sein, er kam, klopfte an unser Fenster und meldete pflichtschuldigst, daß sich die Käuze und Uhus hätten gut zureden lassen und daß es über der Brauerei still sei und Ruhe herrsche. Er werde sich jetzt hinlegen, sagte er, mit den Ohren die Brauereikasse bewachen und mit den Augen zu den Sternen schauen. Kaum waren wir wieder eingeschlafen, erklang ein leises Klopfen am Fenster. Bei Wind konnte es geschehen, daß die Äste eines Apfelbaums ins Schwingen gerieten und zart an die Scheibe unseres Fensters pochten. Der Vater hörte etwas, setzte sich im Bett auf, es war kein Ast, sondern eines Menschen

Finger ... War es nicht das Klopfen eines Knochenfingers? Uns fuhr der Schreck in die Glieder, weil im Fenster eine Teufelsfratze auftauchte, das beleuchtete Gesicht wirkte so gräßlich, daß Mutter sich einen Bettzipfel in den Mund steckte. Doch es war nur der Nachtwächter Herr Vaňátko, der seine Taschenlampe schwang, wodurch sein Gesicht bizarr beleuchtet wurde. Er wollte uns zu verstehen geben, daß er uns etwas Wichtiges mitzuteilen habe. Vater öffnete das Fenster, und der Nachtwächter deutete auf Halbgestalten, die uns noch mehr Schrecken einjagten als vorher sein Gesicht, es waren schreitende weiße Beine und sich wellig bewegende Säume weißer Hemden. Die Halbgestalten näherten sich dem Fenster, wurden länger und entpuppten sich als Mälzer und Böttcher in weißen Nachthemden, sie waren ganz verschlafen, hatten zerzaustes Haar und bedeuteten uns durch Handzeichen, daß wir ebenfalls herauskommen sollten, wahrscheinlich wollten nicht sie allein um die Nachtruhe gebracht sein. Die Nacht war warm, auch wir brauchten nichts über die Nachthemden zu ziehen, nur in Schuhe schlüpften wir. Der Nachtwächter führte uns zu den Ställen, während des leisen, vorsichtigen Dahinschreitens brachte er durch sprechende Handbewegungen zum Ausdruck, daß uns etwas Großartiges erwarte, nicht etwa ein in die Gülle gefallener Ochse wie in einer Nacht des vorigen Sommers, auch keine gefesselten Räuber, als welche er im Vorjahr zu mitternächtlicher Stunde dem Vater ein Liebespaar vors Fenster gebracht hatte, nein, es mußte wirklich etwas ganz Außergewöhnliches sein, denn unser Nachtwächter gab sich so feierlich und geheimnisumwittert, wie ich ihn noch nie erlebt hatte. Von den Ställen schritten wir leise, vorsichtig zur Böttcherei, hier drehte sich Herr Vaňátko, der seine Taschenlampe nun an der

Brust hängen hatte, zu uns um und streckte beschwörend die Arme aus, wir sollten noch leiser sein, viel leiser, der Nachtwächter dirigierte uns, als wären wir ein Streichorchester, in dessen Spiel er Getragenheit bringen wollte. Er schritt weiter, bog die hohen Triebe der Kletten auseinander, stieg in das kleine Feuchtgebiet der Melben und anderen großblättrigen Pflanzen, die Taschenlampe leuchtete jetzt nach unten, unsere Mälzer und Böttcher in den weißen Nachthemden zögerten, der Nachtwächter winkte uns weiter, seine Unterarme und Hände vollführten tänzerische Lockbewegungen, als wäre er eine Fee oder Waldnymphe. Wir durchquerten das kleine Feuchtgebiet hinter der Böttcherei, ich wäre allein hier nie durchgegangen, fürchtete ich doch, daß mir die Riesenblätter der Kletten den Hals zerschneiden würden, ich scheute auch die Brennesseln und die nassen Stellen, wo oft Kröten saßen. Nun aber stapfte ich hindurch, vorwärtsgelockt von den Händen des Nachtwächters, ich spürte nicht einmal, daß mich ein scharfes Klettenblatt an der Stirn ritzte. Herr Vaňátko knipste die Taschenlampe aus und führte uns über Gras zum mittleren und höchsten der Kirschbäume, der Boden darunter war übersät mit Knorpelkirschen, die gelblich und rötlich schimmerten. Die Hände des Nachtwächters signalisierten, daß wir an Ort und Stelle waren, daß unsere Nachtwanderung ein Ende hatte. Wir standen unter der ausladenden Krone des Kirschbaums, sahen einander an, das Weiß unserer Augen leuchtete wie die Blättchen von Kirschblüten. Herr Vaňátko knipste seine Taschenlampe wieder an, richtete den Lichtkegel ins Geäst des Kirschbaums, unsere Blicke folgten ihm – und wir sahen einen großen gelben Vogel. Erstaunt breiteten wir die Arme aus. Der Vogel war nicht so groß wie eine Ente, aber größer als ein Pirol, er saß auf einem stärkeren Ast und schlief. Wir schauten und staunten, der Vogel schien zu leuchten wie eine brennende Laterne, aus seinem Inneren schien goldenes Licht zu strömen. Ich drehte mich zu den Mälzern und Böttchern um, sie standen starr da, die Arme ausgebreitet und die Handflächen nach oben gedreht, auf den Gesichtern einen schwachen Widerschein des Goldlichts. Ich gewahrte, daß die Männer von dem Anblick verschönt waren, sie bereuten offensichtlich nicht, daß der Nachtwächter sie wegen des Vogels geweckt hatte, im Gegenteil, sie fühlten sich geehrt, als wäre der Vogel ihretwegen aus einem fernen Land gekommen, ihretwegen aus einem Zoo entflohen. Auch Herr Vaňátko schaute nicht auf den gelben Vogel, gleich mir beobachtete er, wie das sonderbare Tier auf die Leute wirkte. Offenbar hatte er die ganze Zeit über gefürchtet, gescholten zu werden, weil er sie aus dem Schlaf gerissen hatte. Jetzt aber gewahrte er, genau wie ich, daß der gelbe Vogel im Herzen des schönsten Kirschbaumes unserer Brauerei alle mit seiner kostbaren Schönheit übergossen hatte.

»Das ist ein Märchenvogel«, flüsterte der Böttchermeister und legte die Hand über seinem Herzen auf das weiße Nachthemd.

»So hat Kaiser Franz Josef ausgesehen, als er in der weißen Uniform und mit dem umgehängten Lamm bei der Fronleichnamsprozession mitgegangen ist«, sagte Onkel Pepin.

Der gelbe Vogel erwachte, öffnete die Augen und blickte herab in die Menschenaugen. Er hatte Augen wie kostbare Edelsteine, umringt von Bernstein. Der Vogel schaute den Menschen in die Augen, die Menschen schauten ihm in die Augen, und er war sich dessen bewußt. Als er die Menschenblicke lange genug gebannt hatte, und ich schon

meinte, in Ohnmacht zu fallen, da entrang sich dem gelben Vogel ein Seufzen, ein langes Seufzen, er schloß langsam die Augen, ließ den Kopf auf seine gelbe Brust sinken und schlief wieder ein.
»Gut, daß Sie uns geweckt haben«, flüsterte der Vater, »etwas so Schönes habe ich noch nie gesehen.«
Auf Zehenspitzen, mit den angehobenen Händen balancierend, gingen wir zurück. Bei den Ställen sagte Herr Vaňátko:
»Wißt ihr, wer das gewesen ist, der gelbe Vogel? Der Geist vom Ausschlachter auf dem Schlachthof ist es gewesen, vom Metzger Vašíček. Von Herrn Armageddon. Er hat uns einen Gruß und mit ihm ein Zeichen dafür geschickt, daß die letzte Schlacht angebrochen ist. Hähähä.«
Die weißen Hemden der Mälzer und Böttcher entfernten sich entlang der Malztenne, die weißen Hemden des Böttchermeisters und des Maschinenmeisters entfernten sich zu den Deputatwohnungen. Der Nachtwächter, dessen Gesicht in Schweiß gebadet war, wischte sich die Stirn ab. Ich zitterte, der Vater nahm meine Hand, sofort fühlte ich mich sicher, er führte mich nach Hause, in die Geborgenheit.
Trotzdem konnte ich nicht schlafen, der Geist des Ausschlachters aus dem Schlachthof ließ mir keine Ruhe. Im Morgengrauen stand ich auf und zog mich leise an, öffnete vorsichtig die Tür und schlich zur Böttcherei. Eben erlosch der letzte Stern am Himmel. Ich schaute zum großen Kirschbaum, suchte dessen Krone ab, doch der gelbe Vogel war nicht mehr da. Wahrscheinlich war er mit dem letzten Stern verschwunden. Er wurde nie mehr in unserer Brauerei gesehen, der gelbe Vogel, genau wie in unserem Städtchen nie mehr der Ausschlachter aus dem Schlachthof gesehen wurde, Herr Vašíček.

Als von der Stadtkommandatur der Befehl kam, sämtliche Lastkraftwagen für den Fronteinsatz zur Verfügung zu stellen, wartete Vater nicht ab, bis auch die Personenkraftwagen an die Reihe kämen. Er zerlegte den Škoda 430, diesmal nicht zur Erforschung des Geheimnisses, warum er immer tadellos lief, sondern um Reifen und Motor über den Krieg zu retten. Ich wunderte mich, daß er zunächst einen Eimer Schweineschmalz zerließ und eine Batterie Weckgläser herrichtete, aber dann grinste ich, denn Vater gab den Verteiler, den Vergaser und andere Bestandteile des Motors in die Gläser, als weckte er Birnen oder Kirschen ein. Sodann goß er das zerlassene Schweineschmalz darüber und stellte die Gläser in die Speisekammer, unter das eingeweckte Obst. Abends befahl er mir, Onkel Pepin abzufangen, bevor er ins Städtchen zu den schönen Fräuleins entwischen konnte. Ich wartete, während der Onkel duschte, was er jeden Tag tat, ich betrachtete seinen Körper und mußte zugeben, daß Onkel Pepin ganz aus Muskeln und Sehnen bestand, wie ein finnischer Leichtathlet, wie Nurmi. Der Onkel seifte sich unter der Dusche nie ein, weil er nie Seife mitnahm, er schaute nach oben und ließ sich von dem heißen Wasser berieseln, das seine Umrisse nachzeichnete. Dann trat er hinaus und zog sich sogleich an, weil er nie ein Handtuch mitnahm. Er zog die Hose über das naßgewordene Hemd und stülpte zuletzt die Seemannsmütze auf den nassen Kopf, ein feierlicher Augenblick, in dem ich diesmal den Onkel bat, Vater eine halbe Stunde lang zu helfen, nicht beim Zerlegen des Motors, sondern beim Verstauen der Reifen. Der Onkel sträubte sich nicht, lachte, strahlte übers ganze nasse Gesicht, und noch vor dem Abendessen, die Abenddämmerung ging schon in Dunkelheit über, führte uns Vater in die Garage, wo der ausgeschlachtete Škoda 430 auf Holzpflöcken aufgebockt war. Leise, ohne irgendwo Licht zu machen, rollten und schleppten wir die Reifen auf das Dach der Mälzerei, das mit einer Schicht aus Sand und Kieseln bedeckt war, zwischen denen Moos und Hauswurz sprossen. Auch nachdem wir durch eine Luke auf das sanft geneigte Dach gestiegen waren, wußte ich noch nicht, wo Vater die Reifen zu verstauen gedachte. Erst als er den Deckel vom Stumpf des alten Brauereischornsteins, der an die Mälzerei angebaut war und mit dem Dachrand abschloß, mit verhaltenem Lachen abhob und in die Tiefe deutete wie in einen Brunnen, war mir alles klar. Der Vater verschwand, um etwas zu holen, wir warteten, Onkel Pepins Mütze leuchtete in die Nacht hinein. Als Vater zurückkehrte, trug er ein aufgerolltes Seil und Stricke über der Schulter wie ein Bergsteiger. Ich wollte sogleich einen Strick an einen der Reifen binden, doch Vater schlang erst einmal das Seil um Onkels Brust.

»Zuvor müssen wir den Schornsteingrund prüfen«, erklärte er.

Dann nahm er dem Onkel die Mütze vom Kopf, legte sie vorsichtig auf die gelbliche Hauswurz, führte Pepin zum Schornsteinschlund und erläuterte ihm durch Handbewegungen, was er wie zu machen habe. Onkel Pepin stieg auf den alten Krampen hinunter, Vater hielt das Seil, gab immer wieder ein Stück frei, doch plötzlich spannte sich das Seil mit einem Ruck, und der Onkel hing in der Luft. Vater, der das Seil mit beiden Händen hielt, befahl mir leise, die Taschenlampe in die Schornsteinöffnung zu halten und zu leuchten. Wir sahen, daß ab der Mitte die Krampen fehlten

und daß der Onkel mit Händen und Füßen Halt suchte, aber lediglich die fettige schwarze Rußschicht an der Rundwand aufkratzte. Der Vater ließ ihn weiter hinunter, Onkel Pepin glitt in die Rußschicht auf dem Boden, erst bis zu den Knien, dann bis zur Hüfte, schließlich bis zur Brust.
»Josef, hast du festen Boden unter den Füßen?« rief Vater, über den Schlund gebeugt, gedämpft in die Tiefe.
»Alles in bester Ordnung hier, herrlichster Ruß!« erklang es von unten herauf.
Der Vater freute sich: »Ruß ist das beste Konservierungsmittel, weit besser als Öl oder Schweineschmalz!«
Er band einen Reifen an einen langen Strick und ließ ihn hinunter, ich leuchtete mit der Taschenlampe, Onkel Pepin band unten den Reifen los und tauchte ihn in die dicke Rußschicht. Sie wurde leicht aufgewirbelt, und als sie sich über dem Reifen schloß, stiegen kleine Wölkchen hoch wie schwarzer Dampf. Vier Reifen waren auf diese Weise bereits konserviert, als beim fünften, dem Reservereifen, der Strick riß oder sich die Verknotung löste, jedenfalls fiel der Reifen hinunter, Onkel Pepin konnte gerade noch zur Seite treten, der Reifen trieb eine gewaltige Wolke hoch, die als schwarzer Puder aus dem Schornstein stieg. Über dem Dach der Mälzerei senkte er sich und breitete sich in sanften kleinen Wirbeln aus. Vater umklammerte mit beiden Händen den Schornsteinrand und rief hinunter:
»Josef, dir ist doch nichts passiert?«
Aus der Tiefe hörte man nur Niesen und Husten. Als der Lichtkegel meiner Taschenlampe den Schornsteingrund wieder aufzuhellen vermochte, sah ich, daß Onkel Pepins Gesicht bei jedem Niesen in den Ruß eintauchte. Plötzlich lehnte er sich an die Wand, riß wie gähnend den Mund auf,

rutschte an der Wand nach unten und verschwand im Ruß, den er aufwühlte wie ein untergehender Schwimmer das Wasser. Der erschrockene Vater band sich das Seil, das er nach Pepins Ankunft auf dem Schornsteingrund wieder hochgezogen hatte, um die Brust und sagte wie bittend zu mir, ich sei doch schon ein strammer Junge und solle nun zeigen, daß ich Kraft habe. Er stieg hinab und rief von der letzten Krampe herauf:

»Jetzt nimm deine Kräfte zusammen, hier fehlen fünf Krampen!«

Ich stellte mich breitbeinig hin, lehnte mich zurück und ließ das Seil langsam hinunter, bis es schlaff wurde. Dann leuchtete ich in den Schornstein. Vater stand bis zur Brust im Ruß, suchte mit den Beinen den Boden ab, wie man es bei der Suche nach Wasserleichen macht, er wurde fündig, sein rußiges Gesicht schien sich aufzuhellen, er tauchte unter, und als er wieder hochkam, hielt er Onkel Pepin in den Armen. Der Ruß rieselte von den beiden, Vater band Pepin das Seil um, ich begann zu ziehen, holte es über den Schornsteinrand hinweg ein, unvermittelt ließ die Spannung nach, hoppla, der Onkel stand auf der obersten Krampe, er stieg heraus, ich half ihm und sah, daß er schwarz war wie ein Klumpen schlesischer Kohle. Er ließ sich auf den Rücken fallen, lag in der gelblichen Hauswurz, schaute zu den Sternen auf und hustete den Ruß aus der Lunge. Ich ließ das Seil gleich wieder hinunter, der Vater band es sich um, und ich zog, zog mit ganzer Kraft, bis er am Schornsteinrand erschien, wo er sich krampfhaft festhielt wie ein Schwimmer, der gerade den Weltrekord gebrochen hat. Er legte den Kopf auf den Unterarm, und es dauerte eine Zeitlang, bis er wieder so viel Kraft hatte, daß er aufs Dach zu kriechen vermochte. Noch immer außer Atem, fiel er neben

Pepin auf den Rücken, streckte alle viere von sich, schaute in den Himmel und prustete den Ruß aus der Lunge. Die beiden lagen einträchtig in der Hauswurz, ich rollte Seil und Stricke zusammen und stülpte den Deckel auf den alten Schornstein.

Unseren Onkel Pepin, der sich inzwischen auf die Ellbogen gewälzt und noch eine Weile weitergehustet hatte, hielt es bald nicht mehr, er nahm seine Seemannsmütze in die schwarzen Finger, setzte sie auf und sprang lächelnd durch die Dachluke in den Gang der Mälzerei. Wenig später zeichnete die weiße Mütze einen Weg unter den Linden hindurch, am Waaghaus entlang und zum Tor hinaus, wo sie in der Finsternis verschwand. Zur Abwechslung einmal als Neger ging Onkel Pepin nachschauen, was die Schönen auf dem Žofín und im *Avion* taten, warum sie ohne ihn nicht leben konnten.

An diesem Abend hörte sich Vater im Radio die Nachrichten an, weil er wissen wollte, wie weit die Front noch entfernt war. Wünschte er doch, möglichst bald wieder Seil und Strick nehmen zu können, um die Reifen aus dem Schornstein zu ziehen, möglichst bald auch wieder die Weckgläser aus der Speisekammer holen zu können, um die eingelegten Motorteile aus dem Schweineschmalz zu ziehen. Am deutlichsten ließen sich die Frontverschiebungen in Richtung Berlin an dem Herrn Hauptmann Ingenieur Friedrich ablesen, der schon das zweite Jahr in der Malztenne Drehbänke baute, damit eine Hamburger Firma weiterarbeiten konnte. Solange die näherrückende Front das schlesische Breslau nicht erreicht hatte, hatte der Hauptmann gern hinter der Malztenne gesessen, meist nachmittags schon, auf einer Bank, die er sich dort hingestellt hatte, weil das Tennendach weit vorragte und Schutz vor Regen bot. Als die Frontlinie dann westlich Breslaus verlaufen war, hatte er eine Gartenlaube zu bauen begonnen aus geraden Ästen und Ruten, die er selbst schnitt und verflocht. Je näher die Front der Grenze Böhmens kam, desto unruhiger wurde er, schon nach dem Mittagessen zog er sich in die Abgeschiedenheit seiner Laube zurück und zimmerte aus gewöhnlichen Brettern und Pfosten emsig Tisch und Stühle, deren Rückenlehnen er aus Ruten flocht. Eine Zeitlang saß er an den Abenden in seiner Laube, als jedoch die Front noch näher rückte, begann er, um seine Gedanken davon abzulenken, aus Ruten einen Lampenschirm zu flechten, ein schönes Stück von der Größe einer riesigen Melone oder eines gewaltigen Kürbisses, er hängte ihn auf und legte auch eine elektrische Leitung. Fortan konnte er in seiner Rutenlaube an den Abenden schreiben, der Wind strich durch diesen Vogelkäfig, der in seiner Form eine größere Ausgabe des Lampenschirms war.

Wenn ihm der Vater auf dem Brauereigelände begegnete, sagten ihm die Augen des Herrn Friedrich, daß er die Reifen bald wieder aus dem Schornstein ziehen können würde. Es dauerte denn auch nicht lange, und der Hauptmann packte seine Sachen in einen Koffer und teilte dem Vater mit, daß er ein Kommando in Prag anzutreten habe. Am nächsten Tag war er tatsächlich fort. Nun hielt es den Vater nicht mehr, er machte Feuer im Herd und stellte die Weckgläser mit dem Verteiler, dem Vergaser und den anderen Motorbestandteilen darauf, zog mit der Zange die einzelnen Teile des Škoda heraus, legte sie auf den Tisch, umrundete sie immer wieder, neigte sich immer wieder über sie, nahm sie immer wieder in die Hände und freute sich wie Mutter, wenn ihr nach dem Schweinsschlachten

der Metzger die Schinken, Bratenstücke, Haxen, Buge und die rosigen Koteletts vorlegte.
Die Mälzer entfernten die deutschen Aufschriften von den Maschinen, nahmen eine Flasche Spiritus und gingen hinter die Malztenne, wo die Laube von Hauptmann Friedrich stand. Ich lief auf einem Umweg zur Laube und betrachtete sie noch einmal aus einiger Entfernung. Als die Mälzer die Rutentür öffneten, blickte ihnen ein Schaukelpferd entgegen, groß genug, daß auch ein Erwachsener darauf hätte schaukeln können. Die Mälzer schütteten etwas Spiritus darauf, zündeten ihn an, das Holz fing Feuer, die Mähne aus echtem Pferdehaar wurde weggesengt, das Feuer brannte lebhafter und knisterte und zischelte lustig, das Schaukelpferd geriet von selbst in Schaukelbewegung, die Flammen hüllten nun das Pferd ganz ein und loderten immer höher. Die darüberhängende Rutenlampe fing Feuer, an den einzelnen Ruten leckten die Flämmchen hoch, der Anblick ließ an die Glühfäden in einer elektrischen Birne denken. Die Flämmchen vereinigten sich am oberen Ende des Schirms, bildeten eine einzige Flamme, die Aufhängung brannte durch, und die ganze Lampe, an der alle Ruten jetzt rot glühten, fiel auf das Schaukelpferd. Nach einer Weile sank das Schaukelpferd um, scharrte im Kippen mit einem Huf, brannte im Liegen weiter, streckte sich schließlich noch einmal und sank in sich zusammen. Die Glasaugen stierten entsetzt aus dem verkohlten Kopf, die verbrannten Lederzügel verbreiteten einen Geruch nach Rauchfleisch. Nun begossen die Mälzer den Tisch und die Stühle mit Spiritus, die blau und rot hochschlagenden Flammen bildeten eine Lichthaube in der Laube, trotz der sich niedersenkenden Dämmerung sah man klar das Kommende voraus. Als die Flammen durch das Dachgeflecht schlugen, bäumte sich

das Häuschen des Hauptmanns Friedrich noch einmal auf wie sein Schaukelpferd, sank in sich zusammen, die Seitenwände fielen übereinander, und das Feuer loderte ein letztes Mal heftig auf, verzehrte sich rasch, ging in Glühen über, dann in Glimmen, in ein Glimmen ähnlich jenem, das entstand, wenn im Frühling das versteppte Gras des Vorjahres abgebrannt wurde. Die Böttcher brachten Gefäße mit Wasser und schütteten es auf die Brandstelle. Dann folgten sie den anderen zum neuen Schornstein. Ein junger Mälzer entrollte eine Fahne, befestigte sie sich am Gürtel, stieg auf die erste Krampe, verhielt einen Augenblick, stieg weiter, die Fahne blähte sich, wehte, überholte manchmal die ausgreifenden Hände des Mälzers, der immer schneller hochkletterte und dessen Arme und Beine nicht nur seinen Körper, sondern auch das flatternde, zerrende Tuch in die Höhe bringen mußten. Die Mälzer und Böttcher sahen ihm, die Köpfe weit im Nacken, mit ernsten Gesichtern nach. Als der junge Mälzer oben anlangte, setzte er sich erst einmal auf den Schornsteinkranz, hielt sich am Blitzableiter fest und rang einige Sekunden nach Luft. Dann band er die Fahne an den Blitzableiter, es war geschafft, die Fahne wehte. Der junge Mälzer rüstete zum Abstieg, die Fahne machte einen Schlenker zu seinen Füßen hin, stieg aber gleich wieder hoch, flatterte lustig im Wind, schmiegte sich ihm an, fügte sich ihm. Dieser Wind fachte auch noch einmal die allerletzten Reste der Rutenlaube an, der Pferdekopf brannte und leuchtete noch einmal mit leiser blauer Flamme, und durch den frühlingshaften Obstgarten und Hof der Brauerei zog der Geruch nach feuchter Asche. Der Böttchermeister sprach zur Fahne empor:
»Der Krieg ist zu Ende, von jetzt an sind wir wieder allein die Herren der Brauerei.«

Er entfernte sich in den Abend hinein, ging über den dunkelnden Hof davon. Alle folgten ihm. Im Hof trennte man sich. Die Mälzer, sie bildeten die Mehrzahl, strebten der Gesindestube zu. Vater holte Seil und Stricke, legte sie über die Schulter und sagte mit belegter Stimme zu mir:
»Komm, wir ziehen die Reifen herauf!«
»Ja, Vater«, antwortete ich.

Gevatter Zelený wohnte am Fluß. Sein Haus glich einem Forsthaus, hatte sogar ein Geweih im Giebel. Zum Haus gehörten eine Scheune sowie ein Blumen- und ein Gemüsegarten, diesen trennte ein Schutzzaun von dem am Fluß entlangführenden Weg. Der Gevatter war von sonderbarer Natur. Er konnte lange friedlich und freundlich sein, bekam aber plötzlich Wutanfälle, die meist ein schlimmes Ende nahmen. Mein Gevatter war er geworden, nachdem Vater ihn dreimal hatte überreden können, ihm ein Stündchen die Gegenmuttern zu halten. Herr Zelený war vom Mutternhalten immer erst am Sonntag mittag heimgekommen mit einer solchen Wut im Bauch, daß er jedesmal einen seiner Anfälle gekriegt hatte. Er hatte dann eines seiner Breitbeile gepackt und eine Kommode zerhackt. Danach war ihm stets wohler gewesen. Da er vom Vater dreimal überredet worden war, hatten drei Kommoden daran glauben müssen. Als bei mir die Firmung anstand, erbot er sich, mir eine Uhr zu kaufen und meinen Firmpaten abzugeben, freilich nur unter der Bedingung, daß ihn Vater nie mehr ansprechen und bitten würde, am Samstag ein Stündchen die Gegenmuttern zu halten. So bekam ich Herrn Zelený zum Gevatter und seine Frau Nany zur Gevatterin. Ich wußte, daß mein Gevatter meinen Vater nicht leiden mochte, weil er neidisch darauf war, daß Vater eine Generalüberholung des Motorrads der Marke Orion mit Hammer und Meißel zustande brachte, dabei brachte er selbst es fertig, mit einem einzigen Breitbeil eine Schwarzwälder Uhr herzustellen. Meine Gevatterin Nany liebte ich, weil sie so aussah, wie ich mir Mutter gewünscht hätte. Kam ich aus der Schule, beobachtete ich Gevatter und Gevatterin oft durch den Zaun. Bei schönem Wetter saß der Gevatter auf einem Holzstock an der Scheune, vor sich ein Gestell, auf dem er mit drei Haken einen Klotz festgeklemmt hatte, in den Fingern hielt er kleinere Klötze und behaute sie auf dem großen mit einem seiner Breitbeile. Stand ich längere Zeit am Zaun, um dem Flitzen und Blitzen des Breitbeils zuzuschauen, so konnte es passieren, daß der Gevatter danebenschlug. Er drehte dann den Kopf zu mir hin und sah mich vorwurfsvoll an, weil ich ihm zuschaute, ich hielt mich am Zaun fest, und der Gevatter mit dem Breitbeil sah mich so lange an, bis ich weiterging. Ich ging nur ein Stück weiter, bis zu jener Stelle am Zaun, von wo ich Gevatterin Nany zuschauen konnte. Im Frühjahr und im Sommer, aber auch sonst bei schönem Wetter arbeitete sie im Garten, sie grub und hackte und jätete, fast bis auf die Erde gebückt, in ihrem Blumen- oder in ihrem Gemüsegarten. Manchmal entdeckte ich sie nicht, sondern hörte sie nur, und erst wenn ihre bunte Schürze irgendwo aufschimmerte, konnte ich ausmachen, wo sie gerade steckte, meist war es zwischen den Schwarzen Johannisbeeren. Dort lockerte sie die Erde und jätete mit einer kleinen Hacke, nicht selten aber auch mit der bloßen Hand, und stand sie einmal auf, um ihr Kreuz geradezurichten, so sah ich ihre Hände, die groß waren wie die Hände unserer Brauereikutscher, Nanys dicke Finger standen gespreizt ab, und die Handflächen erinnerten an Fladen. Gevatter Zelený rauchte gern, aber im Grunde rauchte er nicht, sondern zündete seine Virginia immer nur an. Jedesmal, wenn ich am Zaun stand, beklopfte er sich, um in einer seiner Taschen die Zündhölzer aufzuspüren. Hatte er die Virginia umständlich angesteckt, arbeitete er weiter. Ich fand nie heraus, was der Gevatter mit seinen Breitbeilen zuhaute. Zehn Breitbeile, große und

kleine, steckten an der Scheunentür hinter einer Querlatte. Der Gevatter werkelte häufig mit dem größten Breitbeil an einem sehr kleinen Klötzchen, und man konnte nie erraten, was daraus werden sollte. Mitunter hielt er ein großes Brettstück in der Hand und pickte darauf mit dem kleinsten Breitbeil herum. Weil ich Zweck und Ziel seines Werkelns nie erkennen konnte, bildete ich mir jedesmal ein, er stelle eine Schwarzwälder Uhr her, aus der beim Stundenschlag ein Kuckuck herausspringt. Einmal, als meinem Gevatter die Virginia ausgegangen war, beklopfte er seine Taschen vergebens, worauf er in den Garten rief:
»Nany, bring mir Streichhölzer, ja?«
Nany aber hörte nicht, weil sie gerade am anderen Ende des Gartens klumpige Erde durch ein Sieb warf. Da schwoll die Stimme des Gevatters an:
»Nany, sakra, wo bleiben die Streichhölzer?«
Die Gevatterin, die ihn nun gehört hatte, warf sofort die Schaufel hin und rannte, ihre Schürze blieb kurz an einem Johannisbeerstrauch hängen, sie lief weiter und verschwand im Haus, doch da brüllte ihr Mann schon:
»Nany, du häßliches Luder, wann krieg ich endlich die Streichhölzer?!«
Seine Frau wollte ihm die Streichholzschachtel schnell durchs Fenster zuwerfen, blieb jedoch im Vorhang hängen, versuchte, weil sie schmutzige Hände hatte, sich schnell mit den Ellbogen zu befreien, doch da tobte ihr Mann schon:
»Du häßliches Luder, ich haue dich ungespitzt in den Boden hinein!«
Er sprang auf, ballte die Fäuste, tobte zum Himmel hinauf, daß sich seine Stimme überschlug. Seine Nany stürzte aus dem Haus, die Streichholzschachtel in der Hand, doch beim Anblick ihres Mannes vergaß sie die Streichhölzer, rannte

hinter die Scheune, brachte ein Schränkchen, stellte es vor den Gevatter hin und reichte ihm ein Beil, der Gevatter stieß das Möbelstück mit einer Hand um und zertrümmerte mit dem Beil die Rückwand, dann spaltete er mit einem Hieb die Seitengewandung, doch das reichte dem Gevatter noch nicht, er schlug die Tür aus den Angeln, sie splitterte, und weil ihm auch das noch zuwenig war, machte er Schlag um Schlag das Möbel endgültig zu Kleinholz, womit er sich vollends austobte. Danach ließ er sich in den Sessel fallen, den seine Frau fürsorglich geholt hatte, und während er nach Luft schnappte, sammelte sie alle Scheite und Spleißen in ihre Schürze und trug sie in den Holzschuppen. Jeden Monat mußte die Gevatterin mit dem Karren zum Trödler fahren und ein billiges Möbelstück auf Vorrat kaufen, sie erstand das billigste, karrte es heim ins Haus am Fluß und stellte es in der Scheune für den nächsten Anfall ihres Mannes bereit. Weil er sich jedesmal schämte, wenn sie ein neues Opfermöbel ankarrte, deckte sie stets eine Plane darüber. Ähnlich mußte sie verfahren, wenn sie eine Gans geschlachtet hatte, sie trug das abgekragelte Tier unter der Schürze ins Haus, denn der Gevatter aß zwar leidenschaftlich gern Gänsebraten, konnte aber kein geschlachtetes Federvieh sehen.

Ich brachte dem Gevatter nicht selten Unglück. Und mindestens einmal im Monat wurde ich auf meinem Beobachtungsposten am Zaun Zeuge eines Vorkommnisses, dessen sich der Gevatter hinterher schämte. Vielleicht lag darin der Grund, daß er mit niemandem Umgang pflegen mochte, und bestimmt war er auch nur mein Firmpate geworden, weil der Vater ihm zugesichert hatte, daß er ihn nie mehr anspräche. Als nach den Ferien die Schule wieder begann, bekamen wir eines Vormittags hitzefrei, und ich beschloß, beim Gevatterhaus im Fluß zu baden. Ich hängte meine Jacke an eine Zaunlatte, dabei bemerkte ich, daß die Gevatterin ihre Vorhänge gewaschen hatte, Stücke wie für die Fenster eines alten Hotels. Sie legte im Gras benagelte Latten aus, mit den Nägeln nach oben, hängte die Vorhänge in die Nägel ein und zog die Latten auseinander. Die Vorhänge lagen da wie entrollte Fahnen, und ich sah, daß sie ganz gehäkelt waren, die Muster stellten die zwölf Monate dar, jedes Monatsbild zeigte gehäkelte Engel, die in einem Wintermonat Schlittschuh liefen, in einem Sommermonat Schmetterlinge fingen, in einem Herbstmonat Wein kelterten und so fort. Die Engel und Engelsgruppen waren von Landschaften mit Tieren und Vögeln umgeben, die dem jeweiligen Monat entsprachen. Ich schaute und vergaß ganz, daß ich hatte baden wollen, so schön waren diese Vorhänge. Die Gevatterin, deren dicke Arme sonnenverbrannt waren wie die Arme eines Sandschippers, ging ganz in ihren selbstgehäkelten Vorhängen auf, konnte sie gar nicht genug bewundern, sicher stand sie jeden Tag einmal versonnen vor den guten Stücken, wenn diese an den Fenstern hingen. Es zog mich zur Gevatterin hin, aber ich durfte sie nicht besuchen, sonst hätte der Gevatter wieder eine Kommode zertrümmern müssen, ging ich ihm doch ebenso auf die Nerven wie mein Vater. Die Gevatterin verschwand, und es erschien der Gevatter, in der Hand ein Breitbeil, er ging zur Scheune, wo kürzere und längere Hölzer gestapelt waren, sie schimmerten rötlich, wahrscheinlich stammten sie von Pflaumen- und Birnbäumen. Der Gevatter zog einige heraus, keines paßte ihm, schließlich fand er, was er suchte, drehte sich um und ging zurück. Er schritt schnell aus, in Gedanken versunken, mit sich selbst redend, die Virginia war ihm ausgegangen, er blieb

mit der Hose an einem der Vorhanglattennägel hängen und riß sich einen Winkel ins Hosenbein, allerdings nur einen kleinen. Er rief leise, mit drohendem Unterton:
»Nany, wo bist du?«
Dann horchte er, im Hof jedoch blieb es still, weil die Gevatterin am Flußufer im Boot kniete und die Wäsche schwenkte. Ich schaute zwischen Hof und Boot hin und her, wußte aber nicht, was tun.
»Nany, du häßliches Luder, wo bist du?«
Der Gevatter hatte es geschrien, er versuchte durch einen Tritt sein Hosenbein zu befreien, ein Reißen erklang, und das Hosenbein war nun wirklich hin. Ich rannte die Ufertreppe hinunter und rief:
»Gevatterin Nany, schnell heim!«
Hastig stieg die Gevatterin im Boot über die Sitzbretter, sie rannte mit vorgebeugtem Oberkörper die Treppe hoch und in den Garten, doch alles Rennen half nichts mehr, sie kam zu spät. Der Gevatter hatte die Vorhänge zusammengeknüllt und weggeschleudert, er hatte seine Hose heruntergerissen, trampelte jetzt darauf herum und brüllte:
»Ich haue dich ungespitzt in den Boden hinein!«
Die Gevatterin lief auf kürzestem Weg in die Scheune und schleppte eine Kommode in den Hof, doch der Gevatter hatte schon die Hose in zwei Hälften zerfetzt und sprang in der langen Unterhose aufs Haus zu, drehte unterwegs die beiden Hosenhälften zu einem Päckchen zusammen, stürmte in die Waschküche, riß die Tür der Kesselfeuerung auf und stopfte die Hosenpäckchen ins Kohlenfeuer:
»So, du häßliches Luder, jetzt sind sie im Ofen, mitsamt unserem Geld!«
Schlimmstes befürchtend, war ihm die Gevatterin nachgelaufen, sie zerrte die Hosenteile aus dem Feuerloch, kippte

Wasser darüber, schüttelte die Münzen aus den dampfenden Seitentaschen und zog die Geldbörse aus der Gesäßtasche. Dann rückte sie ihrem Mann draußen die Kommode zurecht, er stürzte sich mit blanken Händen darauf, die Kommode barst und fiel um, auch er fiel hin, war aber gleich wieder auf den Beinen, zerlegte die Seitengewandung, schleuderte ein Teil nach dem anderen weg, da brachte ihm die Gevatterin das Beil, und er zerhackte abschließend die Trümmer wie gewöhnlich zu Scheiten und Spleißen für die Hausfeuerung. Je näher es mit dem Kleinholzmachen dem Ende zuging, desto deutlicher war zu sehen, daß die Wut vom Gevatter wich, daß sich seine Gesichtszüge entspannten, daß sein Blut dorthin zurückströmte, von wo es ihm in den Kopf geschossen war. Ich hielt mich am Zaun fest und verfolgte gebannt das Geschehen. Die Gevatterin zog nun den Sessel herbei, ihr Mann ließ sich hineinfallen, nein, er warf sich hinein, blind, weil er ja alles schon kannte, den Sessel traf er auf den Zentimeter genau, streckte alle viere von sich und stierte in den Himmel. Die Gevatterin trug einige Armvoll Brennholz in den Schuppen, und dem Gevatter entrang sich:
»Wir Slawen sind furchtbar empfindlich.«
Ich wünschte mir, mein Vater wäre auch empfindlich genug gewesen, um eine Kommode zu zertrümmern und uns häßliche Luder zu heißen . . .
Vor Weihnachten fiel nasser Schnee. Auf dem Heimweg von der Schule mußte ich den Oberkörper vorbeugen, so heftig pfiff der Wind von der Eisenbahnbrücke her. Trotzdem konnte ich es nicht lassen, beim Haus der Gevattersleute am Zaun stehenzubleiben. Die Gevatterin düngte den Gemüsegarten mit Kuhmist, sie nahm von einem Haufen jeweils eine Gabel voll, schüttelte sie im Gehen und ver-

teilte auf diese Weise den Mist gleichmäßig, färbte den frisch gefallenen weißen Schnee gelb und braun. Der Gevatter stand an seinem Arbeitsgestell, auf dem er jetzt einen hohen Klotz festgeklemmt hatte, und haute mit dem größten Breitbeil winzige Kerben in ein Rädchen. Ich stellte mich auf die Zehenspitzen, zog mich dazu noch ein Stück am Lattenzaun hoch, um besser zu sehen, wie er das Lindenholzrädchen bearbeitete, und dann rief ich, obwohl mich eine innere Stimme warnte:

»Gevatterchen, jede Wette gehe ich ein, daß Sie eine Schwarzwalduhr machen!«

Ich hätte es nicht tun sollen, denn der Gevatter erschrak, so hingebungsvoll hatte er gearbeitet, ach, der Gevatter konnte wirklich mit niemandem als mit sich selbst Umgang pflegen, denn als er jetzt vor Schreck zusammenfuhr, rutschte ihm das messerscharfe Beil aus und hackte ihm einen Finger ab. Der Finger fiel zur Erde, und die Katze, die in der Nähe auf dem Sägebock saß, schnappte sich ihn mit einem Riesensatz und verschwand in der Scheune. Der Gevatter blickte auf den Stumpf, dann zu mir her, seine Augen versprühten fürchterliche Zornesfunken, und ehe ich etwas tun konnte, begann er furchterregend zu lachen. Er lachte und lachte . . .

Ich rief: »Gevatterin, schnell, eine Kommode!«

Aber es war bereits zu spät, denn der Gevatter, jetzt sieghaft lachend, legte die linke Hand auf den Klotz, ich ahnte, was kommen mußte, mir war klar, daß er es wegen des Rufes tun würde, den er im Städtchen genoß, schon packte er das Beil, und mit einem einzigen Hieb schlug sich Gevatter Zelený die Linke über der Handwurzel ab. Er brachte es sogar noch fertig, die abgehackte Hand, der ein Finger fehlte, kraftvoll zu packen und in die Luft zu schleudern, in den schräg fallenden Schnee, sie flog in hohem Bogen, ich duckte mich zuerst, weil sie seltsam trudelte, als schreibe sie etwas an den Dezemberhimmel, doch dann sah ich ihr nach, sah ihr gebannt nach, bis sie in den Fluß platschte und im trüben, grauen Wasser versank.

Die Gevatterin war watschelnd losgeeilt, sie brachte die Kommode, der Gevatter aber streckte ihr triumphierend den Armstumpf entgegen, aus dem das Blut in einem stärkeren Strahl und einem dünnen Rinnsal floß. Seine Nany hielt ihm das Beil hin, doch er wehrte ab, brauchte es nicht mehr. Ich klammerte mich an den Zaun, preßte den Kopf an eine Latte, kniff die Augen zu, klammerte mich krampfhaft fest, um nicht nach hinten zu trudeln und in den grauen Fluß zu fallen, auf den es schräg schneite.

Danach lag der Gevatter lange im Krankenhaus. Ich wagte es fortan nicht mehr, den Uferweg einzuschlagen, am Zaun stehenzubleiben, mich daran hochzuziehen und nachzuschauen, was Gevatter und Gevatterin machten. Das Frühjahr kam, und der Krieg endete. Die Deutschen zogen ab. Vater kniete ganze Nächte lang vor dem Radio und hörte Nachrichten. Doch die Meldung, daß die Russen anrückten, und zwar von Boleslav her, kam dann auf mündlichem Weg in die Brauerei. Da stieg Vater mit mir zum Isolierboden über der Eiskammer hinauf, und auf dem Bauch liegend, suchten wir beide die zwei Flaschen Whisky, die Vater am Anfang des Krieges in der Schlacke des Bodens vergraben hatte. Weil er es leider versäumt hatte, an einem Trägerbalken eine Markierung anzubringen, mußten wir im Isolierboden über dem Eisberg, der winters aus zwölfhundert Eisfuhren errichtet wurde, lange buddeln, eine anstrengende Arbeit, denn die Decke des Isolierbodens war sehr niedrig. Als Vater, der Verzweiflung nahe, schließlich den Handspaten in die Schlacke rammte, hörten wir ein gedämpftes Krachen und Splittern. Wir gruben an dieser Stelle, und da waren die Reste der Whiskyflasche, deren duftenden Inhalt die Schlacke aufsog. Die zweite Flasche war unversehrt, und mit ihr gingen wir am nächsten Tag der Roten Armee entgegen. Bald tauchten in der Sonne die ersten Panzer auf, völlig verstaubt, aber die Einwohner unseres Städtchens kletterten hinauf und schmückten sie mit Blumen, überwiegend mit lila Flieder, der in diesem Jahr vorzeitig blühte. Der Vater sah mich an, ein strahlendes Lächeln trat auf sein Gesicht, er öffnete die Whiskyflasche und lief einem Panzer entgegen, verbeugte sich vor ihm, streckte die Hand mit der Flasche aus, er mußte sich auf die Zehenspitzen stellen, der sowjetische Panzersoldat mußte das Gegenteil tun, er beugte sich so weit vor, daß er fast aus der Luke gefallen wäre, dann führte er die Flasche zum Mund und trank. Er nahm einen langen Schluck, der Vater lächelte, plötzlich jedoch wurde der Soldat blaß, spuckte alles, was er noch im Mund hatte, in die kantige Flasche »Original Whisky« zurück, den Vater über den ganzen Krieg gerettet und für denjenigen Soldaten aufgehoben hatte, welcher auf dem ersten Panzer sitzen würde, der in unser Städtchen einfuhr. Der Rotarmist verzog das Gesicht, schleuderte die Flasche mit dem kostbaren Naß an die nächste Hauswand, wo sie zerbarst. Mit der Faust, mit den Augen, ja, mit dem ganzen Körper drohte er dem Vater, der entsetzt zur Wand zurückwich, an welcher der Whisky herablief. Der Panzer fuhr weiter, Vater drehte sich um, nahm mit dem Finger etwas von dem Whisky auf, leckte daran und befand ihn in Ordnung. Der Rotarmist auf dem weiterfahrenden Panzer trank jetzt gewöhnlichen Rum-Verschnitt, den ihm die Brauerei-Böttcher gereicht

hatten, er nahm einen Schluck und nickte und nahm noch einen Schluck, und als er genug hatte, gab er die Flasche jenen Bürgern unseres Städtchens, die sich auf das Kettenfahrzeug geschwungen hatten, um mit den Siegern auf dem Marktplatz einzufahren.
Tags darauf ließ uns Gevatterin Nany ausrichten, daß der Gevatter, mein Firmpate, gestorben sei. Einige Panzer waren zur Sicherung an den Fluß gefahren, und der Gevatter hatte den Soldaten gleich Tür und Tor geöffnet, er hatte jedem, der müde war, ein Bett angeboten. Als die Soldaten schliefen, brach er große Zweige weißen und violetten Flieders ab, um die Rotarmisten beim Erwachen mit einem schönen Strauß zu überraschen. Er malte sich aus, welche Freude die Soldaten haben würden, und suchte die passende Vase aus. Doch er konnte sie nicht finden und rief seine Nany. Nany hörte nicht, denn sie half im Hof beim Ausnehmen einer geschlachteten Kuh. Der Gevatter fand die Vase schließlich in der Küche, wo sie als Ersatzfuß unter der schweren Anrichte stand. Weil er sie mit seiner einen Hand nicht hervorziehen konnte, rief er wieder seine Frau:
»Nanylein, mein Täubchen, wo bist du?«
Aber die Gevatterin hielt dem Metzger, der eben die Leber herauslöste, einen Eimer hin und konnte nicht gleich kommen.
»Nany, sakra, du häßliches Luder, wo bist du?«
Jetzt brüllte der Gevatter schon, doch die Gevatterin mußte immer noch den Eimer halten.
»Na warte, du räudige Mähre, ich werde es dir zeigen!«
Der Gevatter legte den Flieder weg, um mit seiner einen Hand ungehindert an der Vase ziehen zu können. Als dies nichts fruchtete, stemmte er sich mit dem Bein gegen die Wand, zog ruckartig, bekam die Vase frei, die Anrichte

kippte nach vorn und überschüttete ihn mit Tellern, Tassen und Untertassen, mit dem ganzen Porzellangeschirr. Er rappelte sich aus den Scherben hoch, und als er stand, zertrampelte er noch jene Geschirrteile, die heil geblieben waren. Dann erst füllte er die Vase mit Wasser und steckte den weißen und violetten Flieder hinein. Leise begab er sich in das Zimmer, wo die Soldaten mit den Maschinenpistolen an der Brust schliefen, und stellte den Fliederstrauß auf den Tisch. Zufrieden kehrte er in die Küche zurück. Hier fiel er unvermittelt um. Im gleichen Augenblick kam Nany endlich mit der Kommode zum Zertrümmern, sie sah ihren Mann auf der Seite liegen und mit einem Fuß treten wie beim Radfahren. Der Doktor traf bald ein, doch er bestätigte nur, was ohnehin jeder sehen konnte, nämlich daß Gevatter Zelený das Zeitliche gesegnet hatte.
An diesem Abend fand auf der Flußpromenade eine große Feier statt. Einige russische Soldaten spielten Harmonika, andere tanzten, und niemand kam ihnen gleich, weil sie einer Volkstanzgruppe der Armee angehörten. Dann nahte Onkel Pepin, der zu seinen Schönen strebte. Als er sah, daß auf der Uferpromenade getanzt wurde, trieb ihn die Neugierde hin. Er verschränkte die Arme, hielt sie waagrecht vor die Brust und tanzte den Kosakentanz mit. Weil er höher als jeder andere sprang, antworteten die Rotarmisten mit beschleunigtem Rhythmus. Pepin konnte auch dabei mithalten, er schaffte es sogar, in der Luft einen Spreizschritt zu machen, im Spagat zu landen und dabei mit der Stirn das Knie zu berühren. Daraufhin holten die Soldaten Wodkaflaschen und Senfgläser, schenkten für Onkel Pepin ein und auch für die Zuschauer. Pepin bat um einen Doppelten, er hatte in der Brauerei Fässer auspichen müssen. In einem fort wurde auf den Sieg angestoßen. Eine halbe

Stunde später rückte eine sowjetische Blaskapelle an. Der Kapellmeister, der seinen Taktstock verloren hatte, schnitt sich am Flußufer eine Weidenrute, schälte sie mit dem Taschenmesser, rasierte sie fast und trat vor seine Leute. Ein getragener Walzer erklang. Richtig fing die Siegesfeier unseres Städtchens jedoch erst an, als sich der Abend niedersenkte. Einige Bürger tranken so viel, daß sie sich nur an dem Zaun aufrecht halten konnten, welcher die Uferpromenade zu den Flußwiesen hin abschloß. Die Gewalt des Wodkas nahm immer mehr zu, die vom Sieg und vom Alkohol Trunkenen klammerten sich immer fester an den Zaun, dieser gab schließlich nach, die Bürger taumelten rücklings über die Promenade und kugelten in den frühlingslauen Fluß. Einer der Betrunkenen, dem der Wodka hochzukommen drohte, war in das Haus jenseits des Zauns gerannt, dort wurde ihm so übel, daß er sich krampfhaft am Waschbecken festklammerte und das Becken aus der Wand riß. Rücklings taumelte er damit aus dem Haus und durch den Garten, mitten unter die auf der Uferpromenade Feiernden taumelte er, einen solchen Schwung hatte er, daß er gleichfalls die Uferböschung hinunterkugelte, wobei er sich immer noch ans Waschbecken klammerte, bis er im frühlingslauen Fluß landete. Bevor der Bürger unterging, rettete der Fischer Hulík erst das Waschbecken, dann den wodkaseligen Mitbürger. Der sowjetische Kapellmeister war so liebenswürdig, dazu einen Tusch blasen zu lassen.

Die Soldaten saßen mit Onkel Pepin zusammen, der vor ihnen salutierte, die Hand am Schild der Seemannsmütze, welche ihm Herr Šisler nach jener berühmten Mütze angefertigt hatte, die Hans Albers im Film trug.

»Papaschek«, sagten die Russen zu Pepin, »dich nehmen wir mit nach Moskau.« Sie hoben ihre randvoll gefüllten Senf-

gläser und prosteten dem Onkel zu. Die Gläser wurden geleert.
Onkel Pepin bat die Soldaten, sein Glas noch einmal zu füllen, dann erst antwortete er: »Leider habe ich keine Zeit, weil ich mich morgen mit einer einmaligen Schönheit in der City Bar treffe. Es sei denn, wir fliegen auf der Stelle mit dem Flugzeug los . . .!« Und er leerte sein Glas.
Die Soldaten zeigten Verständnis, sie umarmten Pepin, den im Geiste auch die Bürger des Städtchens umarmten, weil er es als einziger mit den russischen Soldaten aufnehmen konnte.
Kurz vorher war Gevatterin Nany unter die Feiernden getreten. Sie trug Schwarz, zeigte aber trotzdem ein strahlendes Lächeln, nickte grüßend nach allen Seiten und dankte für Erwiderungen, die nirgendswoher kamen, weil niemand sie beachtete. Die Gevatterin fuhr fort, nickend zu grüßen und nickend zu danken, vielleicht empfing sie Grüße von anderswoher, aus weiter Ferne.
Und der Kapellmeister dirigierte mit seiner Weidenrute die sowjetische Blaskapelle, die so leise spielte wie die Musiker aus dem Böhmerwald, der tschechisch Šumava heißt.

Inhalt

Bohumil Hrabal
im Suhrkamp Verlag

Die Bafler. Erzählungen. Aus dem Tschechischen übersetzt und ausgewählt von Franz Peter Künzel. es 180

Ein Heft ungeteilter Aufmerksamkeit. Aus dem Tschechischen von Susanna Roth. BS 1241

Hochzeiten im Hause. Ein Mädchenroman. Aus dem Tschechischen von Susanna Roth. Leinen und st 2414

Ich habe den englischen König bedient. Roman. Aus dem Tschechischen von Karl-Heinz Jähn. BS 1139 und st 1754

Leben ohne Smoking. Erzählungen. Aus dem Tschechischen von Karl-Heinz Jähn. st 2461

Reise nach Sondervorschrift, Zuglauf überwacht. Erzählung. Aus dem Tschechischen von Franz Peter Künzel. BS 1157

Sanfte Barbaren. Aus dem Tschechischen von Peter Sacher. BS 916

Schneeglöckchenfeste. Erzählungen. Aus dem Tschechischen von Petr Šimon. BS 715

Schöntrauer. Aus dem Tschechischen von Franz Peter Künzel. st 1614

Die Schur. Erzählung. Aus dem Tschechischen von Franz Peter Künzel. st 1613

Das Städtchen am Wasser. In drei Bänden: Die Schur. Schöntrauer. Harlekins Millionen. Aus dem Tschechischen von Franz Peter Künzel, Petr Šimon und Max Rohr. Mit Illustrationen von Josef Jíra. Leinen und st 1613-1615 in Kassette

Tanzstunden für Erwachsene und Fortgeschrittene. Autorisierte Übersetzung aus dem Tschechischen von Franz Peter Künzel. BS 548 und st 2264

Verkaufe Haus, in dem ich nicht mehr wohnen will. Roman aus sieben Erzählungen. Aus dem Tschechischen von Karl-Heinz Jähn. Leinen

Die Zauberflöte. Aus dem Tschechischen von Susanna Roth. Büttenbroschur

Hommage à Hrabal. Herausgegeben von Susanna Roth. Mit zahlreichen Photographien. Leinen

83/1/8.96